U0115816

半年刊

二〇一九年夏季號
總第一期

《中國文字》編輯委員會

本刊係與福建師範大學閩臺區域研究中心、文學院合作編輯出版

《中國文字》　　總第一期
The Chinese Characters　No.1
2019年6月　　　　頁I-II

目 次

《中國文字》　　總第一期
The Chinese Characters　No.1
2019年6月　　　頁I-III

Contents

《中國文字》　　總第一期
The Chinese Characters　No.1
2019年6月　　　　頁I-II

發刊詞

　　《中國文字》是一份極具歷史意義的專業文字學刊物。

　　一九六〇年，在風雨瀟瀟、物資匱乏的情況下，董作賓先生創辦了《中國文字》，成為當時兩岸唯一的專業文字學期刊。初期是由哈佛燕京學社贊助，藝文印書館承印，董作賓先生成立並主持的臺大文學院古文字學研究室編纂，整本刊物，包括圖片、古文字字形，都是由金祥恆教授夫人手寫，可謂蓽路襤縷，以啟山林。之後每三個月出版一期，就這樣，一共寫了十二期。

　　一九六三年十一月二十三日董作賓先生因心臟病去世，是年九月至次年六月，《中國文字》停刊一年。一九六四年九月，《中國文字》由金祥恆先生接手，繼續出版第十三期，改用打字，由臺灣大學中國文學系編印。一直出版到一九七四年六月第五十二期。這是《中國文字》的第一時期。

　　之後，哈佛燕京學社贊助停止，遂由藝文印書館嚴一萍先生與金祥恆先生共同負責，並且藝文印書館承擔出版，刊名也改稱《中國文字（新）》，一九八〇年三月出版第一期。

　　一九七八年七月十六日嚴一萍先生過世，一九八九年七月一日，金祥恆先生因車禍去世，《中國文字》改由白玉崢先生負責。一九九四年九月，嚴夫人由美國返臺，本想結束《中國文字》的業務，不再出版。鍾柏生先生覺得很可惜，於是打電話給嚴夫人，願意義務負起《中國文字》的主編之職，承蒙嚴夫人首肯，於是《中國文字》終能繼續發行。後邀史語所陳昭容、袁國華、臺灣師大季旭昇等諸位先生一起合作。鍾柏生先生退休後，主編之職由鍾柏生先生與季旭昇教授共同承擔。出版社編輯為蔡明芳小姐，協助編輯有陳美蘭、王瑜楨、邱京等研究所同學。

　　二〇一八年，嚴太太年事已高，出版社業務已交其公子，《中國文字》的出版也告一段落，於是決定至年底出版完《中國文字（新）》四十四、四十五輯之後便不再出版《中國文字》。這是《中國文字》的第二時期。

　　細數藝文印書館以一家民間出版社，自一九八〇年至二〇一八年，前後三十九年，獨力出版《中國文字》，每期花費龐大的人力、財力，不求回饋，為研究中國文字的學者提供了高水準的出版園地，發揚臺灣一地的中國文字研究成果，讓全世界看見，這種奉獻精神在出版社並不多見，值得讓人尊敬與感佩，而這種奉獻對文化學術的貢獻，自是功在歷史，永垂不朽。

　　之後，鍾柏生、陳昭容、季旭昇、袁國華諸教授為傳承董作賓、金祥恆、嚴一萍先生為發揚中國文字所付出的貢獻，商得萬卷樓圖書股份有限公司慨然同意接手，讓這一份有光榮歷史的刊物能夠繼續出版，繼續綻放中華之美、臺灣之光。

　　本刊物自二〇一九年六月出版第一期，預計每半年出版一期，第一期的刊名為「《中國文字》二〇一九年夏季號」，半年後為「《中國文字》二〇一九年冬季號」，下一年度更換年分為「《中國文字》二〇二〇年夏季號」，以下依此類推。這是《中國文字》的第三時期。

　　本刊除了每年固定出版二期之外，也計畫把本刊物辦成一級期刊。因此歡迎學界踴躍賜稿，共同培育本刊，使之強根壯本，枝繁葉茂。

　　二〇一九年夏季號蒙李家浩、黃天樹、宋鎮豪、許學仁、曹錦炎、陳偉、沈寶春、陳松長、孟蓬生、李守奎、陳偉武、趙平安、沈培、徐在國、馮勝君、陳劍、袁國華、季旭昇等諸位先生賜稿，使本刊生色不少，極為感謝。萬卷樓圖書股份公司全力支持本刊，為開創《中國文字》第三時期付出諸多努力，為傳承中華文化作了重大貢獻，尤為感謝。

《中國文字》編輯委員會

《中國文字》　　總第一期
The Chinese Characters　No.1
2019年6月　　　　頁1-11

蚰匕銘文之我見

李家浩

安徽大學漢字發展與應用研究中心

摘　要

　　蚰匕共有三件，先後發現於二十世紀初和二十一世紀初。本文在學術界已有研究成果的基礎上，根據二十一世紀初發現的兩件蚰匕，重新對其銘文進行了研究，提出了一些不同看法，供大家參考。

關鍵詞：蚰匕、銘文

Abstract

　　Three Kun（蚰）Bis（匕）have been found successively in the early twentieth century and the beginning of the 21st century. Based on existing researches, this paper further explores the inscription of Kun（蚰）Bis（匕）found latterly and puts forward some different views for your reference.

Key words: Kun（蚰）Bi（匕）, inscription

　　2016 年秋天，我有幸讀到劉洪濤博士《蚰匕銘文新釋》未刊稿，從中學到不少東西。首先，使我知道蚰匕共有三件，除二十世紀 20 年代傳山西渾源出土一件和 2010 年山西發現的一件之外，[1] 還有一件，2016 年 3 月復旦網上僅公佈了部分銘文照片。[2] 其次，瞭解到學術界有十多位學人對匕銘進行過研究，以及他們提出的見解。再其次，劉文對匕銘進行了全面研究，提出了許多好的見解，加深了我對匕銘的理解。近來，我對匕銘反復進行了思考，形成了一些不成熟的看法，擬寫在這裏，請大家指教。

　　現據 2010 年發現的那件蚰匕和復旦網公佈的那件蚰匕部分照片，以及諸家研究的成果，重新把蚰匕銘文釋寫於下：

　　　曰：延（延）圣（鑄）氏（是）蚰匕，迷（鋑）玉魚顛。曰：欽戈（哉），
　　　出斿（游）水虫。下民無智（知），參（三）目取之䖵（蟲）蚘（尤）命。
　　　帛（薄）命入欸（羹），齏入齏出，母（毋）處其所。

　　在眾多研究蚰匕銘文的人當中，當以羅振玉、王國維二人最早。王氏說，銘文「約以匕形似虫，故以虫為喻」。[3] 羅氏說，銘文「如古箴、銘」。[4] 羅、王二氏的意見，對於我們在進一步研究蚰匕銘文的過程中，理解文義，把握旨趣，具有指導作用，所以首先揭出。

「延圣氏蚰匕」：

　　第一個字舊有「延（誕）」、「造（肇）」兩種不同釋讀，都認為是句首語詞。按：古文字「延」往往寫作從「彳」從「止」。古文字學家多認為「延」、「延」古本一字，所以往往把古文字「延」徑釋作「延」。匕銘此字原文左半作「彳」，右半作「止」。「止」旁與子之弄鳥尊和少虞劍的「之」字寫法十分相似。[5] 李學勤

1　中國青銅器全集編輯委員會：《中國青銅器全集·第八卷·東周（2）》，圖版第 137 頁，圖版說明第 42 頁，文物出版社，1995 年。中國社會科學院考古研究所：《殷周金文集成（修訂增補本）》，第一冊，00980 號，中華書局，2007 年。吳鎮烽：《「魚鼎匕」新釋》，《考古與文物》2015 年第 2 期，第 55-56 頁圖一～四。

2　正月初吉：《「魚鼎匕」補識》，復旦網，2016 年 3 月 14 日。轉引自劉洪濤《蚰匕銘文新釋》注。

3　王國維：《魚匕跋》，《觀堂集林（附別集）》，第四冊，總第 1210 頁，中華書局影印，1961 年。

4　羅振玉：《古器物識小錄》，《雪堂類稿·甲·筆記匯刊》（蕭文立整理），第 475 頁，遼寧教育出版社，2003 年。

5　中國社會科學院考古研究所：《殷周金文集成（修訂增補本）》，第八冊，11696、11697 號。劉雨、盧岩：《近出殷周金文集錄》，第四冊，1227 號，中華書局，2002 年。

先生據鳥尊傳山西太原出土，認為鳥尊「當為晉卿趙氏所作」。[6]第一件蚰匕傳山西渾源出土，《殷周金文集成》著錄的的兩件少虞劍傳也是山西渾源出土的。據考古調查，渾源一帶墓葬群屬趙。[7]由此看來，子之弄鳥尊、少虞劍和蚰匕大概都是春秋戰國之際的趙人之器，所以文字寫法纔如此十分相似。「止」、「之」二字形音相近，作為偏旁當可通用。於此可見，匕銘這個字當釋為「延」。據匕銘「延（延）」字所處的語法位置，也有可能是人名，即鑄匕者。古人有以「延」為名的，如西周延作父辛角、春秋宋右師延敦的作者和魏公子延等。[8]

　　「𡎿」字見於侯興銅權、[9]郭店楚簡《成之聞之》3 號、[10]清華楚簡《命訓》2 號，[11]以及戰國文字「守」、「鑄」等字所從。[12]徐寶貴先生據侯馬盟書「守」字所從的不同寫法，說是一個從「又」、「主」聲之字。[13]按：徐氏對此字字形的認定十分正確，所以我把這個字採用《命訓》整理者的釋寫，隸定作「𡎿」。但是，徐氏對「𡎿」字結構的分析需要修正。按照《說文》所說，「守」從「寸」。上古音「寸」屬文部，但是有一些從「寸」得聲的字卻屬幽部。屬幽部一類的字，除「守」字外，還有「肘」、「討」、「疛」、「紂」、「酎」等字。《說文》說「疛」、「紂」、「酎」從「肘」省聲，[14]或說「討」也從「肘」省聲。[15]裘錫圭先生曾經指出，在較早的古文字裏，存在「同一個字形被用作兩個讀音很不同的詞的表意字的現象」。[16]據此，頗疑古文字「寸」字即屬此類，它在早期既用作寸口之「寸」，又用作肘臂之「肘」。大概如馬敘倫所說，後世「寸為尺寸之義所專，遂別造肘字

6　李學勤：《東周與秦代文明（增訂本）》，第 39、59-60 頁，文物出版社，1991 年。

7　李學勤：《東周與秦代文明（增訂本）》，第 359-60 頁。

8　中國社會科學院考古研究所：《殷周金文集成（修訂增補本）》，第六冊，09099 號。劉雨、盧岩：《近出殷周金文集錄》，第二冊，538 號。《史記·蘇秦列傳》。

9　中國社會科學院考古研究所：《殷周金文集成（修訂增補本）》，第七冊，10382 號。于省吾：《商周金文錄遺》，539 號，中華書局，2009 年。

10　荊門市博物館：《郭店楚墓竹簡》，第 49 頁，文物出版社，1998 年。

11　清華大學出土文獻研究與保護中心編、李學勤主編：《清華大學藏戰竹簡（伍）》，上冊，第 47 頁，下冊，第 125 頁，中西書局，2015 年。

12　滕壬生：《楚系簡帛文字編【增訂本】》，第 688 頁，湖北教育出版社，2008 年。饒宗頤主編、徐在國副主編：《上博藏戰國楚竹書字彙》，第 328 頁，安徽大學出版社，2012 年。湯餘惠主編：《戰國文字編》，第 500、909 頁，福建人民出版社，2001 年。

13　徐寶貴：《同系文字中的文字異形現象》，復旦大學出土文獻與古文字研究中心編《出土文獻與古文字研究》第五輯，第 422-423 頁，上海古籍出版社，2013 年。

14　《說文》「酎」字說解，大徐本作「從時省」，此據戴侗引蜀本。戴侗：《六書故》（黨懷興、劉斌點校），下冊，第二十八，總第 654 頁下欄「酎」字頭下引，中華書局影印，2012 年。

15　段玉裁：《說文解字注》，三篇上，總第 101 頁上欄，上海古籍出版社影印，1983 年。

16　裘錫圭：《釋「木月」「林月」》，《古文字論集》，第 88 頁，中華書局，1992 年。

矣」。[17]古代「肘」、「主」音近。古文字「寸」往往寫作「又」。「叙」可以看作是在讀為「肘」音的「又（寸）」上加注聲旁「主」。這一說法可以從葛陵村楚簡「丑」作「叙」得到進一步證明。據侯馬盟「守」字所從，「叙」有兩種寫法，一種「又」、「主」二旁作各自獨立之形，一種以「又」旁下部的筆畫充當「主」旁上部的筆畫。《命訓》的「叙」字屬於第一種寫法，匕銘、《成之聞之》的「叙」字屬於第二種寫法。葛陵村楚簡「叙」字也有兩種寫法，[18]一種「丑」、「主」二旁各自獨立，一種「丑」、「主」二旁之間筆畫公用。[19]李天虹女士說，「叙」字所從「主」，「是附加聲符」。[20]「叙」、「叙」二字結構相同，可以互證。不論「叙」字所從的「寸（肘）」，還是所從的「主」，都跟「鑄」古音相近，可以通用。前者如「擣」或作「疛」、「瞉」或作「討」；[21]後者如《史記・魏世家》文侯三十二年「敗秦于注」張守節《正義》：「注，或作『鑄』也。」所以，匕銘「叙」和侯興權銘「叙」都可以讀為「鑄」，[22]《成之聞之》「叙」和《命訓》「叙」都可以讀為「守」。[23]

「氏」，當從吳鎮烽說讀為「是」，訓為「此」。[24]師同鼎：「用鑄茲尊鼎。」冉鉦鍼：「鑄此鉦鍼。」[25]此「茲」、「此」二字的用法與匕銘「氏（是）」相同，可以參考。

「蚰」，昆蟲之「昆」的本字，《說文》：「蟲之總名也」。不過劉洪濤博士說，古文字中的「蚰」絕大多數都是作為「蟲」字來用的。如此，匕銘「蚰」也有可能像劉氏所說用作「蟲」。

「蚰」下一字，舊有「匕」、「人」、「尸」等不同釋法。古文字正反不別。此字當是「匕」字的反寫。[26]羅振玉曾考證蚰匕的形制是取食物的匕。[27]銘文自名

[17] 馬敍倫：《說文六書疏證》，卷六，第114頁，董蓮池主編《說文解字研究文獻集成（現當代卷）》，第四冊，總第69頁下欄，作家出版社影印，2006年。

[18] 張新俊、張勝波：《葛陵楚簡文字編》，第220頁，巴蜀書社，2008年。滕壬生：《楚系簡帛文字編【增訂本】》，第1230頁。

[19] 徐在國：《新蔡葛陵楚簡札記》，黃德寬、何琳儀、徐在國《新出楚簡文字考》，第250頁，安徽大學出版社，2007年。

[20] 李天虹：《楚國銅器與竹簡文字研究》，第188頁，湖北教育出版社，2012年。

[21] 朱德熙、裘錫圭：《平山中山王墓銅器銘文的初步研究》，《文物》1979年第1期，第42頁。

[22] 丘光明：《中國歷代度量衡考》，第308頁，權-32，科學出版社，1992年。

[23] 《成之聞之》3號「叙（守）之」，參看武漢大學簡帛中心、荊門博物館：《楚地出土戰國簡冊合集（一）郭店楚墓竹簡》，第82-83頁注〔69〕，文物出版社，2011年。《訓命》2號「叙（守）義」，見《史記・蒙恬傳》等。

[24] 吳鎮烽：《「魚鼎匕」新釋》，《考古與文物》2015年第2期，第55頁。

[25] 中國社會科學院考古研究所：《殷周金文集成（修訂增補本）》，第一冊，00428號，第二冊，02779號。

[26] 李家浩：《戰國貨幣文字中的「尚」和「比」》，《中國語文》1980年第5期，第375頁。

[27] 羅振玉：《待時軒傳古別錄圖說》，《雪堂類稿・甲、筆記匯刊》（蕭文立整理），第460頁。

與器形相合。

　　銘文下文把蚘匕比喻為「水虫」（參看下文）。「虫」即「虺」之象形初文，是一種大頭細頸的毒蛇。「蟲」的本義是指蚘（昆）蟲，引申為動物的通稱，如《大戴禮記·易本命》所說的羽之蟲、毛之蟲、甲之蟲、鱗之蟲、倮之蟲。蛇屬於鱗之蟲，所以蛇可以稱為蟲。《山海經·海外南經》「南山……蟲為蛇」，郭璞注：「以蟲為蛇。」郝懿行《箋疏》：「今東齊人亦呼蛇為蟲。」[28]虫（虺）是蛇之一種，虫當然也可以稱為蟲。「蚘匕」指這件銅匕，因其形狀似蟲中之虫而得名──匕體像虫頭，匕柄像虫身。

「述玉魚顛」：

　　「述」，人們的解釋很不一致，從其所處語法位置來看，當是動詞，疑應該讀為「錟」，訓為挑取。上古音「述」屬船母物部，「錟」屬定母談部。船、定二母都是舌音，僅有舌上、舌頭之別。根據現有的古音知識，物、談二部遠隔，但是它們之間偶爾也會發生關係。僅以從「术」聲與從「炎」聲相通之字為例。《老子》王弼本第四十九章「聖人在天下歙歙」之二「歙」字，陸德明《釋文》卷二五引河上公本作「惔」，又引簡文帝云河上公本作「怵」；[29]《說文》疒部說「疢」「讀若欼」。「述」跟「怵」、「疢」二字一樣從「术」得聲，「錟」跟「惔」、「欼」二字一樣從「炎」得聲，所以「述」可以讀為「錟」。古代從「术」聲之字與「兌」字或從「兌」聲之字可通。[30]《說文》金部「銳」字籀文作「厵」。馬敘倫說，「厵」從「剟」聲。[31]據下面三點，可以證明馬說甚是。《說文》厂部收字共二十七個，除「厂」、「屵」、「庐」三字外，剩下的「厓」、「厜」等二十四字都以其他偏旁為聲。「厵」字與「厓」、「厜」等二十四字結構相同，當以「剟」為聲。秦印文字「劂」所從聲旁「厵」作「剟」，[32]亦是其證。此是其一。張家山漢簡《二年律令》430～431號：「不智（知）何人，厵貍而譖之。」整理小組將「厵」釋寫作「劂」，注釋說：「劂貍，即掩埋。」[33]按：秦漢簡帛文字往往把「厂」旁寫作「广」，如

---

[28]　郝懿行：《山海經箋疏》，卷六，第 1 頁，中國書店影印，1991 年。

[29]　陸德明：《經典釋文》，總第 358 頁上欄，中華書局影印，1983 年。

[30]　高亨：《古字通假會典》（董治安整理），第 558 頁【怵與說】、【術與兌】、【術與說】條，齊魯書社，1989 年。

[31]　馬敘倫：《說文解字六書疏證》，卷廿七，第 38 頁，董蓮池主編《說文解字研究文獻集成（現當代卷）》，第四冊，總第 733 頁下欄。

[32]　許志雄：《秦印文字彙編》，第 151 頁，河南美術出版社，2001 年。

[33]　張家山二四七號漢墓竹簡整理小組：《張家山漢墓竹簡〔二四七號〕》，第 42、191 號，文物出版社，2001 年。

張家山漢簡「厥」、「厲」二字所從「厂」旁即作「广」。[34]「廚」無疑是「廁」的俗體。「剡」、「掩」都是談部字，故「廁貍」可以讀為「掩埋」。[35]此是其二。張家山漢簡《二年律令》258 號「廚」作「㯂」，把「廚」所從聲旁「廁」換作「㮤」，「㮤」跟「剡」一樣也屬談部。此是其三。《說文》說「剡」、「㮤」二字都從「炎」聲。此也是「述」可以讀為「鐵」的證據。「鐵」或作「銛」。[36]《說文》金部說「銛」「從金舌聲，讀若棪」。《方言》卷三：「銛，取也。」郭璞注：「謂挑取物。」因匕用於挑取食物，所以信陽楚簡 2-027 號和望山二號楚墓竹簡 56 號把匕稱為「鐵杒（匕）」和「㙤（鐵）匕」。[37]

　　「魚」下一字，舊有「鼎」、「顛」等不同釋法，當以釋作「顛」為是。[38]劉洪濤博士對「玉魚顛」有很好地解釋，他說：「『玉』是『魚顛』的形容詞，應訓為珍美……『玉魚顛』……是指珍美的魚頭。」

「欽哉，出游水虫」：

　　「欽哉」見於《尚書》（《堯典》、《皋陶謨》）、《逸周書》（《武穆》）和清華楚簡《保訓》（4 號）等，[39]注釋者多據《爾雅·釋詁》，把「欽」訓為「敬」。

　　前面說過，「虫」是「虺」字的象形初文。虺一般生活在陸地，匕銘卻把它說成生活在水裏，這是因為「蜪匕」之形似蛇類的「虫（虺）」，出入於羹中取食，而蛇類又有水蛇，故把它比喻成出遊於水裏的「水虫」。「蜪匕」是沒有生命的，而「水虫」卻是有生命的。所以，「欽哉」這一句告誡「水虫」──「蜪匕」，要虔敬上帝。

34　張守中：《張家山漢簡文字編》，第 259 頁，文物出版社，2012 年。

35　睡虎地秦簡《封診式》61 號「掩埋」之「掩」，原文從「剡」省聲，也可以證明這一點。見睡虎地秦墓竹簡整理小組：《睡虎地秦簡》，圖版第 74 頁，釋文注釋第 157 頁、158 頁注釋〔一七〕。

36　高亨：《古字通假會典》（董治安整理），第 248 頁【鐵與銛】條。

37　河南省文物研究所：《信陽楚墓》，圖版一二八，文物出版社，1986 年。朱德熙、裘錫圭：《信陽楚簡考釋（五篇）》，《考古學報》1973 年第 1 期，第 121-122 頁。湖北省文物考古研究所、北京大學中文系：《望山楚簡》，中華書局，1995 年，第 63、113 頁、129 頁考釋〔一四九〕。

38　李家浩：《戰國貨幣文字中的「㡭」和「比」》，《中國語文》1980 年第 5 期，第 37 頁注⑮。裘錫圭、李家浩：《曾侯乙墓竹簡釋文與考釋》，湖北省博物館《曾侯乙墓》上冊，第 512 頁，考釋⑦，文物出版社，1989 年。董蓮池：《說山西渾源所出魚顛匕銘文中的「顛」字》，《山西大學學報（哲學社會科學版）》2012 年第 1 期，第 26-29 頁。

39　清華大學出土文獻研究與保護中心編、李學勤主編：《清華大學藏戰國竹簡（壹）》，下冊，第 143 頁，中西書局，2010 年

「下民無知」：

　　「下民」，劉洪濤博士說「就是民，因與『上天』相對，故稱『下民』。按：「上天」即「上帝」。《詩·大雅·板》「上帝板板，下民卒癉」；又《蕩》「蕩蕩上帝，下民之辟」。此以「上帝」與「下民」對言，可以參考。

「參目取之蠢蚘命」：

　　「參目」下一字，2010 年發現的那件蚩匕正好位於折斷處，筆畫有殘損；復旦網公佈的那件蚩匕部分銘文照片，此字作「取」。2016 年 10 月，我在北京一位收藏家手機上也看到這件蚩匕銘文照片，「取」字十分清楚。

　　「參目」，當是上帝派下取蚩尤性命之神。「參」在古代多用為「三」。《楚辭·招魂》說地下幽都之神土伯「參目虎首」，王逸注：「言土伯之頭，其貌如虎，而有三目。」洪興祖《補注》所附《考異》說：「參，一作『三』。」上帝派下取蚩尤性命之神，大概因有三目而得名。

　　「之」，與上文「延鑄是蚩匕」之「是」用法相似，指代下面的「蠢（蚩）蚘（尤）命」。《大戴禮記·用兵》孔子曰：「蚩尤，庶人之貪者也，及利無義，不顧厥親，以喪厥身。蚩尤，惛慾而無厭者也。」此說蚩尤的身份是「庶人」，以貪欲而喪命，跟匕銘說蚩尤屬「下民」相合。

　　「蠢蚘」，于省吾認為即「蚩尤」。于氏據匕銘說：「『蚩尤』本應作『蠢蚘』。《說文》：『蚩，蟲也。』《玉篇》『蚘』與『蛕』同。《說文》：『蛕，腹中長蟲也。』是蚩尤以蟲為名。」[40] 按：「蠢」從「蚩」「寺」聲，而「寺」、「蚩」二字都從「屮（之）」聲，疑「蠢」即「蚩」字的異體。丁山曾經指出，《周禮·春官·肆師》鄭玄注蚩尤之「尤」作「蚘」，與匕銘同；阮元說「蚘」是俗字，[41] 非是。[42] 上海博物館藏戰國竹簡《融師有成氏》7 號有「蚩蚘作兵」之語，蚩尤之「尤」亦作「蚘」。[43]《廣韻》上聲賄韻：「蛕，土蛕，毒蟲。」李海霞說：「土蛕即土虺。」[44] 如此，「蚘」字異體「蛕」又用作「虺」。

　　據下文說，女魃協助黃帝殺蚩尤。《說文》鬼部：「魃，旱鬼也。從鬼，犮聲。《周禮》有赤魃氏，除牆屋之物也。」「赤魃氏」見《周禮·秋官》，傳本作「赤

---

[40] 于省吾：《雙劍誃尚書新證、雙劍誃詩經新證、雙劍誃易經新證》，總第 293 頁，中華書局，2009 年。

[41] 阮元校刻《十三經注疏》，上冊，第 772 頁中欄「校勘記」，中華書局影印，1980 年。

[42] 丁山：《中國古代宗教與神話考》，第 400、402 頁，上海文藝出版社，1988 年。

[43] 馬承源主編：《上海博物館藏戰國楚竹書（五）》，第 158、325 頁，上海古籍出版社，2005 年。

[44] 李海霞：《古代動物名考（二）》，黃金貴主編《解物釋名》，第 113 頁，上海辭書出版社，2008 年。

友氏」，蓋所據本異。「赤魃氏」職掌除蟲豸，女魃殺蚩尤的神話傳說當與之有關。此也可以證明于說甚是。正因為蚩尤以蟲為名，而且「蚘」字異體「蛕」又用作「虺」，所以作蚩匕銘文之人由匕的形狀似虫（虺）而聯想到蚩尤，以他的命運作為「下民無知」、不敬畏上帝，而造成惡果的代表。

蚩尤是中國古史傳說中一個有名人物，為黃帝所殺，協助黃帝殺蚩尤者，有應龍、女魃等。《山海經·大荒北經》：「蚩尤作兵伐黃帝，黃帝乃命應龍攻之冀州之野。應龍畜水，蚩尤請風伯、雨師，縱大風雨。黃帝乃下天女曰魃，雨止，遂殺蚩尤。魃不得復上，所居不雨。叔均言之帝，後置之赤水之北。」女魃置於北方之後成為旱神，被稱作旱魃。值得注意的是，古書中有關於魃的「目」的記載。韋曜（昭）《毛詩問》：「魃鬼，人形，眼在頂上。」[45]《神異經》：「南方有人，長二三尺，袒身，而目在頂上，走行如風，曰魃。所見之國大旱，赤地千里。」[46] 郝懿行、馬瑞辰、朱起鳳、陳夢家等人在他們的著作裏談到魃的時候，除了引到上錄《毛詩問》、《神異經》兩條資料外，還引到《魏書》或《魏志》載「咸平五年，晉陽得死魃，長二尺，面、頂各二目」。[47] 按：「咸平」是宋真宗年號（西元998～1003年），不知引文是書名有誤還是年號有誤。這條資料的實際出處，尚待查找。前兩條資料僅說魃的目在頂上，後一條資料說魃有四目。這些說法雖然晚出，當有更早的來源。匕銘的「參（三）目」，很可能就是魃，因其在早期傳說中的形象是三目，故以「三目」名之，而四目大概是後來傳說演變的結果。當然，「參目取蚩尤命」也有可能是不見於傳世文獻記載的神話，「參目」跟女魃無關。

在此順便說一下漢代蚩尤辟兵帶鉤。這件帶鉤鉤身正面圖像是一神怪，全副武裝，兩手各持劍、盾，兩足各握刀、鉞，跨下一弩，張弓待發；在弩的前方左右兩側有欄杆狀物，大概是車廂，象徵神怪乘車出征；鈕上有銘文「蚩（蚩）尤辟兵」四字。[48]《東觀漢記》把這種帶鉤稱為「蚩尤辟兵鉤」。[49]「蚩尤辟兵」之

---

[45] 《藝文類聚》卷一百引。《太平御覽》卷三六四引作「旱鬼，眼在頂上」（據中華書局影印本）。

[46] 《藝文類聚》卷一百、《詩·大雅·雲漢》孔穎達疏、《太平御覽》卷八八三引。

[47] 郝懿行：《山海經箋疏》，卷十七，第7頁。馬瑞辰：《毛詩傳箋通釋》（陳金生點校），下冊，第982頁，中華書局，1989年。朱起鳳：《辭通》，下冊，總第2415頁中欄，上海古籍出版社影印，1982年。陳夢家：《商代的神話與巫術》，《陳夢家學術論文集》，第85頁，中華書局，2016年。

[48] 容庚：《秦漢金文錄·漢金文錄》，卷六，第9頁，中央研究院歷史語言研究所專刊之五，1931年。孫慰祖、徐穀甫：《秦漢金文彙編》，上編，第394頁，上海書店出版社，1997年。徐正考：《漢代銅器銘文選釋》，第624頁，作家出版社，2007年。

[49] 《太平御覽》卷三五四引。原文作「詔令賜鄧遵金蚩尤辟兵鉤一」。參看吳樹平《東觀漢記校注》，上冊，第305頁、307頁校注〔八〕，中州古籍出版社，1987年。

語，亦見蔡邕《祖餞祝》、[50]孫思邈《千金翼方‧禁經下‧禁賊盜》等。據此可知，這個神怪是蚩尤，[51]與傳說中的蚩尤作五兵相合。[52]類似的蚩尤辟兵帶鈎還有幾件，唯無「蚩尤辟兵」字樣而已。此外，在漢畫像石中也有好幾幅蚩尤的形象，已有人論及，此不贅言。這種樣子的蚩尤，已是漢代人心目中的兵神或戰神的形象。[53]

由於蚩尤在漢代人心目具有崇高的地位，所以當時人有以蚩尤為名字的，如漢兩面私印「全翄（蚩）尤」、「臣翄（蚩）尤」。[54]注意，此兩面私印和上面所說帶鈎，都把蚩尤之「蚩」寫作「翄」。玄應《一切經音義》卷十一、十六說「翄」是「蚩」字古文。[55]「蚩」、「翄」二字都「屮（之）」聲，故從「虫」的「蚩」可以寫作從「羽」的「翄」。

「帛命入歌」：

「帛命」，舊有「薄命」、「迫命」兩種讀法，於文義皆通。不過據末尾「毋處其所」句，似以讀作「薄命」為優。因為「薄命入羹」才能自己掌握「毋處其所」，如果「迫命入羹」就很難自己掌握「毋處其所」。

「歌」，從「欠」「庚」聲，郭沫若、于省吾讀為「羹」。[56]北大漢代醫簡「羹」或以「庚」為之，可證此說甚是。古代的羹，一般是用肉、菜等熬煮成的濃湯。[57]匕銘所說的羹，當是魚熬煮成的濃湯。馬王堆漢墓遣冊記有魚羹多種，[58]《齊民要術》卷八的《羹臛法》記有好幾種魚羹的製作方法，可以參看。

---

[50] 《太平御覽》卷七三六引。

[51] 李家浩：《論〈太一避兵圖〉》，北京大學中國傳統文化研究中心《國學研究》第一卷，第 285 頁，北京大學出版社，1993 年。

[52] 《路史‧後紀四》注引《世本》：「蚩尤作五兵：戈、矛、戟、酋矛、夷矛。」

[53] 《史記‧封禪書》記齊之八神，其三兵主（神）為蚩尤。《周禮‧春官‧肆師》鄭玄注：「貉，師祭也……其神蓋蚩尤。」

[54] 康殷、任兆鳳主輯：《印典》，第一冊，第 733 頁，中國友誼出版公司，2002 年。

[55] 徐時儀校注：《一切經音義三種校合刊》，上冊，第 232 頁下欄、第 346 頁上欄，上海古籍出版社，2008 年。

[56] 郭沫若著作編輯出版委員會：《郭沫若全集‧考古編》第五卷，第 314 頁，科學出版社，2002 年。于省吾：《雙劍誃吉金文選》，第 229 頁，中華書局，2009 年。

[57] 黃金貴：《說「羹」》，《古代文化詞語考論》，第 195-198 頁，浙江大學出版社，2001 年；《「羹」、「湯」辨考》，黃金貴主編《解物釋名》，第 302-317 頁，上海辭書出版社，2008 年。

[58] 湖南省博物館、湖南省文物考古研究所：《長沙馬王堆二、三號漢墓‧第一卷‧田野考古發掘報告》，第 52-54 頁，文物出版社，2004 年。

「鄶入鄶出」：

「鄶」字所從「會」旁，原文寫法較怪，在戰國文字中多次出現，我曾釋為「會」，[59]所以釋文把匕銘這個字暫且釋寫作「鄶」。此字不識。儘管如此，並不影響對本句的理解，正如郭沫若所說，「鄶入鄶出」「可為『載入載出』、『乍入乍出』、『稍入稍出』」。

「毋處其所」：

《漢書・溝洫志》：「定山川之位，使神人各處其所。」匕銘的「處」與《漢書》的「處」，所在的語法位置相同，但是意思略有不同。前者當如劉洪濤博士所說，「應訓為止留」。

前面說過，羅振玉指出蚰匕銘文「如古箴、銘」。「箴、銘」是中國古代兩種文體，旨在鑒戒。《文心雕龍・銘箴》對其中的「銘」這種文體說：「黃帝軒轅刻輿几以弼違，大禹勒筍簴而招諫，成湯盤盂著日新之規，武王戶席題必戒之訓，周公慎言於金人，仲尼革容於欹器，則先聖鑒戒，其來久矣。」[60]這裏所說諸銘的作者，大多出於後人依託。依託的年代，大概在春秋戰國之際，如武王戶、席題銘。武王戶、席題銘見於《大戴禮記・武王踐阼》。《武王踐阼》亦見於上海博物館藏戰國楚簡。[61]北大漢簡《周馴》196號所引武王席銘文字，[62]與傳本、簡本《武王踐阼》略有出入。《武王踐阼》除席、戶二銘之外，還有「机銘」、「鑑銘」、「盥盤銘」、「楹銘」、「杖銘」、「帶銘」、「履屨銘」、「觴豆銘」、「牖銘」、「劍銘」、「弓銘」、「矛銘」。這些器銘，無非借器自儆。蚰匕銘正是在這樣的時代風氣下產生的，其性質當與之相同。

蚰匕銘全文分為兩段，分別以「曰」字開頭，重點在第二段。第一段交待鑄作蚰匕及其用途。第二段將蚰匕比喻成有生命的水蟲，告誡它要敬畏上帝，不要停留在魚羹裏，蚩尤被奪取性命是前車之鑒。這是表面的意思。深層的意思是告誡使用蚰匕的人，要敬畏上帝，不要貪戀嗜欲，否則的話，將會落得像蚩尤一樣的下場。古人十分重視嗜欲，認為人死亡的原因有三，其中之一就是因為「嗜欲

[59] 李家浩：《信陽楚簡「澮」字及從「𦎫」之字》，《著名中年語言學家自選集・李家浩卷》，第194-196頁，安徽教育出版社，2002年。

[60] 劉勰著、范文瀾注：《文心雕龍注》，上冊，第193頁、195-198頁注〔一〕～〔六〕，人民文學出版社，1978年。

[61] 馬承源主編：《上海博物館藏戰國楚竹書（七）》，第15-29、151-168頁，上海古籍出版社，2008年。

[62] 北京大學出土文獻研究所編：《北京大學藏西漢竹書（叄）》，上冊，第29、98、143頁，上海古籍出版社，2015年。

無厭」而受到刑罰死去的。[63]所以，匕銘以貪戀嗜欲為戒。

二○一七年四月中旬

附記：

前不久，友人在電話中告知，北京又出現一件蚩匕；還說這件蚩匕和 2016 年復旦網上公佈的那件蚩匕，都是山西出土的。

前幾個月，中西書局出版的《戰國文字研究的回顧與展望》上，刊登蔣玉斌《說與戰國「沐」字有關的殷商金文字形》一文。此文根據有關古文字資料，認為匕銘「齏入齏出」之「齏」所從「會」旁原文，在古文字中讀「沐」的音。

二○一七年十二月三十一日

《詩・邶風・柏舟》第一、二兩章都有「髧彼兩髦」句，安徽大學藏戰國竹簡《柏舟》與「髦」相當的字皆以蚩匕「齏」的「會」旁原文之形為聲。徐在國先生根據這一新的資料，撰有《試說古文字中的「矛」及從「矛」的一些字》討論此旁，見《簡帛》第十七輯第 1-6 頁，大家可以參看。

二○一九年三月二日

---

[63] 見《韓詩外傳》卷一之四、《說苑・雜言》第十五章、《孔子家語・五儀解》等。馬王堆帛書《十六經・稱》也有類似的說法。

《中國文字》　　總第一期
The Chinese Characters　No.1
2019年6月　　　　頁13-17

卜辭釋文補正兩則

黃天樹
清華大學出土文獻研究與保護中心

摘　要

　　本文補正了兩條甲骨卜辭的釋文。一、將《合集》30299舊釋為「桒」或「燎」之字改釋為「木」，並擬補「稯」字。二、目驗原骨，釋讀出《合集》31831 的「追方」，並指出卜辭已有「逐人」的用例。

關鍵詞：卜辭、釋文、補正

Abstract

This paper complements and corrects the transcription of two oracle inscriptions. Firstly，interpret a character in the *HeJi*（《合集》）30299 as *mu*（木）which used to be interpreted as *dao*（桒）or *liao*（燎），and add a character *yao*（稯）at the end of this inscription. Secondly, through examination of original oracle bone，we find out the *zhuifang*（追方）in *HeJi*（《合集》）31831, and point out that there has been the useage of *zhuren*（逐人）in the oracle bones.

Key words: oracle inscriptions, Interpretive transcriptions, complement

　　筆者平時閱讀甲骨文拓本和釋文時，發現一些錯誤，隨手記下，現在選出兩則，補正如下，就教於方家。

一

　　《甲骨文合集》30299，各家釋文不同。《甲骨文合集釋文》作「乙卯卜，不雨。魖宗奉率……。吉」[1]。《殷墟甲骨刻辭摹釋總集》釋文作「乙卯卜不雨魖宗燎率……。吉」[2]。《甲骨文校釋總集》釋文作「乙卯卜，不雨。魖宗奠率……。吉」[3]。《殷墟甲骨文摹釋全編》釋文作「乙卯卜不雨擾宗寮率……。吉」[4]。各家釋文把「宗」下一字，或隸釋為「奉」；或隸釋為「燎」。檢視拓本，筆者認為應隸釋為「木」（圖一）。現在將釋文重新隸釋如下，然後再加以闡述。

　　（一）乙卯卜：不雨，魖（夒）宗木率〔稷（夨）〕。吉。（《合集》30299）

　　例（一）中的「魖」字，裘錫圭先生解釋說：

　　　　殷墟卜辭中屢見一位其名作「夒」形右側伸出一手倒提一「戉」之形（以下姑從一般習慣隸定為「魖」）的受祭者（參看《殷墟甲骨刻辭類纂》，第 578-579 頁，中華書局，1989 年）。「戉」本象斧鉞形。劉桓《釋魖》據《國語·晉語二》蓐收之神「人面白毛，虎爪執鉞」之文，謂「魖」（劉文隸定此字從「夏」）即指那位為蓐收的少皞氏該（劉桓：《殷契新釋》，第 51-52 頁，河北教育出版社，1989 年）。其說可從。不過，我們認為「魖」與卜辭中屢見的、有時被加以「高祖」之稱的「夒」，應指同一祖先，二字應是同一人名的異寫。[5]

　　（二）貞：王其酒魖于又（右）宗，又（有）大雨。（《合集》30319）
　　（三）即又（右）宗夒，又（有）大雨。（《合集》30318）
　　對照例（二）和例（三）二辭來看，裘先生認為「夒」與「魖」是指同一祖先的結論是可信的。
　　例（一）「宗」，宗廟。木，樹木。率，範圍副詞，義為「皆」。「率」下一字，

[1]　胡厚宣主編：《甲骨文合集釋文》，第 3 冊，第 30299 片，中國社會科學出版社 1999 年。
[2]　姚孝遂主編：《殷墟甲骨刻辭摹釋總集》，下冊，第 30299 片，中華書局 1988 年。
[3]　曹錦炎、沈建華編著：《甲骨文校釋總集》，第 10 冊，第 30299 片，上海辭書出版社 2006 年。
[4]　陳年福撰：《殷墟甲骨文摹釋全編》，第五卷，第 30299 片，線裝書局 2010 年。
[5]　《裘錫圭學術文集》，第 2 卷，第 498 頁，上海：復旦大學出版社，2013 年。

揆其文意，應是一個貶義詞，暫擬補為動詞「㮦」字。裘錫圭先生曾指出，「㮦」字「當指植物有病」，疑此字聲旁從「𤰔（睪）」，在卜辭中讀為訓「敗」的「殬」，或讀為指草木枯落的「蘀」[6]。其後，郭永秉先生指出，此字右旁當是「要」而非「睪」，當隸定為「㮦」，在卜辭中可讀為「夭」[7]。郭說可從[8]。上引例（一）命辭卜問，久旱不雨，是否會致使夒神宗廟裏的樹木全部枯死。

二

《甲骨文合集》31831 由於拓本不是很清晰，所以《甲骨文合集釋文》作「戊子卜，其皁之……」[9]。《殷墟甲骨刻辭摹釋總集》釋文作「戊子卜，其皁之人……」[10]。《甲骨文校釋總集》釋文作「戊子卜，其皁之人……」[11]。《殷墟甲骨文摹釋全編》釋文作「戊子卜，其皁之人……」[12]。上舉諸書皆誤。其中後三種書釋文皆為「其皁之人」。

陳夢家先生《殷虛卜辭綜述》（第 94 頁）說：「領位與名詞之間加一『之』字如『某某之孫』到春秋金文才出現。」陳先生認為這一現象不見於商代甲骨文的觀點是十分正確的。但他說「到春秋金文才出現」是不對的。其實，到西周金文中已經出現了，如西周早期金文麥方尊「唯天子休于麥辟侯之年」、西周晚期金文多友鼎「甲申之晨」。

《甲骨文合集》31831 即《明義士收藏甲骨釋文篇》2217。許進雄先生釋文如下：

（一）戊子卜，其𠂤犬，叀□。

並解釋說：「𠂤：不識，𠂤與𨸏不同，是梯子象形，此或與陟同義，象步上梯

6　裘錫圭：《裘錫圭學術文集》第 1 卷，第 75 頁，上海：復旦大學出版社，2013 年。

7　郭永秉：《談古文字中的「要」字和從「要」之字》，《古文字研究》第 28 輯，北京：中華書局，2010 年。

8　郭永秉先生說：「《合集》18094=《林》2.25.14 有一個𡦦字，此字被《甲骨文編》誤摹為𡦦（中華書局，1965 年，第 841 頁）。該字應即本文所討論的甲骨文『㮦』字所從，……是目前所見最早的『要』字。」（郭永秉：《談古文字中的「要」字和從「要」之字》，《古文字研究》第 28 輯，第 112 頁。）筆者檢視拓本認為，《甲骨文編》摹為𡦦，不誤。此字兩手形上舉，與兩手形朝下叉腰之形寫法迥異，當非「要」字。

9　胡厚宣主編：《甲骨文合集釋文》，第 3 冊，第 31831 片，北京：中國社會科學出版社，1999 年。

10　姚孝遂主編：《殷墟甲骨刻辭摹釋總集》，下冊，第 31831 片，北京：中華書局 1988 年。

11　曹錦炎、沈建華編著：《甲骨文校釋總集》，第 10 冊，第 31831 片，上海辭書出版社 2006 年。

12　陳年福：《殷墟甲骨文摹釋全編》，第五卷，第 31831 片，北京：線裝書局 2010 年。

之意。辭殘不知殳犬所關何事。」

　　2018 年 8 月，我在加拿大多倫多皇家安大略博物館看甲骨，得到沈辰館長協助，觀察了所藏殷墟甲骨等中國文物。我目驗原骨，並作了摹本（圖二）。知道各家所作的釋文都不對。現把正確的釋文寫在下面，然後予以說明。

（二）戊子卜：其追方，叀☐。（《合集》31831）

　　「追方」一語又見於《合集》28014（圖三）。楊樹達先生寫過一篇有名的文章《釋追逐》，收入《積微居甲文說》中。他指出，《說文》「追」、「逐」二字互訓，在古書中也看不出這兩個字的用法有什麼明顯區別。但他發現在卜辭中二者用法劃然不紊。「追」所从為「𠂤（師）」，義為人眾；「逐」所从為「豕」，義為野獸；可見「追」的本義是追人，「逐」的本義是追獸，後來才混而不分。

　　楊先生《釋追逐》的結論是正確的。但是，卜辭已經出現「逐人」的用例：

（三）☐衛逐人。（《合集》28062）

　　例（三）字體屬於無名類，說明甲骨文到了第三期卜辭時，「逐」字已經開始從「逐獵」的本義引申為追逐義[13]。

---

[13]　鄭繼娥：《甲骨文動詞語法研究》第 12 頁，引自《甲金語言文字研究論集》第 172 頁。

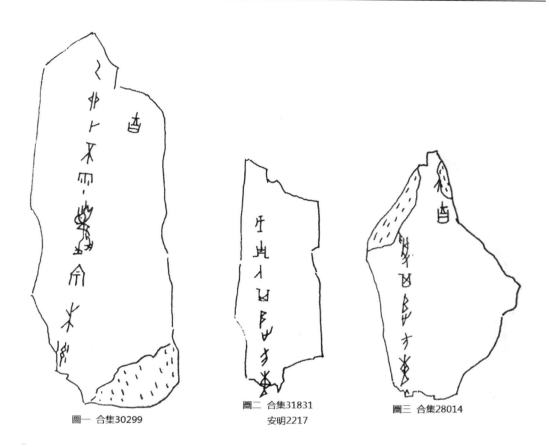

圖一　合集30299

圖二　合集31831
　　　安明2217

圖三　合集28014

——本文為國家社科基金重大項目「殷墟甲骨拓本大系數據庫建設」（批准號15ZDB094）和國家社科基金重大委託項目「甲骨文圖像數據庫」（批准號16@ZH017A1）

《中國文字》　　總第一期
The Chinese Characters　No.1
2019年6月　　　頁19-47

甲骨文發現120週年獻辭

宋鎮豪

中國社會科學院歷史研究所

摘　要

在甲骨文發現120週年之際迎來新際遇，甲骨學科的跨界跨學科性更加顯現，甲骨文保護整理與科學研究展現新局面，我們將打破界限，發凡契志，同向協力，一以貫之肩負起新的學術使命，沉心靜氣，明達致遠，耕耘於古文字與古史研究領域，為傳承和弘揚中華優秀文化而克奉其力。

關鍵詞：甲骨文、甲骨著錄、殷商史

Abstract

New opportunities have emerged on the occasion of the 120th anniversary of the oracle-bone inscriptions discovery.The feature of crossover and interdisciplinary of oracle-bone study has become more apparent.The protection, collation and scientific study of oracle-bone inscriptions have shown a new situation. We will break the boundaries, develop common aspirations and work together to consistently shoulder a new academic mission. Be calm and calm, reach far-reaching, cultivate in the field of ancient writing and history research, and try our best to inherit and carry forward Chinese excellence.

Key words: Oracle Bone Inscriptions, Publication of Oracle Bone Inscriptions, History of Shang Dynasty

前言

　　新世紀以來，殷墟甲骨文研究進入了一個新時代。2005 年國家文物局實施海內外甲骨藏品的多項調查。2006 年規劃的包括甲骨文等古文字在內的全部漢字及少數民族文字的編碼和主要字體字符庫的「中華字庫」工程，列為《國家「十一五」時期文化發展規劃綱要》重大建設項目。2016 年度國家社科基金重大委託項目「大數據、雲平臺主持下的甲骨文字考釋研究」立項。2017 年教育部與國家語委開啟「甲骨文等古文字研究與應用專項科研項目」滾動式逐年度立項。2017 年甲骨文成功入選聯合國教科文組織「世界記憶名錄」。新時代迎來新際遇，甲骨藏品搶救性保護研究受到社會各方高度重視，甲骨文研究呈專題化、系統化、精准化、規模化、數位化和跨學科性，也賦予中華學子新的歷史使命，造就甲骨文保護整理與科學研究的新作為。

一　甲骨文入選「世界記憶名錄」

　　在甲骨文發現「二甲子」的 120 週年及安陽殷墟考古 90 週年之際，以下幾個時間節點，值得我們記著。2017 年 3 月 27 日聯合國教科文組織發來通知，2016 年提交的甲骨文申報「世界記憶亞太地區名錄」（Asia/Pacific Memory Of The World Register）與「世界記憶國際名錄」（International Memory of the World Register），初選順利通過。2017 年 10 月 30 日傳來消息，甲骨文成功入選「世界記憶名錄」。2017 年 11 月 27 日終選通知證書正式頒發。同年 12 月 26 日在故宮博物院建福宮，教育部、國家文物局、國家檔案局、中國聯合國教科文組織全委會等相關部門，聯合舉辦了「甲骨文入選『世界記憶名錄』」的發佈會。

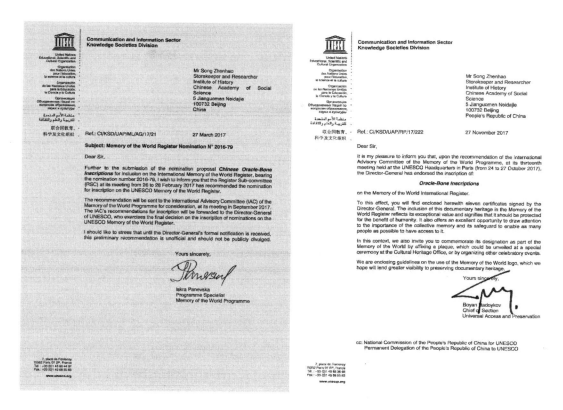

甲骨文申報「世界記憶名錄」2017年3月27日初選通過通知書與11月27日終選通知證書

　　「世界記憶名錄」關注的是世界的文獻遺產，創建於 1997 年，是聯合國教科文組織的三大旗艦項目之一（另兩個是「世界遺產名錄」，登錄具有傑出普遍價值的建築物和自然遺址；「非物質遺產名錄」，關注的是口述傳統和文化的傳承），為了區別其文獻遺產的地域影響力，根據聯合國教科文組織的地區劃分，後來又建立了「世界記憶非洲地區名錄」（ARCMOW）、「世界記憶亞太地區名錄」（MOWCAP）和「世界記憶拉丁美洲和加勒比地區名錄」（MOWLAC）。「世界記憶名錄」旨在是用最可見的方式，將一個抽象的理想與目標──保護文獻遺產──變得更易於接近和具體化，目的是呼應聯合國教科文組織，引起各國政府、社區和個人對世界文獻遺產保護、利用情況的重視與關注。據聯合國教科文組織的《世界記憶名錄指南》（Memory of the World Register Companion）說：

　　　　列入任何一級的名錄都表明聯合國教科文組織對其永久價值和重要性的肯
　　　　定。它同時也提高了該文獻遺產保管單位的地位。隨著時間的推移，通過

讓更多的人瞭解那些不知名的文獻遺產，名錄將有助於改變人們對世界歷史的認識和理解。入選後可獲得聯合國教科文組織的證書，有權利使用世界記憶的標誌，該標誌本身就證明了聯合國教科文組織的承認。該文獻也因此具備了與其他被列入名錄的文獻同等的地位，因此也具有要求政府更加重視該遺產保管機關的理由。

甲骨文成功入選「世界記憶名錄」，標誌著保護甲骨文遺產的世界意義，肯定了其在世界文化中的重要地位和對社會歷史發展所產生的歷久彌新的影響力。

　　殷墟甲骨文是地下出土中國最早的成文古典文獻遺產，也是漢字和漢語的鼻祖，傳承著真正的中華基因。甲骨文是重建中國上古史，窺探三千年前殷商社會生活景致，尋繹中國思想之淵藪、中國精神之緣起、中國信仰之源頭、中國傳統文化之特質、品格之由來、中國藝術美學之發軔的最真實的素材。甲骨文申報「世界記憶名錄」，學界期盼已久。早在 2006 年 8 月，在河南安陽「慶祝殷墟申遺成功及 YH127 坑發現 79 週年國際學術研討會」上，專家學者就籲請國家立項，啟動甲骨文申報世界文化遺產。2010 年 5 月 21 日，全國古籍保護中心專門召開甲骨文申報「世界記憶名錄」專家座談會，正式確定國家檔案局為申報歸口管理單位，適時啟動申報程式。國家圖書館則組織專家學者多次研討申報事項及甲骨文申請列入「國家珍貴古籍名錄」的有關標準制定和實施辦法。2013 年 3 月 8 日經國務院批准，甲骨文正式列入《國家珍貴古籍名錄》。

　　經過醞釀籌畫，2013 年 7 月國家文物局協同國家檔案局委託我擔綱「甲骨文申報世界記憶亞太地區名錄」與「甲骨文申報世界記憶國際名錄」兩個中英文申請文本（郅曉娜博士協助承擔文本的英文翻譯）。要求依據聯合國教科文組織的《世界記憶名錄指南》及《文獻遺產保護總方針》，對甲骨文申報「世界記憶名錄」申請表的各項準則作深入透徹的分析，形成明正的對應規則，論證甲骨文申報「世界記憶名錄」的必要性和重要性，為確保珍貴的甲骨文遺產和檔案資料得到保護和傳播，提交明確真實而權威的申報理由，並為國家文物局與國家檔案局準備提交申報紙本與數位化文本及所需配套資料。

　　甲骨文申報「世界記憶名錄」，採用聯合申報的形式，我選定了以中國社會科學院歷史所、考古所、國家圖書館、故宮博物院、山東博物館、上海博物館、旅順博物館、天津博物館、南京博物院、北京大學、清華大學等 11 家珍藏的約 93000 片甲骨文為申報主體，主要是基於這 11 家甲骨文藏品，數量多，來源與遞藏經過清楚，入藏程式規範，檔案登記明確可查，且經專家真偽鑒定，

有其級別劃分，具備文物、文獻遺產及學術史意義的多重標準。

　　甲骨文申報世界記憶遺產 11 家甲骨文藏品單位的收藏數量及藏品登記號，如下：

一、中國社會科學院考古研究所（Institute of Archaeology, Chinese Academy of Social Sciences）：

　　　　6555 片（截止 2013 年底之前，有字甲骨 5832，無字甲骨 723）

　　　　登記號：71ASTT1：01-10

　　　　73H1-8、16-17、23、24、31、36-39、45-48、50、54、57-61、63-65、72、74、75、77-80、84-87、91-95、98-99、102-104、107、109、114-119、F1、4、M7、9、13、16、18、20、T1-3、11-13、21-23、31、32、42-44、52-55、64、101：0001-4589

　　　　75-77AS：1-13

　　　　85H150

　　　　86H5/86T2

　　　　89T4/89T6-T8/89H7

　　　　91H3:001-689

　　　　01HDH7/01HDM65/01HDT2

　　　　02H4/02H6/02H8/02H9/02H23-24/02H47/02H54/02H55/02H57/02F1/02G1/02T4A/02APNH

　　　　04T5/04T4/04ASH141：001-531（514＋12＋3＋2）

　　　　05T1

二、中國社會科學院歷史研究所（Institute of History, Chinese Academy of Social Sciences）：

　　　　2024 片（其中偽片 30、無字甲骨 33、小碎骨 41）

　　　　登記號：0001-1240、1242-1992、N1-33

三、國家圖書館（China National Library）：

　　　　34783 片（其中偽片 226，無字甲骨 642）

　　　　登記號：00001-35651

四、故宮博物院（Beijing Palace Museum）：

    22463 片

    登記號：0001-4735

    資料號：00001-17728

五、山東博物館（Shandong Museum）：

    10518 片

    登記號：004790-006706、020418-023417、047060-047550、064495-069553

六、上海博物館（Shanghai Museum）：

    4905 片

    館藏號：2426.1-1531、17645.1-1022、17646.1-12、33174.1-9、61418.1-15、75415、17647.1-780、6860、6861、8631、9435.1-3、11174、11175、27838、27839、43970-43983、48724、48730、61850、64006、67761.1-21、8101-8104、9056-9058、13248、20889.1-86、21569.1-312、21691.1-320、33314、34502.1-6、27610、38027、39459.1-72、39399-39406、48709.1-4、49003.1-254、46517、46937、48934、48935、48937-48941、63819.1-9、64962、65640.1-28、54705.1-30、54786-54794：1-144、54796-54813：1-124

七、北京大學（Peking University Library）：

    2980 片（其中偽片 51）

    登記號：8.0001-8.1823、0001-1160、1951.19.1-29（有缺號）

八、南京博物院（Nanjing Museum）：

    2870 片

    登記號：4.1004-4.3523（其中夾兩件非甲骨文物）

九、旅順博物館（Lvshun Museum)：

    2231 片（拼合後有字甲骨 2224，無字甲骨 3、偽片 3）

    登記號：9.1-482、484-712、1031-1135、1137-1139、1141、1143-1759、

1761-1768、1784、1787-1824、1830-1840、1871、1873-2067、2091、2094-2139、2142-2600

十、天津博物館（Tianjin Museum）：

1798 片

登記號：1-1582、1640-1830、63.9.1-25

十一、清華大學圖書館（Tsinghua University Library）：

1755 片

登記號：0001-1755

我們在擬寫文本其間，國家文物局還專門組織召集全國 11 家甲骨文收藏單位負責人一起商談如何配合申報工作。同年 11 月 26 日申報文本完成。隨著申報項目審核落實與有序提交的安排，在教育部等相關部委的積極配合下，甲骨文申報「世界記憶名錄」於 2017 年通過聯合國教科文組織世界記憶工程國際諮詢委員會的諮詢、一系列實地考察、初審、終審，最終成功入選。

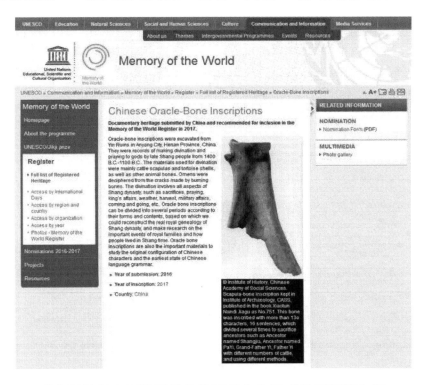

聯合國教科文組織網站公佈甲骨文入選「世界記憶名錄」

　　必須指出，中國社會科學院考古所、歷史所、國家圖書館、故宮博物院等11 家甲骨文藏品成功入選聯合國教科文組織「世界記憶名錄」，其實也意味著流散海內外各處所有殷墟出土的甲骨文，都應歸屬於世界記憶遺產。甲骨文入選「世界記憶名錄」不是目的，而是開始，任重道遠，更顯其保護與傳承的重要戰略價值，對負責甲骨文物的安全、保管和保護的機構具有正面的推進意義與監督作用。

中國社會科學院考古研究所藏甲骨入選「世界記憶名錄」證書

中國社會科學院古代史研究所藏甲骨入選「世界記憶名錄」證書

二　甲骨文展示的文化魅力

　　殷墟甲骨文內容繁富，具有極高的文物價值、史料價值和學術史價值，為研究中國源遠流長的燦爛文明史和早期國家與人文社會傳承形態，提供了獨特而真實可貴的第一手史料。從 1899 年發現至今，經海內外學者們 120 年來前赴後繼的探索，其中的歷史文化奧秘逐漸揭開，甲骨學嶄然成為一門舉世矚目的國際性顯學。殷墟甲骨文的發現也引發了中研院歷史語言研究所考古組 1928 年至 1937 年十五次殷墟發掘，和中國社會科學院考古研究所自 1950 年迄今仍在繼續的殷墟考古發掘，不僅使失落的一座商王國都城重新進入今人的視野，而且也促進了中國近現代考古學的誕生與發展，殷墟在世界文明史上所占的重要地位隨之確立。在 2006 年 7 月 13 日立陶宛維爾紐斯召開的第 30 屆世界文化遺產大會上，殷墟被評選列入「世界文化遺產名錄」。

　　甲骨文時代屬於商王國後期，歷時商王盤庚遷殷至帝辛凡 8 世 12 王共 273年，出自 3000 多年前殷商王朝特殊人群之手，包括商王、貴婦、王室成員、卜官、貴族、各方巫師、地方要員等。這些人群以特有的占卜文例形式（通稱甲骨卜辭）或記事文例形式（通稱記事刻辭），在龜甲獸骨上寫刻下貫以他們的思維方式、行為方式、信仰追求的居常生活事象，記下了真實存在的商王室譜系，記下了大量的神名、先王先妣名、貴顯人物名、諸侯方國君長名、部落族長名、外交使者名與神話傳說人物等等，揭示出王位繼承法與婚姻親屬制的特點，王事與臣屬活動的政治景觀，重大事件中的人物思想情感表現，商王與諸侯方國的關係，官僚機構與職官的職掌，社會生活中權貴與平民、奴僕的階級結構，經濟產業的管理者與手工業勞動者的等級關係，不同族群的宗教意識觀念，軍事戰爭中的武官、軍隊組織、武器裝備和攻防行事，喪葬祭祀中人殉人祭者的身份、社會地位及其與墓主的關係，使商代成為有出土古文字記載可資考察的信史時代，填補了史書的缺載。

　　殷墟王都內的貴顯人物每以龜甲獸骨進行占卜其日常生活行事的可行性，預測吉凶禍福。占卜程式分卜前的取材和對甲骨施加削、鋸、切、錯、刮、磨、穿孔以及鑽鑿的整治。經過攻治的甲骨，就可以進行占卜，施灼呈兆，在許多卜兆的近處，按一定的行文形式，書刻下占卜事項與卜後的記驗辭，有的還塗朱填墨，包括之後的入檔，集中瘞埋等等，有專門一批人從事其禮。關於塗朱填墨的塗飾質料，美國皮其來（A.A.Benedetti-Pichler）有 Microchemical Analysis of Pigments Used in the Fossae of the Incisions of Chinese Oracle Bones

（中國卜骨塗色之顯微分析，Industrial and Engineering Chemistry Analytical, Vol. ix, no.3, 1937）和美國漢學家白瑞華（Roswell S. Britton）有 Oracle-Bone Color Pigments（卜骨中之顏料，Harvard Journal of Asiatic Studies vol.ii,no.1, 1937），對甲骨文塗飾的礦物質顏料硃砂（硫化汞）和植物性顏料炭墨有科學鑒定。

甲骨文的形式以卜辭文例為主，專指書刻在卜用甲骨上的卜辭行文形式、位置、次序、分佈規律、行款走向的常制與特例，包括字體寫刻習慣等等，殷商王朝由此逐漸確立起一系列甲骨占卜程式，舉凡大要者有四：一曰正反對貞，同事異問，一事多卜；二曰因襲前事的「習卜」之制；三曰「卜用三骨」之制；四曰卜筮並用，參照聯繫。甲骨文中有元卜、左卜、右卜一套「三卜」的卜官建制。

甲骨文是刻寫在龜甲獸骨上的古典文獻遺產，主要為占卜記事卜辭，完整的甲骨大小並不一律，據占卜主體者的身分不同而異。王卜多屬各地進貢的大龜，一般貴族用王都附近產的尺寸較小的龜，龜的大小，乃是等級、權力、地位的一種標誌物。最大的龜腹甲長 44 釐米、寬 35 釐米，背後有 204 個鑽鑿，現藏臺灣史語所，屬武丁時，照片見《當甲骨遇上考古——導覽 YH127 坑》P.81-82，拓本見《丙編》184、《合集》14659。1943 年伍獻文參照英國葛萊（Gray）氏大英博物館《龜類志》（Catalogue of Tortoises），鑒定此大龜與今產於馬來半島的龜類是同種。1978 年美國 Mr.JamesF.Berry 鑒定此龜屬於今緬甸及印尼一帶出產的龜種〔*Geochylene* (Testude) *Emys*〕。一般的龜長 27-34 釐米以下。今見完整龜甲一片上字數最多者達 404 字，正反共刻了 71 條卜辭，見《合集》974，現藏臺灣史語所，屬第一期武丁時；其亞者為第五期卜龜，有 32 條卜辭共 270 字，現藏旅順博物館，見《旅博》1949。牛肩胛卜骨也有大小之分，最大的一骨現藏北京國家圖書館，為一牛右胛骨，通長 43.5 釐米、寬 24 釐米，正反面刻了 35 條卜辭和一條記事刻辭，共 218 字，屬第四期武乙時，縮小照片見《銘刻擷萃：國家圖書館館藏精品大展金石拓片圖錄》3，原大拓本見《合集》33747 片。小一點的長 32 釐米、寬 18 釐米左右。牛肩胛骨的大小之別，與牛齡、個頭大小及種屬方面有關，黃牛的肩胛骨狹而長，水牛的肩胛骨扇寬大。牛肩胛骨一片上字數最多者達 376 字，有 42 條卜辭，見《合集》27042，現藏臺灣史語所，屬第三期康丁時。此外，還有十分鮮見的象胛骨卜骨，共發現兩例，均屬武丁時；第一例現藏瀋陽市遼寧省博物館，反面有 27 組鑽鑿，見《合集》13758 正反；第二例現藏北京國家圖書館，照片見《銘刻擷萃：國家圖書館館藏精品大展金石拓片圖錄》6，拓本見《甲骨綴合編》32、

33，又見《合集》9681。另還有一些與占卜不相干的記事刻辭，包括人頭骨刻辭、虎骨刻辭、兕骨刻辭、兕頭骨或牛頭骨刻辭、鹿頭骨刻辭、牛距骨刻辭，以及一些骨器上的記事刻辭等。甲骨文還有用軟筆朱書墨書的。考古發掘發現的甲骨文，有的整批出土於當時有意瘞埋的土坑中，瘞埋地點也有所不同，甲骨組類屬性也相應而異，可以據以整體斷代及識別是某某王卜辭或非王卜辭。

　　甲骨上完整形式的卜辭，包含敘辭、命辭、占辭、驗辭四部分。敘辭記卜日和卜人名；命辭記占卜的事類，也是卜辭的中心部分；占辭是視兆坼判斷事情的吉凶，屬於占卜的結果；驗辭是事情應驗的追記，但多數卜辭只記敘辭和命辭。甲骨文出土時以碎片為多，流傳與收藏過程中又不斷面臨碎缺損壞與粉化的危險。不過，按卜辭同文例可以殘辭互補，有的經過碎片拼綴，卜辭內容也可以完整通讀。

　　殷墟甲骨文的內容，涉及晚商時期的自然生態、天象祲異、氣候災害、政治制度、王室結構、宗法與宗廟制、王權與神權關係、文化禮制、立邑任官、卜官與占卜制度、土地所有制、社會經濟生產、交通出行、外交征伐以及商王都內權貴階層的日常生活狀況，如衣食住行、生老病死、婚姻嫁娶、養老教子、夢幻思維、情感意識、宗教信仰、祀神祭祖、飲食宴饗等方方面面。

　　甲骨文中記下的商王國的政治疆域總體面貌以及相應的內、外服制度，可資瞭解當時社會的階級分層、政體架構和國家管理形式，最高統治者是商王，商王之下有一批內服輔政官員，統領著一個較大的官僚集團，為商王提供諮詢和負責處理具體事務。其中卜官集團，負責為商王提供宗教祭祀方面的決策參考，利用神靈力量影響政事裁決。地方族落或基層地緣組織總數有 700 多個，由各個宗族的族長負責最基層的管理。在法律刑罰方面，有一套墨、劓、刵、刖、椓的「五刑」系統。商王朝周邊方國達 160 多個，方國君長是商王朝外服官員構成的主體，有的方國與商王朝時敵時友，軍事征伐及服屬交好的記載甚多。商王朝的武裝力量構成體制，分為王室軍隊、諸侯方國軍隊及「兵農合一」的非常設「族兵」三大類。

　　甲骨文中有不少風霜雨雪的氣象及水旱蟲災的記錄，還記下了流星雨以及發生於西元前 1200 年前後的 5 次日食，是古氣候與古天文學研究的重要資料。還有許多野生動植物及獵獲象群的記錄，可資研究黃河中下游地區自然生態與歷史地理環境的變遷。甲骨文中把一年分為春、秋兩季，實行一套適合農業定居生活的以太陰紀月、太陽紀年的陰陽合曆，平年十二月，閏年十三月，有大小月之分，如單月稱「小月」（山東博物館藏 8.110.17）、「小一月」（《符》1）、

「小三月」（《東北師大》13）、「小五月」（《合集》21637）、「小生七月」（《合集》7791），與今稱偶月為小月恰相反。閏月的安排採用年終或年中置閏，以調節太陽年與朔望月的關係。閏月的安排採用年終或年中置閏，以調節太陽年與朔望月的關係。將一天大致分為 16 時段，不同時段有不同「時稱」，即時間單位詞，白天自旦至暮共 9 個時段，夜間自昏至夙分為 6 個時段。「食者，民之所本」，甲骨文中的糧食作物種類有禾（粟）、粱（黏性粟）、黍、麥（大麥）、來（小麥）、秫（糯稻）、秜（稻）、尗（大豆）、齋（高粱）等。為求農作物豐收，有祭風寧風、止雨禦潦、祈雨焚巫尪禦旱災及寧息蝗災等農業祭祀行事。當時人群的宗教信仰分野，主要為最上層上帝、中層天地間祖先神和自然神祇、最下層鬼魅世界三大信仰系統。對先王先妣的祖先祭尤為隆重，可分特祭、臨時祭、合祭和周祭四類。

　　甲骨文中還有名類繁多的建築稱名，禮制性宮室建築合居住、祭祀、行政為一體，宮庭與池苑相輔相成，已開後世宮廷與皇家園林相系的先河。甲骨文記有 20 多種樂器名，10 多的不同祭歌名，不同形式的武舞與文舞名，樂師「多万」和眾多舞臣的專事分工，反映了當時器樂與音樂、舞蹈的發達狀態。還有 50 餘種病患記錄，如以現代醫學分科則分屬之內科、外科、口腔科、齒科、五官科、呼吸道科、消化道科、眼科、骨科、腦科、神經科、腫瘤科、小兒科、婦科、傳染病科等，有關疾病的治療，藥物、針灸等數者兼備。

　　甲骨文是漢字和漢語的鼻祖，是研究漢字原初構形與漢語言語法最早形態的重要素材。甲骨文的單字量約 4400 多個，可識可讀可隸定的約 2400 個，其中約 1400 個見於現代漢語字典，其餘 2000 個已經不可釋讀，都為消逝的人名、地名和某種祭祀名，但其詞性詞義大都可據文例語境而基本得知。甲骨文語言是漢語的母語，甲骨文的文辭體式，與現代漢語語法結構一脈相承。可知早在 3000 年多年前已經有比較健全成熟的一個自成體系的語言、詞彙、句法和語法系統，現代漢語語法中的名詞、代詞、動詞、介詞、數詞、某些量詞、副詞、連詞、助詞、形容詞、語氣詞、疑問詞、副詞等等，在甲骨文中已經基本具備。

　　甲骨文內部有一個比較統一的語音系統，它構成中國秦漢以後漢藏語系的重要源頭。由於甲骨文的發現，使漢語言學的原初形態和漢語語法的早期特點已經由很難講清，變得可資精細釐析。

　　甲骨文也為現代書法藝術界提供了舒展才華的新天地，甲骨文書體造型與行文走筆具有的高起點、合規度、具變宜的書法要素，先聲正源而導流後世書

藝，其刀筆、結體、章法三大要素，顯出早熟性的特色，直接或間接影響著晚後書學的流變，成為中國書法藝術的濫觴，體現出中華民族的美學原則和共同心理，即平和穩重的審美觀，強弱均衡、節奏有序的心理意識，對中國社會和中國文化發展影響深遠。人們在觀賞文物舊跡，上追殷商神韻之際，立意於藝術構思，在真、草、篆、隸、行等傳統書法藝術形式上別開生面，創立現代書藝新門類，為書壇文苑添彩增輝。

三　甲骨文整理研究的新成果

　　甲骨文發現 120 年來，甲骨文研究主要在文字考釋和殷商史料的解析利用方面，而在甲骨學研究領域，持續不斷的甲骨文材料的發現、整理和著錄，甲骨殘片綴合、甲骨組類區分、甲骨文例語法研究等諸多方面堪成規模，特別是近世整宗性甲骨著錄集與大型甲骨文獻集成、各種完備工具書的相機問世，無不為二十一新世紀甲骨文與甲骨學研究的發展積聚起相當的能量，別開甲骨文整理研究的新紀元。

　　甲骨文流傳不廣，能接觸揣摩到原物的更不易，甲骨拓本遂成為方便傳播甲骨文的重要介體。中國社會科學院歷史所藏有大批甲骨文拓本，其來源相繫於上世紀五十年代初制定「國家十二年科學發展遠景規劃」中列為歷史學科重點項目《甲骨文合集》的編集。近年來我們發現有相當數量的甲骨文拓本為當年《合集》及後來的《合補》所漏收漏選，有的都是上世紀 70 年代以前或更早時期的拓本，而其甲骨實物往往早已去向不明，有的雖知下落，原骨卻已破碎，片形遠非早期拓本完整。有的甲骨拓本集屬於海內外唯一性的珍本或孤本，有新材料的文物價值和古文字與古史研究的重要學術價值。但因這批甲骨拓本集塵封已久，紙張斷爛零落，需要進行搶救性破損修復和專業性有序保護整理研究。

　　新時代帶來新契機，為賡續《甲骨文合集》「輯集殷墟出土甲骨文之大成」的前緒，我主持的國家社科基金重點課題暨中國社科院重大 A 類科研項目《甲骨文合集三編》，歷經多年的艱辛工作，輯集《合集》與《合補》漏收的舊著舊拓殷墟甲骨文，以及編集《合集》問世後散見各處的甲骨文，補收補拓部分公私諸家所藏甲骨文，整合有關甲骨綴合資料，總計著錄甲骨文近 3 萬片。

　　2011 年中國社會科學院歷史所創新工程項目啟動，由我主持的「歷史所藏甲骨墨拓珍本的整理與研究」被批准為其分支項目之一，也可以說是因於我此

前主持編集《甲骨文合集三編》的前緒而設立的。項目實施的主要創新處，是基於甲骨文物遺產的保護整理、科學研究、學術史追蹤、文化傳播及歷史教育之目的，擴大歷史所藏甲骨墨拓珍本整理與研究的視野，深入挖掘每宗甲骨資料的來龍去脈及其學術史價值，站在學術前沿，把握甲骨學科發展方向，走出象牙塔，橫向加強與海內外甲骨收藏單位的交流合作，在整理研究中搜集補充甲骨新資料，並注意吸收甲骨文的最新研究成果，充分呈獻我們的新知新獲，同時配合甲骨學科建設並加強中青年高端專業人才培養，不斷奉獻出我們的精品力作。近 10 年來，我們編纂推出「中國社會科學院歷史所藏甲骨墨拓珍本叢編」，先後整理研究與著錄出版了 10 種總計 9230 多片殷墟甲骨文的學術著作，已經公佈或即將公佈的新見字與新見字形總共達 120 個，大大充實了甲骨文字庫，還有一批新見辭例，也有助於甲骨學與殷商史的探索。這 10 種新的甲骨著錄書，介紹如下：

一、《雲間朱孔陽藏戩壽堂殷虛文字舊拓》（上下冊，線裝書局，2009年12月）

　　為上海著名收藏家朱孔陽所藏戩壽堂甲骨原拓，依當年王國維《戩壽堂殷虛文字考釋》一書的體例編次。戩壽堂甲骨最初為丹徒劉鶚鐵雲所藏。劉氏搜購甲骨文始於 1901 年，自稱「總計予之所藏約過五千片」。1909 年劉氏獲罪流放新疆，生前所藏甲骨散失，其中近千片為羅迦陵所獲，羅氏曾請王國維編集《戩壽堂所藏殷虛文字》，書為石印本，印刷不精，甲骨拓片模糊不清。上海朱本的戩壽堂舊拓凡 639 片，拓工精良，屬於戩壽堂甲骨尚未殘損時的早期佳拓，遠較王氏《戩》完整，甚至比《合集》還要上佳。朱氏又藏編餘的甲骨文拓片、摹本《甲骨文集錦》二卷，上卷名為《殷虛文字拾補》，收入 135 片；下

卷名為《殷虛文字之餘》，收入 158 片，合計 293 片。這兩批拓片雖不見於王氏《戩》，因有一部分顯然是《戩》甲骨的反版、正版或骨臼的拓片，只是其間失聯而已，可知為戩壽堂同批之物。全部拓片中有近百片《合集》未收。如朱本 8.9 完好超《戩》、《續編》及《合集》，多出十三字，「壬辰卜大貞翌己亥㞢于 ✕ 十二月。貞隹示。丁酉。」等卜辭可完整釋讀。《殷拾》10.4「叀市日酌」，與甲骨文「叀朝酌」、「叀昃酌」、「叀莫酌」等句式相同，據其辭例、詞位，知「市日」為紀時詞無疑，相當雲夢秦簡的「下市申」（下午 15 至 17 點間）。《殷拾》12.5 可與北京國家圖書館藏原善齋一骨（《合集》33246）綴合，行款自下而上，自右而左，糾正了過去「南受年」的不確讀法，使八條對貞卜辭完讀：「受年，東。不受年。受年，北。不受年。受年，西。不受年。受年，南。[不]受年。」現結集出版，使往昔戩壽堂同批甲骨材料得到齊整著錄。

二、《張世放所藏殷墟甲骨集》（線裝書局，2009年12月）

本書拓片、照片相對照，後附釋文，著錄安陽「四堂書屋」張世放先生所藏甲骨文凡 385 片，大抵為安陽小屯村北出土。其中一期武丁時自組卜辭 8 片，賓組卜辭 193 片，子組卜辭 1 片，二期祖庚祖甲時出組卜辭 98 片，三期廩辛康丁時何組 6 片，四期武乙文丁時無名組 11 片，五期帝乙帝辛時黃組 68 片。有的甲骨有塗朱、填墨現象。又有龜腹甲，斷裂的邊緣兩側各鑽一排 4 個小孔，共 8 孔，兩兩相對，知當時為避免出現裂縫的龜甲斷開而用細繩穿聯。有半塊龜背甲，鑽鑿灼陣列施於反面肋部，為難得之品。有的龜腹甲，色澤黑中泛青。有的甲骨因與長期與銅器一起瘞埋地下，受銅銹侵蝕而呈綠色。有一些比較重要的材料，比如第 237 片「貞外亡禍」，可窺見商王的內憂外患意識。

此外，還發現一些新字及新字形。如第 1 片屬自組細體，有新見貞人名「⚊」與新見字「⚊」。

三、《中國社會科學院歷史研究所藏甲骨集》（上中下冊，上海古籍出版社，2011 年8月）

　　著錄甲骨凡 2023 片，原為郭沫若、胡厚宣、容庚、康生、羅福頤、羅福葆、王杏東、王獻唐、顧鐵符、易忠籙、羅守巽、葉玉森、郭若愚、徐宗元、徐坊、臧恒甫、顧承運、陳侃如、邵友誠、方曾壽、周伯鼎、蔣楚鳳、英國考文夫人及北京琉璃廠慶雲堂、韻古齋、振寰閣、富晉書社和北京文物商店等二十八家的舊藏品。甲骨的出土年代，多數是殷墟早期發現品，部分屬於上世紀 20 年代及 1937 年至 1945 年抗戰期間殷墟盜掘出土後散落民間者。本書以甲骨彩照、拓本、釋文與來源著錄表四位一體的形式，貫之以「分期斷代，按字體別其組類，再按內容次第排序」的體例原則整宗編次公佈，上冊為甲骨彩版，包括有字甲骨 1920 片、零星小碎骨 41 片、無字甲骨 32 片、偽片 30 片的彩色照片；其中已被《甲骨文合集》收錄 889 片，《甲骨文合集補編》收錄 389 片，仍有 642 片未被兩書著錄。中冊為甲骨文拓本。下冊為甲骨釋文和 6 種檢索表格。彩版首開甲骨正、反、側邊照片兼具的著錄樣式，側邊照片便於更好地觀察鑽鑿形態與邊側文字，以及甲骨邊緣鋸截錯磨整治等人工幹預痕跡，其上下左右碴口的厚薄斷口狀，可提供甲骨拼綴的驗證。

四、《俄羅斯國立愛米塔什博物館藏殷墟甲骨》（上海古籍出版社，2013年12月）

　　著錄甲骨凡 202 片，為 1911 年前後俄羅斯著名古文書研究家黎哈契夫（Н.П.Лихачев）托一位中國官員購得，二戰前歸聖彼德堡冬宮保管。黎哈契夫曾與聖彼德堡大學東方系漢學家伊萬諾夫（А.И.Иванов）教授合作研究過。1932 年前蘇聯科學院語言思想研究所布那柯夫（Ю.В.Бунаков）進行過專題研究，因衛國戰爭而未果。1950 年代中國科學院歷史所胡厚宣教授與 2000 年代俄羅斯科學院劉克甫（М.В.Крюков）教授也曾部分整理，但均受條件所限，未能總其全功。《合集》僅僅收了 79 片摹本，且摹寫有訛誤。這批甲骨文藏品從未傳拓過，只有不到半數的摹本刊出，更鮮見甲骨原照。現在我們與俄羅斯國立愛米塔什博物館合作整理著錄這批甲骨，首次以彩照（包括甲骨正、反、側邊）、墨拓、摹本、考釋為一體的著錄範式予以公佈，還用中、英、俄三種文字對每片甲骨卜辭加以簡說，實現了學界長期以來的期盼。俄藏甲骨有不少新材料，如 17 正：「辛酉卜，爭，貞勿龡……」龡，（衙），從行從戾，以往甲骨文字書失收。「勿龡」意義疑與「勿卒」相類。22：「乙巳卜，臮，貞多君曰：其啟，𦏘宰若，示弗左。」𦏘（洼），新見字。186＋合 33061：「癸未，貞王令子𤔔。」𤔔是畫的新見字形。189：「甲戌，貞王令剛裒田於𧖷。」𧖷（巃），從口，農田地名，《屯南》499 與俄藏 189 同文；郭沫若《粹編釋文》誤識為，寵謂「寵殆龍之繇文，以亡為聲」。（754 頁）今可知準確應釋為巃字。

五、《旅順博物館所藏甲骨》（上中下冊，上海古籍出版社，2014年10月）

著錄甲骨凡 2217 片，包括有字甲骨 2211 片、無字甲骨 3 片與偽刻 3 片，蚌笄頭刻辭 1 枚。主要為「甲骨四堂」之一羅振玉（雪堂）的舊藏品，少量為日人岩間德也藏品，屬於安陽殷墟早期出土品，《合集》僅僅收了 587 片（拓片 533、摹本 54），絕大部分沒有公佈過。我們也是按照彩照（正、反、側邊）、墨拓、摹本、釋文簡釋與著錄表前後一系的範式加以編集，是一部融學術研究與資料著錄為一體的大型甲骨著錄書。發現新字及新字形 30 多個，大大充實了甲骨文字形檔。如本書第 733 片從舌從亟的「[illegible]」，第 1292 片的「[illegible]」（稟），第 1298 片的「[illegible]」，第 1417 片人名「[illegible]」，第 1864 片「[illegible]」，皆為新見字。第 1634 片五作五橫劃「[illegible]」，殊不多見。第 2177 片「[illegible]」，新見黃組貞人名。第 274 片「[illegible]」，《甲骨文校釋總集》8091 誤釋「宜」；第 1863 片「[illegible]」（洟），《合集釋文》35325 誤作「[illegible]」。還發現一批新用詞和新資料，如第 49 片組小字類卜骨「生今日」的特殊用詞，第 53 片自賓兼類祀雨卜骨，與《英藏》1149 相綴，「取[illegible]石」與「取[illegible]石」的同貞辭例，均前所未見。第 494 片「夕㞢彗」，可與《合集》21026「中日彗」的辭例作比對研究。第 722 片龜腹甲賓組卜旬卜辭，自五月至十一月，週期逾半年以上，旬曆超過 200 日，甚是難得；第 502 片龜腹甲賓組卜辭「劓刵」，記割鼻、斷耳兩種肉刑，是很珍稀的研究殷商刑罰史料。

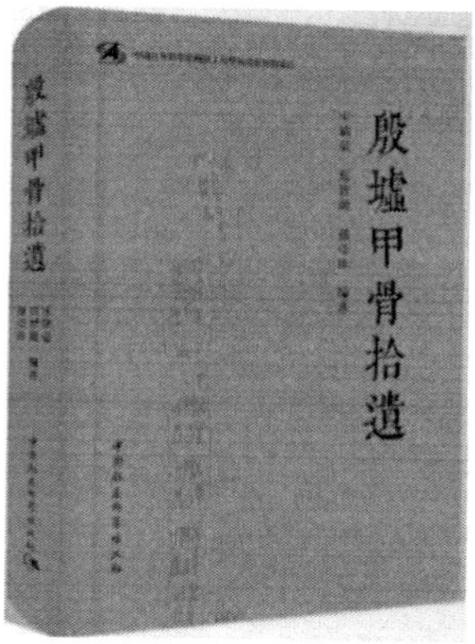

六、《殷墟甲骨拾遺》（中國社會科學出版社，2015年1月）

搜匯安陽藏家的殷墟出土甲骨凡 647 片。有不少珍品，如第 646 人頭骨刻辭，過去殷墟出土人頭骨刻辭總共發現 15 片（見宋鎮豪著《夏商風俗》765-768 頁，上海文藝出版社 2018 年 1 月版），此又增一新例。第 647 片「甲申王賜小臣𡠧，王曰：用。隹王用𩰬」，為牛距骨綠松石鑲嵌記事刻辭。第 93 片一期龜腹甲卜辭，片大字多，正反有字 203 個，內容涉及商王征伐𢀛方、土方和「執[illegible]」。特別是第二期中有 179 片出組卜辭群，可能出自一坑，有一片大骨版，字數多至 52 個，貞卜某日可狩獵獲虎，契刻齊整，文例犁然有序。即使是殘片隻字，碎骨遺珠，亦每有賸義可掇。如第 65 片「買芻」，第 366 片「于方立史」，第 449 片「冀方」，第 454 片「亞侯」，第 602 片獵獲「兕二十」等。第 456 片歷二類「辛巳貞日又戠非禍」，為天象祲異之占，與《合》33710「辛巳貞日又戠其告于父丁」、《合》33704「〔辛〕巳〔貞〕日戠在西禍」、《輯佚》658「辛巳貞日又戠其先……」同日數貞，可互相參照。一批新字可補充甲骨文字形檔，如第 116 片「[illegible]」(第)，第 173 片「㝵」，第 298 片「[illegible]」，第 530 片地名「茗」，第 598 片地名[illegible]等。本書採取甲骨彩照、拓本、摹本、釋文四位一體的著錄體例進行編著，在甲骨分期、分類、分組、釋文等方面，有一系列新獲。

七、《笏之甲骨拓本集》（上海古籍出版社，2016年10月）

　　著錄原笏之高鴻縉輯集甲骨拓本凡 1867 片。原骨不少已流落日本，有的曾著錄於林泰輔《龜甲獸骨文字》（1918 年）、金祖同《殷契遺珠》（1939 年）和《龜卜》（1948 年）、饒宗頤《日本所見甲骨錄》（1956 年）、渡辺兼庸《東洋文庫所藏甲骨文字》（1979 年）。其中的一批甲骨，原先歸日本河井荃廬（1871-1945）收藏，二戰中 1945 年 3 月 10 日美軍空襲東京，位於千代田區九段富士見町的河井氏邸波及，甲骨遭到战火焚燒，損毀嚴重，劫餘的甲骨後來入藏東京大學東洋文化研究所，松丸道雄《東京大學東洋文化研究所藏甲骨文字》（1983 年）有著錄。數年前，我應邀訪問東京大學東洋文化研究所，在平勢隆郎教授陪同下，觀察過這批甲骨，所見色澤灰白，開裂斷缺，表皮剝落，收縮形變，仍是慘不忍睹。此是河井藏品未損前的早期拓本，有可能墨拓於流入日本前，保存了甲骨原先形態，片形、字跡、墨色等明顯好於《東大》，彌足珍貴。

八、《重慶三峽博物館所藏甲骨集》（上海古籍出版社，2016年11月）

　　著錄甲骨凡 210 片。這批甲骨中小部分係端方舊藏，又歸羅福頤，後為重慶博物館購藏（20 片）；大部分購自孫作雲（90 片）及重慶白隆平（67 片）；還有一部分為衛聚賢、羅伯昭捐贈。當年《甲骨文合集》著錄了 36 片，其後《甲骨文合集補編》又著錄 3 片（與《合集》相重 1 片）。此次對全部甲骨藏品進行拍攝、墨拓和整理研究，按彩照（正、反、側）、拓本、摹本、釋文、表格前後一系的著錄範式公佈出版。這批甲骨有不少重要內容，如第 1 片與《懷特》898、《文捃》884 綴合，「元示五牛，二示三牛」與「元示五牛，它示三牛」同貞，講到殷商直系先王上甲元示與二示的神主配置，「二示」與辭位相同、用牲數也相同的「它示」對文，抑或並非通常認為的示壬、示癸兩位直系先王，似另有所指，如《合集》22098（午組）有「𠂤歲于二示父丙、父戊」。第 120 片祭祀用牲數「六牛」，很少見。昔日郭沫若云：「凡卜牢牛之數者……四、六、七、八、九諸數不用」（《殷契粹編考釋》586），看來也不盡然。第 8 片「貞勿[咸]𢶆丁宗」，與《天理》B053「貞咸𢶆丁宗」正反對貞，兩片骨面剝蝕程度相類，字體一致，似可遙綴，內容與建築工程技術有關。第 13 片「貞市宁為。貞勿為。」與《殷遺》145「貞市小宁為」，都是牛胛骨右邊條卜辭，文字均填墨，背面鑽鑿形態相同，似也可遙綴，有助於對「宁為」詞意的詮釋。第 26 片與《殷遺》41、《合補》1327 綴合，「貞令犬𧷴𤕫𡩋視方」、「貞[勿]令[犬]𧷴𤕫𡩋」，正反卜問偵察敵國動向的情報人員安排。第 45 片「𦥑曾」，是與曾國之間發生戰爭的難得史料，實不多見。

九、《徐宗元尊六室甲骨拓本集》（上海古籍出版社，2018年1月）

　　本書是據中國社會科學院歷史所藏徐宗元尊六室甲骨，對徐氏《尊六室甲骨文字》一書的再編纂，增入補遺 5 片，合計 269 片。分為三部分：第一部分為甲骨圖版，序號一遵原書排次。第二部分為甲骨釋文，對徐宗元手民書跡多有不清的《尊六室甲骨文字考釋初稿》作了校訂和標點重排，後附新釋文，並有每片甲骨的材質、分期、著錄情況諸說明。第三部分為著錄檢索表。新編本對原《尊六室甲骨文字》之 20、51、75、125、130、178、179、229、241 加補了所漏反面拓本。235 加補了正面拓本。101 拓本不全，也替換了新拓。對原來為摹本的 38、70、83、86、88、91 反、100 反、120 正（原誤為背面）、136 正（原誤為背面）、157、159 正（原誤為背面）、160 反、163、165、171、181 反、197、198、205 反、222 正反、226、227、228、259 反，也都一一換成新拓本。219 摹本不僅改換拓本，又補上了臼拓。

十、《符凱棟所藏殷墟甲骨》（上海古籍出版社，2018年1月）

　　本書著錄山西太原符凱棟所藏殷墟甲骨文 116 片及安陽傅林明所藏大卜骨兩版。採用甲骨彩照、拓本與摹本三位一體的形式刊佈。本書第 1 片武丁時自組卜骨，反復卜問何日翦伐「失」國。據《逸周書·世俘解》述周武王伐商，有「告禽（擒）霍侯，俘艾（侯）、佚侯」的記載，甲骨文中用為國族名的「失」，一稱「失侯」（《懷特》360），即文獻中的「失侯」，其地在殷西。「失侯」為武丁時的侯國。此片的重要性，在於得知「失」國先前曾是殷敵國，一度遭到武丁翦伐，稍晚才成為武丁王朝的服屬國。商末周武王燮伐大商「俘佚侯」，已是後話。

　　時下，我正在全力主持兩個甲骨文整理研究項目：一個是 2014 年 11 月 5 日立項的國家社科基金重大項目**「山東博物館珍藏殷墟甲骨文的整理與研究」**，由山東博物館與中國社會科學院甲骨學殷商史研究中心合作承擔。山東博物館珍藏甲骨文數量達 10500 多片，舊為加拿大明義士、德國人柏根氏、上虞羅振玉、益都孫文瀾、濟南王惠堂、山東文管會與原齊魯大學等所藏，當年《甲骨文合集》和《山東省博物館珍藏甲骨墨拓集》兩書，總共才收錄了 1970 片，未經著錄的多達 8000 片以上。

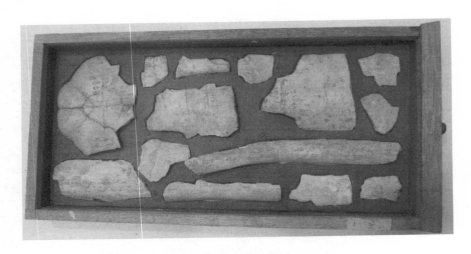

山東博物館藏甲骨文

　　另一個是 2016 年 12 月 21 日立項的國家社科基金重大委託項目「**大數據、雲平臺支援下的甲骨文字考釋研究**」子課題「**天津博物館藏甲骨文的整理與研究**」，也是在我主持下，由天津博物館與中國社會科學院甲骨學殷商史研究中心合作承擔。天津博物館珍藏甲骨文數量近 1800 片，主要為王懿榮、王襄、孟廣慧、羅振玉、王福重、李鶴年、陳邦懷、方若、魏智、徐寶祠的原藏品，其中王懿榮、王襄、孟廣慧三位是甲骨文最早發現者。部分甲骨文 1925 年王襄曾編入《簠室殷契徵文》，然因「印刷不精，且多割剪」，書出之後，曾蒙受不白之冤，遭到一些學者詬病，多以材料可疑，摒而不用。比如 1930 年郭沫若在《中國古代社會研究》中即說：「此書所列幾於片片可疑，在未見原片之前，作者實不敢妄事徵引。」商承祚也說：「王書紙厚墨重，筆劃侵蝕，字形惡劣，訛誤百出。」1932 年商氏在《甲骨文字研究》一書中還懷疑說：「殆王（襄）氏摹刻而自欺欺世也。」但到 1935 年，郭沫若在《卜辭通纂》「述例」中對自己的看法作了鄭重糾正：「余曩聲言其偽，今案乃拓印不精，文字多上粉，原物不偽，特埒正於此。」孫海波撰《簠室殷契徵文校錄》，力證其片片皆真。邵子風在《甲骨書錄解題》也辨析說：「今觀書中所錄各版，頗多訛誤，去真已遠，故書初出時，論者見其文字契刻殊劣，疑為贗品。然……王書材料非偽，惟因各版割裂剽奪之處甚多，復由作者手加摹寫，故文字失真，有似於偽耳。」著名甲骨學家胡厚宣在《殷墟發掘》一書中更明確指出：「王氏精於鑒別，書中並無偽品。」

天津博物館庫房墨拓甲骨現場

天津博物館藏甲骨文彩照與拓本對照

　　兩館所藏甲骨文，其實均未徹底系統整理和全面公佈過，經過長達近 60 多年的「冷封」，有的骨片面臨破碎粉化，有的文字殘泐消磨，如不及時清除污垢蟲蠹對甲骨的腐蝕，則將因人為物故或其他自然因素而招致「甲骨文收藏之日即漸滅之期」的時代遺憾，尚且不要說對甲骨古文字研究、出土文獻學與中國上古史研究所將造成的損失了。這兩大課題，別開生面，均在與甲骨收藏單位精誠合作下進行，不是因循守舊，而是與時俱進，傳承與研發並重，遵循「保護第一，整理第二」的原則，就兩大宗甲骨藏品展開全面徹底整理研究，多角度高清晰拍攝、整體性氈墨傳拓，辨其真偽，別其組類，分期斷代，殘片綴合，釋讀文字，縷析文例，詮解史實，最終將編著完成兩部融學術研究與資料著錄為一體的《山東博物館所藏甲骨集》與《天津博物館藏殷墟甲骨集》，為甲骨文和殷商史研究提供新一批珍貴的資料，歷練造就一批嶄起的甲骨學科研究新秀。

　　我們在整理研究中，還設立了「甲骨文契刻工藝三維微痕觀察及文化內涵研究」，2017 年 12 月 27 日經教育部、國家語委批准列為「甲骨文研究與應用專項」課題之一，對有關甲骨進行數據取樣，結合自然科學技術方法和手段，通過甲骨文字筆道刻畫階段性變化軌跡的微痕觀察，進行顯微超景深物理測量、顯微合成、3D 模型重建，獲取殷商占卜文化潛信息，嘗試從甲骨文書刻角度破解甲骨組類斷代方面存在的一些聚訟難題。我們還加強文理結合、跨學科、同方向、開放式的協同創新攻關，致力於甲骨文獻資源大數據庫的構建與人工智能深度識別的研發；並計劃有序開展甲骨文三維建模數位化儲存庫建設。

四　新時代甲骨文研究的新際遇

　　新世紀新際遇，甲骨文研究呈專題化、系統化、精准化、規模化、數位化與跨學科性，也賦予中華學子新的使命，催生甲骨文保護整理與科學研究的新作為，甲骨文研究中的種種新老疑難問題有望得到程度不一的破解，甲骨學科後繼人才培養有望得到落實。

　　但也應看到，當今甲骨文與甲骨學研究也面臨不少問題，如項目設置重複，選題碎片化；研究呈現學術傳承性與自說自話性兩極分流；甲骨文字考釋不少陳陳相因，或拾陳蹈故，惡行惡狀；或標新立異，吹噓創新；或繁瑣考據，故作艱深；甚至奇談怪論，自以為是，武斷自得。研究面臨瓶頸，難以形成共識，弊端明顯，很難說研討水準較過去有大提高。甲骨文研究有只偏重純文字考釋而輕視利用甲骨文考訂殷商文明與歷史的趨向，其實後者才是研究甲骨文的真正價值所在。再者，考古出土整坑甲骨所擁有的組類屬性，與同出考古遺物遺跡的年代界定，是研究甲骨組類分期的重要依據，但這些年來遭遇的學術態勢恰恰是不可思議的忽視與冷處理。即就甲骨文字典等工具書的編纂來看，這本是一項極其嚴肅的工作，學術性和權威性是第一位的，但卻缺乏資質把關，疏於嚴格審查監督，出版門限太低，有失控趨勢，劣質書氾濫，誤導受眾甚劇。更甚者，對甲骨文遺產缺乏敬畏之心，方向迷失，假偽充斥，胡亂造字，恣意炒作，欺世盜名，各種出版、展覽、文創，名為普及，實則趨利，亂象頻生，情何以堪！

　　當下，應該重視運用考古學方法，標準化斷代，對甲骨出土地點與地層情資、坑位與甲骨瘞埋層位迭壓狀況、甲骨鑽鑿形態、共存陶器類型與考古文化分期乃至與周圍遺跡的關係，進行精細分析，這對解決當前甲骨學界有爭議的

斷代問題，甲骨字體組類區分標準不一的瑣碎化現象，有返璞歸真的意義。此外，在甲骨文資料全面收集的基礎上，應加強門類各異、相得益彰的甲骨文專題研究，如：

計算機人工智能深度識別甲骨文關鍵技術研發
甲骨文獻大數據信息資源平臺建設
甲骨文三維數據建模檔案建設
甲骨文契刻工藝三維微痕分析
甲骨文與殷墟考古研究
甲骨文出土瘞埋類型考察
甲骨契刻工具研究
甲骨鑽鑿形態與卜法研究
甲骨卜辭組類及其相互關係研究
甲骨材質及綴合研析
甲骨已識未識字整理與研究
甲骨多形字共時、異時應用形態考察
甲骨字體構形與傳統「六書」說研究
甲骨朱書墨書整理
甲骨文書法與書學關係研究
甲骨文例研究
甲骨文語言語法研究
甲骨文詞彙研究
甲骨文祭名與祭儀研究
甲骨文地名與地理地望研究
甲骨文人事活動研究
甲骨文殷商禮制研究
甲骨文中殷商王權及國家管理方式研究
甲骨文中的殷商官制研究
甲骨文中的殷商軍制研究
西周甲骨文研究
商周甲骨文的「地方」屬性研究

約略舉例如上。在甲骨文字考釋方面，有學者指出，甲骨卜辭是一種較為嚴密的文字系統，一些字在不同的類組裡可能會有不同的寫法，在不同的類組裡，同一詞的詞義可能會相異，甲骨的語言文字已經處在衍變的過程中。甲骨文字的考釋是與時俱進的，上世紀 80 年代有學者指出甲骨文是意音文字，不能單純視為表音文字或象形文字，其實甲骨文發現 120 年以來，總體而言都是基於意音文字認識範疇而展開釋讀的。根據甲骨文例、語境、文字屬性、字體構形分析，結合金文等其它古文字，以及晚後的簡帛文字，察其流變，集結成不同歷史時期每個單字形體構形的信息包，上下求索，有可能破解。而余於甲骨文考釋，比較注重內在的取證方法，即通過相同及不同類組卜辭文例與辭例的場景、語法語義辨析，確定相關字的詞位、詞性、用法及字體部件構形分析，結合商周金文及晚後的簡帛文字等，旁蒐遠紹，察其流變，集成不同歷史時期每個單字構形變化的信息，由已知推未知，鉤沉文字與史的表裡，實徵殷商考古發現，能使一批同詞位、詞性的甲骨文字釋義得到整體坐實。（參見宋鎮豪《甲骨文釋義方法論的幾點反思》，《甲骨文與殷商史》新 6 輯，上海古籍出版社 2016 年）。和老一輩的甲骨文研究者成果相比，現在的甲骨文研究有很多有利條件。這些年來出土的戰國文字比較多，特別是許多地下簡帛文獻的再發現，像清華簡、上博簡、郭店簡等，簡文保留了很多古老字體的寫法和用法，可以追溯到甲骨文，找出它構形變化的源與流，比以往考釋甲骨文強調形、音、意分析，增加了更多的可參照素材，方法論上比過去嚴密，視角也大大開拓，有新進展。研究日趨精密化，一改過去粗放式的研究，過去往往只能依據自己能收集到的有限資料，進行「射覆」猜謎性的探索，現在各種甲骨著錄信息及過去各種考字說法都能比較便捷地獲得，集成性研究成果的整理不斷湧現，對甲骨文的正確釋讀起到了積極的引導作用。

　　總之，進入新世紀以來，甲骨藏品搶救性保護措施正逐步落實，甲骨學科的跨際跨學科性更加顯現。新時代迎來新際遇，甲骨文保護整理與科學研究展現新局面，我們將打破學科界限，發凡契志，同向協力，一以貫之肩負起新的學術使命，沉心靜氣，明達致遠，耕耘於古文字與古史研究領域，為傳承和弘揚中華優秀文化而克奉其力。

《中國文字》　　總第一期
The Chinese Characters　No.1
2019年6月　　　頁49-65

戰國齊楚金文及戰國齊陶中「咸」、「咸」獻疑

許學仁

東華大學中國語文學系

摘　要

　　春秋齊器〈國差𦉜〉及陶文紀歲用字「咸」字，學界於其形構、釋讀詮解多歧，難得碻詁。近年楚地新獲銅器、海外庋藏及新刊著錄，數見「咸」字異體，綰合「咸」、「咸」二字，可分別釋讀為「弌日」、「弍日」合文，即「一之日」、「二之日」，分指周正一月、二月，夏正十一月、十二月。文字構形部件，或從戌、從戈、從弋，可資考察《說文》古文「弌」「弍」之來源與流變。

關鍵詞：國差𦉜、咸、咸、說文古文

Abstract

Academic scholars have had many different views of the structure and significance of the character "咸" inscribed on Qi bronze "Guozao Dan"（國差𦉜）and on Spring and Autumn period pottery. In recent years, new bronzes have been found in the Chu State, and according to new publications about overseas collections, many artifacts contain variants of this character. The two characters "咸" and "咸"are compound graphs and can be read as "弌日" and "弍日". The meaning of "弌日" was 1st month and 2nd month during the Zhou dynasty, and the meaning of "弍日" was 11th month and 12th month in the Xia dynasty. From the structures of the two inscriptions, and the semantic components of "戌", "戈" or "弋", one can infer the source and rheology of the ancient scripts "弌"and "弎" described in "Origin of Chinese Characters"（說文解字）.

Key words: Guozao Dan（國差罎）, compound graphs, "Shuo Wen Jie zi（說文解字）" ancient scripts

一　〈國差𦉜〉「立事歲咸丁亥」與齊地「立事歲」諸器紀月專名

　　春秋齊器〈國差𦉜〉器銘紀年曰「**國差立事歲咸丁亥**」，「咸」字孫詒讓隸定為「咸」，訓為「事成」[1]，廣被徵引。而海寧王國維摩挲再三，以「咸」乃從「口」，而「戚」從「日」，二字迥然有別，因隸定為「戚」，改隸可信。其跋〈國差𦉜〉曰：「許印林（按：許瀚）跋此器，以為古人用干支紀歲，實始於此；余謂非也，齊器多兼紀歲、月、日。如：〈子禾子釜〉云『□□立事歲褹月丙午』，〈陳猷釜〉云『陳猷立事歲畋月戊寅』[2]，此器云『國差立事歲**咸**丁亥』，文例正同。但『**咸**』下奪一『月』字耳。前二器當讀『某某立事歲』為句，『某月』為句，『丙午戊寅』為句，此器亦然。云『某某立事歲』者，紀其年也，古人多以事紀年，如〈南宮方鼎〉云『惟王命南宮反虎方之年』是。『**咸**月』者，其月也，『褹月』、『**咸**月』，蓋月陽月陰之異名，齊人之語，不必與《爾雅》同也。『丁亥』者，其日也。古人鑄器，多用丁亥，諸鐘銘皆其證也。」[3]王氏將「戚」隸定為「戚」，復綰合金文文例，推斷「戚」為紀月月名，確然可從。楊樹達承觀堂之說，續加補訂，云：「按王君以子禾子、陳猷二釜證『戚』之為月名，是矣。顧『戚』為何字，『戚月』為何月，王君未言。余謂『戚』字從『日』從『戌』，疑即戌亥之『戌』，以表時日，故字從『日』耳。」[4]「立事歲」為齊系金文、陶文典型紀年格式[5]。茲檢齊國「某立事歲」金文彝銘，見於〈公孫窖壺〉、〈陳喜壺〉、〈子禾子釜〉、〈陳猷釜〉、〈陳璋方釜〉[6]等五器。〈公孫窖壺〉紀年曰：「公孫窖（竈）立事歲，飯者月。」〈陳喜壺〉紀年曰：「墜（陳）喜晉（再）立事歲，龢月己酉。」〈陳璋壺〉紀年曰：「惟王五年，奠（鄭）〔昜（陽）〕墜（陳）㝵（得）（再）立事歲，孟冬戊辰，

---

[1]　器銘見《殷周金文集成》16.10361。孫詒讓《古籀餘論》頁 20，1989 年，北京：中華書局。

[2]　又稱〈陳純釜〉，銘文「墜（陳）猷立事歲，畋月戊寅」。〔清〕咸豐七年（1857）與〈子禾子釜〉同出山東省膠縣靈山衛古城，現藏上海博物館。

[3]　參王國維〈齊國差𦉜跋〉，《觀堂集林》卷十八，頁 897-898，1999 年 6 月，臺北：藝文印書館。

[4]　楊樹達《積微居金文說》，頁 41，1974 年，臺北：大通書局。

[5]　「齊國立事歲陶文」文例分析，可參黃聖松《東周齊國文字研究》（政治大學中國文學系碩士論文）頁 436-439，2002 年。又參衛松濤、徐軍平〈新泰「立事」陶文研究〉，《印學研究》第二輯（陶文研究專輯），頁 77-86，2010 年 12 月。趙敏〈新泰陶文的發現與研究〉，《印學研究》第十輯（齊系璽印與山東篆刻研究專輯），頁 115-124，2017 年 12 月。

[6]　〈國差𦉜〉見《集成》16.10361，〈公孫窖壺〉見《集成》15.9709，〈陳喜壺〉見《集成》15.9700，〈子禾子釜〉見《集成》16.10374，〈陳猷（純）釜〉見《集成》16.10371，〈陳璋方壺〉見《集成》15.9703。

大將錢孔陳璋內伐燕亳邦之獲。」彝銘中「褑月」、「飯者月」、「䤪月」、「敫月」等，皆為齊系文化特徵之紀月專名，且所載月名專名，或與傳世典籍文獻可參驗者[7]，知「咸」當為紀月月名，而其齊陶文習見之紀年格式則多作：

    一、大事紀年（某某立事歲）＋代名紀月（某月專名）＋紀日（干支）

    二、（惟王某年）＋大事紀年（某某立事歲）＋代名紀月（某月專名）＋紀日（干支）。

    三、地名（或身份／王孫）＋大事紀年（某某立事歲[再立事歲／三立事歲]）＋地名（監造單／置用單位）＋器名（豆／區／釜）

    四、置用單位（某市／某廩／某倉）＋器名（豆／區／釜）

    王氏〈齊國差繪跋〉以「咸」為「咸月」奪文，或未必然，齊系「立事歲」典型陶文凡有「立事」和「立事歲」兩種類型，如北京大學高明編著《古陶文彙編》，所錄「立事歲」陶文，如「墜（陳）窑立事歲安邑亳釜」（《陶彙》3.2）、「墜（陳）桷三立事歲右稟釜」（《陶彙》3.1）作「某立事歲」。又如：「墜（陳）道立事左釜」（《陶彙》3.3）、「閭墜（陳）□叁（三）立事左里敀亳豆」（《陶彙》3.36-37），則省略「歲」字，逕作「立事」。陳直因將〈國差繪〉彝銘在「事」下讀斷，句讀為：「國差立事，歲咸丁亥，攻𢆶僑鑄西郭寶繪四秉，用實旨酒[8]。」而與齊器「立事歲」之紀年格式一相符，「歲」當與「立事」連讀，不宜斷讀。「咸」為紀月月名，讀為「弎月」。〈國差繪〉器銘當釋讀為「國差（佐）立事歲，咸（弎日）丁亥，攻𢆶（師）何鑄西庸寶瓺四秉，用實旨酒。侯氏受福眉壽。俾旨俾瀞，侯氏毋咎毋匄（兇）。齊邦𤾨謐靜安寧，子子孫孫永保用之。」

二 齊國陶文與金文中「咸」字釋讀之糾葛

    「𢦏」字，尚見於戰國陶文。北京大學高明編著之《古陶文彙編》，據王獻

---

[7] 〈陳逆簋〉器銘「冰月丁亥」，「冰月」月名，並見於《晏子春秋・內篇・諫下第二》第四「當騰冰月之間而寒，民多凍餒而工不成」及第十三「冰月服之以聽朝」。吳式芬《攈古錄金文》卷二之三，云冰月即十一月，「冰月」當以十一月始冰得名。「騰」、「冰」連用，夏曆十二月與十一月之間。商承祚〈鄂君啟節考〉，先刊載《文物精華》，後輯入《商承祚文集》頁 314，2004 年，廣州：中山大學出版社。

[8] 陳直著，周曉陸、陳曉捷編《讀金日札》四十四【齊國差繪】條，謂「本銘文『國差立事』為一逗，『歲咸丁亥』，又為一逗。『咸』舊〔乙種本無上一字〕釋作『咸』，尚未敢確定。」（頁 107-108，2000年 11 月，西安：西北大學出版社）。如依陳氏之斷句，則『咸』下未必奪一『月』字。李學勤亦以王氏「所論極為愜當，只是認為『咸』下奪『月』字是多餘的。」（參〈論郳縣蕭家河新發現青銅器的「正月」〉，《河南科技大學學報》第 21 卷第 1 期，頁 5，2003 年 3 月）王輝隸定作「戌日」，釋作「國差（佐）立（莅）事歲，戌日（月）丁亥」，《商周金文》，頁 285-287，2006 年 1 月，北京：文物出版社。

唐《海嶽樓齊魯陶文》拓本，著錄「夻（大）坺（市）九月」（3.656）、「夻（大）坺（市）㦮月」（3.658）二方陶文，為臨淄所出，字形偏旁從「戊」變為「戈」。「市」指市肆，字形並從「土」從「㳿」作「坺」，為齊系文字特徵字[9]，國別當屬齊國陶文。裘錫圭、何琳儀、董珊、趙平安等學者，於此二方陶文之構形原理、文字與「＝」號性質，多有論辯。裘錫圭在〈戰國文字中的「市」〉一文中，指出上揭齊陶為「記月市印」，釋讀「㦮」：「後一印文的月名與齊器〈國差罅〉的月名庽疑為一字，但所加之重文號的意義不明。」[10] 視右下之「＝」為重文號，以「㦮月」為月名之稱。

何琳儀撰〈古陶雜識〉（1992），對「㦮」字所從「日」旁，承楊樹達《積微居金文說》所釋「以表時日，故字從日」，以為「㦮」為「一月」之省[11]。復於《戰國古文字典——戰國古文聲系》（1998）中，修正陶文「㦮」字構形思路，以唯有二種釋讀之可能：其一將形構析為「從日弍聲」之形聲字，「日」旁表時間概念。右下之「＝」則為裝飾部件。其二採叔重「一曰」之例，存錄「合文」異說，稱「或說，『㦮』應為『㦮二』合文，讀『一二』即『十二』。齊陶『㦮月』，讀『一月』，或讀『十二月。』」[12]，2007 年湖北鄖縣蕭家河村新

9　戰國文字中各系「市」字的方域區隔特徵，可參裘錫圭〈戰國文字中的「市」〉，（載《考古學報》1980年第 3 期。又輯入《古文字論集》、《裘錫圭自選集》、《裘錫圭學術文集》第三冊・金石及其他古文字卷，頁 330-344）及何琳儀《戰國古文字典——戰國古文聲系》上冊，頁 48-51，1998 年 9 月，北京：中華書局。

10　裘錫圭〈戰國文字中的「市」〉，刊載《考古學報》1980 年第 3 期，頁 291，並謂：「記月的市印可能跟市吏在執行某些任務時分月更代當值的制度有關」。（後載入《裘錫圭學術文集》第三冊・金石及其他古文字卷，頁 337）

11　何琳儀〈古陶雜識〉，《考古與文物》1992 年第 4 期，頁 76-81。

12　何琳儀《戰國古文字典——戰國古文聲系》上冊，頁 48-51，1998 年 9 月，北京：中華書局。

出銅器，何琳儀得見〈唐子中瀕兒匜〉、〈唐子中瀕兒盤〉銘文所見「⬛ 咸」、「⬛ 咸」字諸器辭例，並將該字視為「合文」，認為〈國差䥷〉之『咸』字：「可分析為從「戊」，從「一」，從「日」；相當於從「弍」，從「日」，即『一日』合文，隸定為「貳」，也未嘗不可 [13]。」何氏補正舊說：其一，對勘文例格式，「大坼𢧵月」陶文（《陶彙》3.658）和另一片陶文「大坼九月」（《陶彙》3.656）對比「𢧵」與「九」，可知「𢧵」應為數字。在《戰國古文字典 —— 戰國古文聲系》言及「燕系文字中有從『戊』從『一』從『日』之『咸』相關的數字」[14]。其二，將《陶彙》3.658「大坼𢧵月」改釋為「大市二月」。為調停〈國差䥷〉「咸」字為「弍日」，而將「咸月」釋為「二月」之扞格，何氏據〈五年琱生簋〉：「公宕其參，汝則宕其貳」，「貳」從「戈」作「⬛」，所從「＝」的位置，與「𢧵」之所從之「＝」在右下方，構形位置相同，相互參證，可知「𢧵」本從「咸」從「弍」，從「弋」從「二」，乃「弍」之異文，可讀為「二」[15]，則所從之「二」，既非裝飾義符，亦非重文、合文標記符號。而董珊直指「＝」為合文號，字形「𢧵（貳）」是「合文」而非「重文」。「𢧵」字為無合文標記複音詞「弍日」二字的合書，〈國差䥷〉「咸」字的字形，當分析為「戊」、「一」、「日」三部分組成。董氏兼論貳字組合之形式，係「一」先跟「戊」組合成古文「弍」，再加上「日」[16]。並以為「貳＝」與齊陶文月份序數「九」地位相當，則「貳＝」必定也是指月序[17]。董珊認為字形「咸（貳）」在彝銘中表示月名「弍（一）之日」，指夏正十一月。則〈國差䥷〉紀年為「**國差立事歲咸（弍日）丁亥**」指「**國差立事歲，周正一月丁亥**」。《彙編》3.658 陶文「大（大）坼（市）𢧵月」讀為「大市弍＝月」。復檢近年古文字字形彙編類之工具書，如：孫剛輯錄齊國金文及陶文，編纂《齊文字編》（2010 年）揭示下二齊系金文、陶文字形：

---

[13] 何琳儀、高玉平〈唐子仲瀕兒匜銘文補釋〉，《考古》2007 年第 1 期，頁 65。

[14] 何琳儀指出燕系文字「市」作 ⬛、⬛、⬛，豎筆加圓點或短橫為飾，且上穿橫筆與之旁橫筆相交。而齊系文字作⬛、⬛、⬛，兮旁所從兩斜筆下移，勹旁斜筆作直筆，或上穿橫筆，或作 ⬛、⬛，加飾筆數量和位置不拘，兩者判然有別，（同注【12】，頁 48）。此兩方陶文，既出自齊地，文字構形特徵，亦合於齊系文字，有別於燕系，何氏《戰國古文字典 —— 戰國古文聲系》分系納入齊系原本不誤，今改隸燕系文字，不曉文墨偶疏，或別有緣由，則未可知。

[15] 同注【13】，頁 66。

[16] 董珊〈「弍日」解〉，首發於武漢大學簡帛研究中心【簡帛網‧簡帛文庫‧簡帛專欄】2006 年 2 月 20 日，http://www.bsm.org.cn/show_article.php?id=207。正式刊載《文物》2007 年第 3 期，頁 58-61。

[17] 同注【16】，頁 60。

　《集成》16.10361　　咸丁亥

　《陶彙》3.658　　　　大坏或月

釋為「弍日」合文，並編入正文後之「合文」字表[18]。如此，則《集成》所錄齊陶「咸丁亥」之「咸」，屬無合文標記之合文，可釋讀為「弍日丁亥」。然則對照《陶彙》所錄齊陶「大（大）坏（市）或月」，「=」如視為合文符，則「弍日」合文下復有「月」字，文義難解，此亦何琳儀據陶文「大（大）坏（市）九月」辭例，改讀為「大（大）坏（市）弍（二）月」之緣由。又如徐在國、程燕、張振謙編著之《戰國文字字形表》（2017 年），將齊國陶文「大坏或月」之「或」字，遂與上博三戰國楚簡《中弓》第 24 簡「或」並歸入合文，並列為「一日」之合文用例，固無疑義，惟衡諸形構，當依《齊文字編》隸定為「弍日」合文，《中弓》釋讀為「一日」[19]，齊陶之合文則為「弍日」，指「一之日」。

三　新獲青銅器彝銘中的「咸」和「弍」字解

（一）湖北省鄖縣五峰鄉蕭家河唐國青銅器

　　2001 年 3 月，湖北省鄖縣五峰鄉蕭家河村出土 11 件唐國青銅器，器主為「唐子仲瀕兒」，屬春秋中期。其中盤、匜和銅鈚三件為有銘銅器，盤銘曰：「唯正月（咸）己未，唐子仲濱兒擇期吉金，鑄其御盤，子子孫孫永寶用之。」匜銘曰：「唯正月（咸）辛亥，唐子仲濱兒擇期吉金，鑄其御沬匜。」鈚銘曰：「唯正十月初吉丁亥，唐子仲濱兒擇期吉金，鑄其御鈚。」「咸」字見於盤、匜，有關「咸」字釋讀，牽涉曆法用法與年代考訂。黃旭初、黃鳳春、李學勤、何琳儀、高玉平、趙平安、丁玲、劉中良、王輝、宋華強等多所措意，已提供考辨之基礎研究[20]。諸器開頭皆紀歲格式分別作：

18　孫剛編纂《齊文字編》，頁 405，2010 年 1 月，福州：福建人民出版社

19　見黃德寬主編，徐在國、程燕、張振謙編著《戰國文字字形表》，頁 2037，2017 年 9 月，上海：上海古籍出版社。

20　鄖縣博物館〈湖北鄖縣蕭家河出土春秋唐國銅器〉，《江漢考古》2003 年第一期，總第 86 期，頁 3-8。黃旭初，黃鳳春〈湖北鄖縣新出唐國銅器銘文考釋〉，同上，頁 15。李學勤〈論鄖縣蕭家河新發現青銅器的「正月」〉，《河南科技大學學報》（社會科學版），第 21 卷第 1 期，頁 5-6，2003 年 3 月。程鵬萬〈釋東周金文中的「成日」〉《古籍研究整理學刊》，2006 年第 1 期，頁 36-37。何琳儀，高玉平〈唐子仲瀕兒匜銘文補釋〉，《考古》2007 期第 1 期，頁 64-69。王輝〈也說崇源新獲楚青銅器群的時代〉，《收藏》2007 年第 1 期。宋華強〈澳門崇源新見楚銅器芻議〉，《簡帛網站》2008 年 1 月 1 日。趙平安〈唐

〈唐子仲瀕兒匜〉:「唯正月（咸）辛亥」、〈唐子仲瀕兒盤〉:「唯正月（咸）己未」、〈唐子仲瀕兒鈚〉:「唯正十月初吉丁亥」

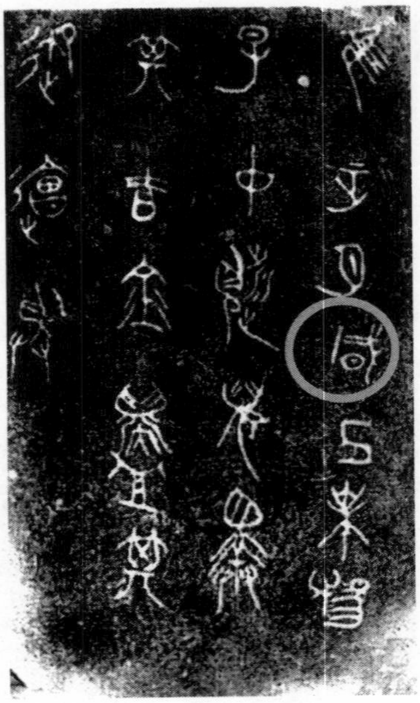

〈唐子仲瀕兒匜〉（咸）

〈唐子仲瀕兒盤〉（咸）

唐國銅器盤、匜銘文紀歲曆日「**咸**」字二見，與前述清世出土的齊金文〈國差**𦉜**〉當屬同字。李學勤考訂〈國差**𦉜**〉之器主國差，即《春秋》經傳所載之齊大夫國佐，或稱國武子，始見於魯宣公十年（西元前 599 年），至成公十八年（西元前 573 年）見誅，該器作於齊頃公十一年（西元前 588 年）前後，與蕭家河所獲銅器之作器時代理當相近。惟「**咸**」字之前皆有「正月」，如「**咸**」為紀月月名，則「正月」難以釋為一月。實則楚國早已具備三套紀月系統，第一套用序數稱說，如《楚帛書》正文、《秦楚月名對照表》、《望山楚簡》有「一月」、「二月」、「三月」、「四月」、「八月」等，屬列國通用紀月法。第二套用「始取終涂」十二月名，如《楚帛書》、《離騷》、《爾雅・釋天》，與天象相涉。第三套用代名紀月，見於《左傳》莊公四年及宣公十二年、《秦楚月名對照

子仲瀕兒盤匜「**咸**」字考察〉，《中國歷史文物》2008 年第 2 期，頁 73-76。丁玲，劉中良〈湖北鄖縣出土唐國銅器銘文集解〉，《三峽大學學報》（人文社會科學版），第 31 卷增刊，頁 167-169，2009 年 12 月。閆華，徐今〈唐子仲瀕兒盤、匜「**咸**」字新解及銘文補釋〉，《大連理工大學學報》（社會科學版）第 35 卷第 3 期，頁 5-6，2014 年 7 月。

表》等，屬楚地特殊月名，如「刑夷（荊尸）」、「夏㞷」、「紡月」、「爨月」、「獻馬」、「冬夕」、「屈夕」、「援夕」等八個月名[21]，此與齊器紀月之有「褫月」、「飯者月」、「𩚀月」、「𣸷月」等月名，而月名「戌」字，分見於齊、楚二地之紀月系統，張光裕推測或齊楚文化相互薰習交融之產物。趙平安嘗董理諸家異說，補證李學勤之說。近年楚地迭有新獲銅器，因重啟思路，續有新說釋讀。大抵可分為「月相」、「月名」、「月份」、「吉日」、「歲時紀年」等五類八種。分述如下：

一、月相說。隸定為「戌」[22]，訓為「全」或「滿」，指全月或滿月。黃旭初、黃鳳春主之。

二、月名說。隸定為「戌」，從「戌」從「日」。在「戌」上加「日」旁，為月建之戌的專字，指夏之九月，周之十一月。李學勤、丁玲、劉中良主之。

三、月名說。隸定為「戌」，從「戌」從「日」。「弌」「日」二字的合書，表示「弌（一）之日」，指夏曆十一月，即周曆正月。認為齊器〈國差𦉜〉與楚系唐國〈唐子仲瀕兒盤〉、〈唐子仲瀕兒匜〉，用表曆日之「戌」，同表一詞，構形類似，因析「戌」字部件為「戌」、「一」、「日」三部分，其中「一」旁乃是借用「戌」的一筆[23]。且「戌」介於月序與干支之間，釋「戌」非是[24]。董珊、張光裕主之。

四、月名說。隸定為「戌」，從「戌」從「日」，為一單字，而非合文。「戌」為「戌」的累增字。蓋以齊、唐、楚月名「戌」與十二辰『戌』同源，又刻意加『日』與之區別，趙平安主之[25]。

---

[21] 饒宗頤，曾憲通《雲夢秦簡日書研究》，香港：香港中文大學出版社。曾憲通〈楚月名初探〉，《曾憲通學術文集》，頁 190-191，2002 年，廣州：汕頭大學出版社。

[22] 檢視戰國楚簡「戌」字形，戌下並從「口」作，而不從「日」。清華簡《尹至》「咸曰：『䜴（胡）今東巷（祥）不章』」（簡 3），《尹誥》「咸又（有）一惪（德）」（簡 1）、《保訓》「咸川（順）不逆（德）」（簡 6）、《厚父》「茲咸又（有）神。」（簡 2）《湯在啻門》「咸解體自卹」（簡 17）、《封許之命》「咸成商邑」（簡 2）等。

[23] 同注【16】，頁 60。

[24] 閏華、徐今以「戌」字所從之「日」為「口」之訛混，主從舊說，釋為「咸」，釋讀為「咸池」，為歲星紀年，即戊午年。並將〈國差𦉜〉曆日「國差立事歲戌丁亥」亦釋讀為「國差立事那一年，戊午年，丁亥日」。並對照器形，與蕭家河三件銅器或並作於西元前 602（戊午）年正月丁亥日。

[25] 趙氏歸納諸書為兩類，第一類把「戌」釋為一個字，後三種是為兩個字的合文。趙平安贊同李學勤的說法，駁斥「唯獨把『戌』視作合文，是缺乏背景支撐的。用單字表示的月名，都不是合文的結構。既無合文符號，也不能拆開理解。」趙氏參稽李說，提出新解，視「戌」為「戌」的累增字。李學勤復對比盤、匜與鈘的辭例，認為「戌」既為月名，其前之「正月」，不宜直接理解為月名之稱，「正月」等於「正」，即「夏正」之意。同注【20】，趙平安文，頁 74。

五、月份說。隸定為「咸」，疑為月份之『弍』而益以意符『日』之專造
　　字。陳斯鵬、石小力、蘇清芳主之[26]

六、吉日說。隸定為「咸」，從「戌」從「日」，相當於「弍」從「日」，即
　　「一日」合文，「一日」即「元日」，元旦之義，元旦為吉利之日。何
　　琳儀、高玉平主之。

七、吉日說。隸定為「咠」，為「成日」之合文，猶「善日」、「良日」、「命
　　（令）日」，程鵬萬主之[27]。

八、咸池說。隸定為「咸」，釋「咸」為「咸池」，咸池為歲星紀年，即戊
　　午年。閆華、徐今主之[28]

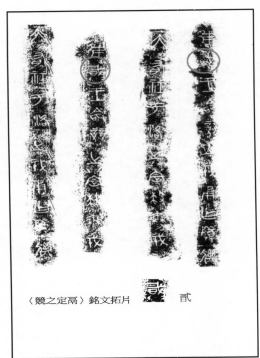

〈競之定鬲〉銘文拓片

〈競之定豆〉底部銘文拓片 B1
戰國早期前段西元 444 年（楚惠王 45 年）

---

[26] 見陳斯鵬、石小力、蘇清芳編著《新見金文字編》下按語曰：「諸家以為與〈國差𦉜〉之『咸』為同
字，甚是。何琳儀、高玉平（2007）、董珊（2007）分析為從『弍』從『日』，亦確。惟以為『弍日』
合文，訓吉日或『一之日』，則未必是。今疑是月份之『弍』益以意符『日』之專造字。」頁 204，福
州：福建人民出版社。

[27] 程鵬萬以唐國青銅器〈唐子仲瀕兒盤〉「咠」字為「成日」，無合文標記之合文。「成」有「善」義，
「成日」，猶善日，好日子。「成日」一詞，見於戰國楚簡《九店楚簡》及睡虎地、放馬灘秦簡及隨州
孔家坡漢簡《日書》，為利於謀事、起眾及作有為之吉日。

[28] 閆華、徐今以「咸」字所從之「日」為「口」之訛混，主從舊說，釋為「咸」，釋讀為「咸池」，為歲
星紀年，即戊午年。舉《經籍纂詁・支韻》「池」字條下引漢〈西嶽山亭碑〉：「歲在戊午，名曰咸
池。」為證。並將〈國差𦉜〉曆日「國差立事歲咸丁亥」釋讀為「國差立事那一年，戊午年，丁亥
日」。並對照器形，與蕭家河三件銅器或並作於戊午（西元前 602 年）正月丁亥日。惟經籍文獻不見
「咸池」略稱為「咸」之用例，且齊楚出土文獻，也未見用「咸池」紀年者。

　　諸說之異同，就文字結體而言，有「單字」、「合文」之別；就字形隸定而言，有釋「𢧜」、「𢧀」、「啚」之異。就部件辨析而言，或析為「戌」從「日」，或析為「弌」從「日」，或析為「成」從「日」；就詮解構形而言，或在「戌」上加「日」旁，乃月建之「戌」的專字；或以「𢧀」、「戌」同源，「𢧀」為「戌」的累增字，刻意加「日」為區別文。衡諸構形，應析其形構為從戌（弌）從日，不論加註標記合文符與否，均為「弌日」合文，即《詩・豳風・七月》之「一之日」，指夏之九月，周之十一月。

（二）楚式競之定救秦戎青銅器群中之「𢧀」字

　　2006 年 10 月張光裕刊布楚式青銅器 29 件[29]，屬春秋晚期。其中有鬲七件，口沿內側各鑄銘文 21 字，銘文曰：「佳（惟）𢧜王命競之定，救秦戎，大有𦎫於于洛之戎，用作隩猻（彝）。」銅器群中〈競之定救秦戎〉鬲、豆、簠諸器銘文紀歲曆日格式均稱「惟𢧜」云云。「惟」下一字，吳鎮烽以為「弌日」的合文，表示月名「二之日」，指夏正十二月，周正二月。「𢧜」的右下方標記合文符號「＝」[30]。張光裕審視三批楚器，指出崇源新獲楚式青銅器「𢧜」字，「二」橫畫上置於「戈」上作弍；另新見黃器紀年曆日稱「正弍元日癸亥」，「二」橫畫則內置作弍[31]。前揭湖北鄖縣五峰鄉蕭家河村出土唐國青銅器〈唐子仲瀕兒盤〉：「唯正月𢧀（𢧀）己未」之𢧀，〈唐子仲瀕兒匜〉：「唯正月𢧀（𢧀）辛亥」之𢧀，則一橫畫內置「戌」下。因疑諸字具出現於南方楚地青銅器群，絕非偶然現象，當為一字之異體[32]。何琳儀則以楚地〈唐子仲瀕兒匜〉、〈唐子仲瀕兒盤〉對讀齊地〈國差𦉜〉銘「𢧀丁亥」，認為「弍」實乃「弌日」合文，細審今所見鬲銘「𢧜」右下角確有「＝」形，如視為合文符號，則可讀作「二日」，然或可讀為「二之日」[33]。陳斯鵬、石小力、蘇清芳編著《新見金文字編》據〈競之定救秦戎鬲〉收錄「𢧜」字，其下標注之按語曰：「張光裕

[29] 張光裕〈新見楚式青銅器器名試釋〉，《文物》2008 年第 1 期，頁 73-84。

[30] 吳鎮烽〈競之定銅器群〉，《江漢考古》2008 年第 1 期（總第 106 期），頁 84。

[31] 即〈黃子戌盉〉，參張光裕〈新見楚式青銅器器名試釋〉，《文物》2008 年第 1 期，頁 82。文之時原器圖版尚未刊布。2016 年吳振烽編著《商周青銅器銘文紀圖像集成續編》第三卷（頁 341，上海：上海古籍出版社，首次披露該器器形、器銘影及摹本。

[32] 張氏稱：「今所見『弍』、『𢧜』及『弍』三種寫法具見於南方楚地青銅器，其出現絕非偶然現象。新見楚國銅器群及黃器『佳𢧜』，及『正弍元日癸亥』諸句中之『𢧜』『弍』字，與鄖縣盤、匜之『弍』是否同係一字？」同注【27】。

[33] 何琳儀、高玉平〈唐子仲瀕兒匜銘文補釋〉，《考古》2007 期第 1 期，頁 64-69。

（2008C）據何琳儀、董珊（2007）釋「咸」之說，謂『戠』可讀為『二之日』，指夏正十二月，但又疑是正月之專字。今疑是月份之『弍』益以意符『日』之專造字。字亦見《古陶文彙編》3.658，作「戠」，何琳儀、高玉平（2007）釋讀為『弍』，謂所從『二』居右下方，可與〈琱生簋〉『貳』作『𠈁』互證。其說可從。競之定器『弍』字右下方之『＝』，亦不宜看作合文號。至其『弋』旁變從『＝』當屬有意為之。豆甲一文右下不從『＝』，殆即上部已具『＝』符之故。[34]」「戠」上既已有二橫，則其下必為合文符。〈競之定救秦戎鼎〉「戠」下加合文符「＝」作「弍＝」，〈競之定救秦戎豆〉作「戠」，無標記符號之合文，知有無「＝」與否無別，並為「弍日」合文。

（三）海外〈黃子戌盉〉「咸」字解

　　2016 年吳鎮烽編著《商周青銅器銘文紀圖像集成續編》一書，第三卷第0977 號刊布海外某收藏家庋藏之〈黃子戌盉〉，屬春秋晚期，器蓋同銘。器銘十四字，合文一，釋文曰：「正咸（弍日）元日癸亥，黃子戌自乍（作）湯盉。」備注曰：「『咸』字為『弍日』合文，讀為『二之日』，指夏正十二月，周正二月。」[35]字形隸定作「咸」，從「戌」從「二」從「日」，「咸」即「弍日」，屬無合文標記之合文，辭例格式為「正咸（弍日）元日癸亥」，與〈競之定救秦戎〉銅器群中「隹（唯）戠正月，王命競之定，救秦戎」之「戠」從「戈」從「二」從「日」互為異體，同字而異構，均為「弍日」合文，讀為「二之日」並指夏正十二月，周正二月。「咸」所從之「戌」下作弍短橫，包山簡作「𢦏」，新蔡葛陵簡作「𢦏」，九店簡作「𢦏」，清華四〈筮法・地支與卦〉：「晨（辰）戌」下均作二短撇，〈鄭文公問太伯甲〉：「為臣而不諫，卑（譬）若䜅而不䜅（䜅）。」所從戌與此並同。

---

[34] 同上「弍」字條，2012 年 5 月，福州：福建人民出版社。

[35] 《商周青銅器銘文紀圖像集成續編》第三卷，頁 341，2016 年，上海：上海古籍出版社。

〈黃子戌盉〉

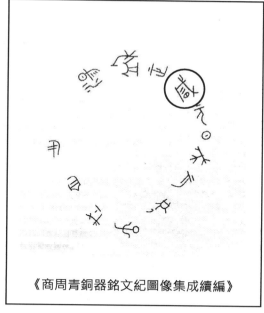

《商周青銅器銘文紀圖像集成續編》

（四）齊陶及楚地金文「咸」、「感」諸字之字際關係

戰國時期齊楚二地所見「咸」、「感」兩組字形字際關係考訂之難點，一在於「＝」符號性質之判定基準，二在構形部件之關聯理據，三在紀年格式之對勘覈校，四在上下辭義之通讀機制，抽絲剝繭，環環相扣，方可重構字際關係。

一、「感」字始見齊器〈國差𦉜〉，自孫籀廎釋「咸」，王觀堂釋「感」，諸家考釋路徑各異，後之學者，各有護持，是是非非，難達定見。且以齊地金文、陶文習見之「立事歲」紀事格式，彝銘以「感丁亥」紀年，干支之前當為紀月之辭，然則曆日讀來違拗，因疑其下奪「月」。繼以「感」字旅展，偶現戰國齊陶紀年，其或逕稱「立事」，羍盧陳氏重予句讀，於「立事」下句斷，今權衡「立事歲」紀事格式，驗以《說文》古文，釋「大市感＝月」為「大市弍月」，與「大市九月」辭例相同，而〈國差𦉜〉「感丁亥」可通讀為「弍日（周正一月）丁亥」。

二、參驗湖北鄖縣蕭家湖新獲唐國青銅器群；或流傳海外新刊遺珍，楚式競之定救秦戎青銅器群及〈黃子戌盉〉等楚地青銅彝銘，比勘辭例，相互系聯，尋繹「咸」「感」字際關係，對比經籍「一之日」、「二之日」文義，爬疏鉤串，二字可得而說。

分類＼器名	唐子仲瀕兒盤 唐子仲瀕兒匜	黃子戍盉	競之定鬲甲 競之定豆甲	國差𦉜	齊陶文「大市 弍月」3.658
分期斷代	春秋中期後段	春秋後期	戰國時期	春秋	戰國時期
國別	楚系（唐）	楚系（黃）	楚系	齊系	齊系
A 弍				D 咸 從戊從日	E 從戈從口（日）
B 弎	A 從戈從二從日	B 從戍從二從日 （從弍從日）	C1 C2 從戈從二從日		

「咸」「咸」二字構形，或從戊從日（B、D），或從戈從日（A、C1、C2、E），見於齊楚金文及齊陶，不見他系戰國古文。競之定青銅器銘文作「惟𢦏，王命競之定救（勼）秦戎，大有𥏅（功）于洛之戎。」「惟𢦏」之「𢦏」，〈競之定豆甲〉作「𢦏」C，為無標記符號之合文，〈競之定鬲〉作「𢦏＝」C2，下加合文符「＝」，合文符「＝」有否無別。

　　三、齊、楚金文「咸」、「咸」字及其異體，可資尋繹《說文》古文源頭及其流變。張亞初以為「一」、「二」、「三」等數目字，本積畫成數，為算籌之形。《說文》引用戰國時期的古文寫作「弌」、「弍」、「弎」[36]，何琳儀據周晚期〈召伯簋〉「貳」作「䛐」，以為「弌」、「弍」、「弎」本當從「戌」，戰國文字戌或省為戈形，《說文》古文又省為弋形耳[37]。季旭昇以為「弌」惟從弋一聲之形聲字，綜合早期材料來看，疑「弌」字本從「戌」或「戈」，造字本義待考[38]。目前所見戰國文字材料多從戈旁。如清華四〈筮法〉：「㠯弍（二），下去弌（一）」（簡 20），又清華四〈算表〉：「十｜九｜八｜七｜六｜五｜四｜弍｜弌｜弎｜𨵂（半）。」（簡 1）已完整紀錄戰國之數目字，「一」、「二」、「三」作「弌」、「弍」、「弎」，字並從戈作，與《說文》所錄古文從弋異形（參附表：戰國文字與《說文》古文「弌」、「弍」、「弎」字形對照表），可推斷戰國文字多作從戈之「弌」A1、「弍」B1、「弎」C1，「一」、「二」偶見從戍之「弍」B2，秦系文字承西周金文「貳」異構字，從戍從二（從弍）從貝之「貳」B3，漢代

[36] 張亞初《商周古文字源流疏證》第一冊，頁 1-4，2014 年 9 月，北京：中華書局。

[37] 何琳儀《戰國古文字典——戰國古文聲系》上冊，頁 108，1998 年 9 月，北京：中華書局。

[38] 季旭昇《說文新證》卷一上，頁 35，2010 年 12 月，福州：福建人民出版社

璽文作賦，從戌從二；馬王堆帛書〈縱橫家書〉第 169 行作「威」，〈春秋事語〉第 10 行作「賦」，戌、二共用橫筆。古文字中從戈、從弋往往通用。〈楚帛書〉：「四神相戈」，戈「相戈」，讀為「相代」，弋作戈，李家浩曾撰專文論述[39]，《說文》古文承秦系文字「弋」A3，作「弌」、「弍」、「弎」，並從弋。

　　張亞初復以一之《說文》古文從弋，或許可能增加聲符的聲化現象，一為影紐直部字，弋為喻紐職部字，影喻發音相近，直職旁轉，一得以弋為聲符[40]。「弍」《說文》偶一為二之「二」的古文「弍」，又兼為副貳之「貳」的古文。

[39] 參李家浩〈戰國圪布考〉，《著名中年語言學家自選集：李家浩卷》，頁 160-166，2000 年 12 月，合肥：安徽教育出版社。

[40] 同注【36】

附表：

戰國文字與《說文》古文「弋」、「弍」、「弎」字形對照表

		弋				弍				弎
說文古文		（弋古文字形）				（弍古文字形）				（弎古文字形）
時代國別										
戰國	從戈從一／從戊從一	楚A1 郭店緇衣39	楚A1 新蔡乙四82	楚A1 上博九舉治王天下8	楚A1 清華筮法4	楚B1 郭店語叢三67	楚B1 上博九史蒥問於夫子2	楚B1 清華一程寤6	楚B1 清華四筮法20	楚C1 清華四算表1
		楚A1 清華八治邦之道21	楚A1 清華八天下之道1	楚A1 清華八八氣五味五祀五行之屬2	楚A2 清華筮法4	楚B2 清華八天下之道1	齊B1 少司馬耳杯	燕B1 纕安君扁壺	楚B2 郭店五行48	
	從戊從貝					楚B2 清華八治邦之道12	秦B3 秦駉玉版乙背	秦B3 里耶壹8-163正	秦B3 為吏之道14	
秦	從弋從一	秦A3 關沮367	秦A3 周家台367							
備註		一、戰國文字「弋」字構形有三：楚系從戈從一，或從戊從一，秦系從弋從一。戰國楚簡多從戈從一作A1，偶見從戊從一A2之異構字，如：郭店				一、戰國文字「弍」字構形有三：楚系、齊系、燕系從戈從二作B1，楚系或從戊從二；秦系或從戊從貝。楚簡並見從戊從二之B2異構字，如郭店楚				

楚簡〈語叢三〉「弍」字從戈，〈五行〉從「戌」。 二、清華簡（四）〈筮法〉簡 4「弍」字兩見，從戈從一，一作一在戈下 A1，一作弍在戈上 A2。為異寫字。 三、秦簡 A3 從弋從一，為《說文》古文作「弍」之所本。	簡〈語叢三〉「弍」字從戈，〈五行〉則從「戌」。又清華八〈天下之道〉從戈，〈治邦之道〉則從戊。 二、《說文》「二」之古文「弍」，兼為「副貳」之「貳」之古文。	

《中國文字》　　總第一期
The Chinese Characters　No.1
2019年6月　　　　頁67-81

霸姬盤盉銘文釋讀

曹錦炎

浙江大學文化遺產研究院

摘　要

　　山西大河口西周墓地出土的霸姬盤、霸姬盉銘文，是近年發表的西周時期有關訴訟內容的重要出土文獻。本文對銘文逐句加以考釋，探析和梳理相關內容，重點疏解其中一些有關法律用詞。對銘文的總體理解和若干字、詞的釋讀提出新的見解。

關鍵詞：霸姬盤、霸姬盉、銘文、釋讀

Abstract

　　Baji He and Baji Pan unearthed at Western Zhou Tomb of Dahekou site in Shanxi province which were published in recent years are significant documents of the litigation during the Western Zhou Dynasty.This paper interpretates of Ba JiPan and Ba Ji He inscriptions,meanwhile analyzes related content, especially focusing on some of the legal words.This paper attempts to put forward a new insight into the overall understanding of the inscriptions.

Key words: Ba Ji Pan, Ba Ji He, Inscriptions, Interpretation

　　山西翼城大河口西周墓地，於 2009 年至 2011 年再次發掘，出土了不少有銘青銅器。2018 年第 2 期《考古學報》，公佈了 2002 號墓的發掘資料（以下簡稱《發掘》），其中的霸姬盤、盃鑄有長篇銘文，對於研究西周時期的訴訟、命誓和刑罰制度具有重要的學術價值[1]。

　　霸姬盃的形制為鳥形盃，器和鑄於鳥背上蓋內的銘文圖片已在 2011 年第 3 期的《中華遺產》雜誌上刊佈，先後有多位學者著文或在網上發表意見討論[2]。由於當時未公佈霸姬盤的銘文，因此大家對銘文大意、若干關鍵字、詞眾說紛紜，莫衷一是。今年上半年《發掘》刊佈了霸姬盤、盃銘文拓本後，又有 3 位學者就個別字、詞在 5 月 28、29 日武漢大學「簡帛」網上作了討論。7 月 14 日復旦大學出土文獻與古文字研究中心網站，發表了裘錫圭先生《大河口西周墓地 2002 號墓出土盤盃銘文解釋》一文，裘先生放棄了發表於《中國史研究》2012 年第 3 期上對盃銘的舊解釋，對盤、盃銘文重新做了全面考釋。

　　《發掘》對盤、盃的銘文已作了很好的隸定和釋文，但可惜沒有解釋和展開討論。我對霸姬盤、盃銘文的總體理解和若干字、詞的釋讀，與以往研究者發表的看法有所不同。今在整理者的釋文基礎上，對銘文加以考釋，探析和梳理相關內容，並作全篇說解，以求銘文能得到準確通讀，希望能得到同好的指正。

　　先將銘文按原行款移錄於下（其中若干字按我的理解改寫。）

霸姬盤（圖一）：

唯八月戊申，霸姬吕（以）气訟于穆公。曰：「吕（以）

公命用叚（廄）朕（媵）僕（僕）馭（馭）臣妾自气，不余（舍）气。」

公曰：「余不女（汝）命曰『虖（與）霸姬』？」「气誓曰：『余某

弗戻（畀）再公命用虖（與）霸姬，余唯自無，夋（鞭）

晉（五百），罰晉（五百）孚（鋝）。』」報畀（厥）誓曰：「余再公命用虖
（與）霸

姬，襄余亦攺（改）朕辭，則夋（鞭）晉（五百），罰晉（五百）孚
（鋝）。」气則

誓。曾（增）畀（厥）誓曰：「女（余）某弗再公命用虖（與）霸姬，

---
[1] 山西省考古研究所等：《山西翼城大河口西周墓地 2002 號墓發掘》，《考古學報》2018 年第 2 期。

[2] 有關各家討論文章和主要觀點及出處，詳見胡寧：《從大河口鳥形盃銘文看先秦誓銘規程》一文所引，此不贅引，載《中國史研究》2016 年第 1 期，第 35-44 頁。

余唯自無，則圣（鞭）身，傳，出（黜）。」報乓（厥）誓曰：「余既曰
丮公命，襄余改（改）朕辭，則出（黜），棄。」气則誓。

對公命，用乍（作）寶般（盤）、盉，孫子＝（子子）其萬年寶用。

霸姬盉（圖二）：

「气誓曰：『余某
弗丮公命，余自
無，則圣（鞭）身，第（笰）傳，
出（黜）。』」報乓（厥）誓曰：「余既曰
余丮公命，襄余亦
改（改）朕辭，出（黜），棄。」對公
命，用乍（作）寶般（盤）、盉。
孫子＝（子子）。
其萬年用。

　　從內容看，霸姬盉的銘文則是霸姬盤銘文的後小半部分，約占全篇的三分
之一。這是因為銘文鑄於這件鳥形盉的背上蓋內，位置有限所致。推測除了盤
銘之外，有可能也將全篇銘文分鑄於三件鳥形銅盉的背上蓋內，而隨葬只是一
盉。需要指出，霸姬盉銘文雖然字數少，但對讀後卻可以糾正盤銘的兩處錯訛
（錯一字，漏刻一字），對盤銘的釋讀很有說明。

　　下面按霸姬盤銘文作逐句考釋，重點疏解其中一些關鍵字、詞，然後再在
此基礎上作意譯。

唯八月戊申，霸姬吕（以）气訟于穆公。

　　「八月戊申」，注明發生事件的時間，但未具體說是在西周某王的哪一年。

　　「霸姬」，器主，也是訴訟的主體，即「原告」。大河口西周墓地曾出土過
霸簋、霸伯簋、霸仲簋等，2002 墓同出的也有霸仲鼎、瓿，因此「霸」當是國
族名。在銅器銘文中，凡「男子稱氏，女子稱姓」，傳世文獻也同樣，因此「霸
姬」是一位姬姓女子嫁到霸族（國）後的稱呼。從銘文反映，其身份應是某位
霸氏貴族的妻子，有可能就是墓主霸仲的妻子。

　　「气」，人名，被訴訟的對象，也即「被告」。

　　「穆公」，主持訴訟審判者，一般來說當是司寇一類掌理刑獄的官，但從銘

文內容看其地位較高，且能發佈命令。凡熟悉西周銅器銘文的學者清楚，「穆公」是穆王至恭王時期較為活耀的人物，李學勤先生曾有專文討論[3]。由穆公擔任冊命銘文中「右」者身份的銅器，有盠方尊（《集成》[4]6013）、盠方彝（《集成》9899；9900）、訇簋（《集成》4255）。「右」者即周王冊命時儐導受命者的人。從西周銅器銘文分析，右者的地位很高，陳夢家先生于《西周銅器斷代》中有所論述[5]；日本學者白川靜先生指出，作為右者參與廷禮，似乎是當時有權力的廷臣[6]。按《發掘》認為，出土霸姬盤、盉的 2002 號墓，根據隨葬器物分析比較，其年代約在西周中期穆王、恭王之際。上引穆公擔任右者的銅器，以及穆公自作銅器穆公簋蓋（《集成》4191）、尹姞鬲（《集成》754、755），李學勤先生皆定為穆王晚期[7]，陳夢家先生則定為共（恭）王時（除尹姞鬲外）[8]，兩說都在墓葬的年代範圍之內。如此看來，本銘的穆公與上述穆公很有可能是同一人。結合記錄土田獄訟傳世的兩件瑈生簋、2006 年陝西扶風新出土的兩件瑈生尊銘文分析[9]，穆公的身份有點類似召伯虎，他既是朝廷重臣，又是「君氏」即宗族之長。

訟，爭辯，《說文》：「訟，爭也。」《玉篇·言部》：「訟，爭訟也。」引申為特指訴訟，《周禮·秋官·大司寇》：「以兩造禁民訟。」孫詒讓正義引黃度云：「小曰訟，大曰獄。」《論語·顏淵》：「聽訟，吾猶人也。必也使無訟乎？」

此句是說，在某年八月戊申這天，霸姬將「气」訴訟到穆公處。

曰：「吕（以）公命用殷（厫）朕（縢）僕（僕）騽（馭）臣妾自气，不余（舍）气。」

曰，說。吕，即「以」字。命，命令。「以公命」，以穆公的命令。殷，讀

---

[3]　李學勤：《穆公簋蓋在青銅器分期上的意義》，原載《文博》1984 年第 2 期。《新出青銅器研究》第 68-72 頁，文物出版社，1990 年。

[4]　中國社會科學院考古研究所編：《殷周金文集成》（修訂增補本），中華書局，2007 年。以下簡稱《集成》。

[5]　陳夢家：《西周銅器斷代》（上冊）第 406、407 頁，中華書局，2004 年。

[6]　白川靜：《金文通釋》卷二，第 378 頁，106.趞曹鼎一，〔日〕白鶴美術館，1968 年。

[7]　李學勤：《穆公簋蓋在青銅器分期上的意義》，原載《文博》1984 年第 2 期。《新出青銅器研究》第 68-72 頁，文物出版社，1990 年。李先生認為尹姞鼎是穆公逝世後其妻所作銅器。

[8]　陳夢家：《西周銅器斷代》（上冊）第 171、174 頁，中華書局，2004 年。

[9]　舊稱「召伯虎簋」，《集成》編號 4292；4293；寶雞市考古隊、扶風縣博物館《陝西扶風縣新發現一批西周青銅器》，《考古與文物》2007 年第 4 期。

為「廄」，廄字本諧「殷」聲，故可通假。《說文》：「廄，馬舍也。」「廄」字本義為馬、牛所聚之處，故可引申為聚合，《釋名・釋宮室》：「廄，勾也。勾，聚也。」馬王堆漢墓帛書《經法・君正》：「若號令發，必廄而上九，壹道同心，〔上〕下不逜，民無它志，然后（後）可以守單（戰）矣。」整理小組注：「廄讀為勾，聚集。」[10]是其證。

　　朕，讀為「媵」，銅器銘文習見，有數十例之多[11]。除了寫作通假字「朕」外，大多作「媵」義之字多從「貝」作「賸」，從貝、朕聲，少數或從「女」或從「土」或從「人」作。《說文》失收「媵」字，但有「㑞」字，《說文》：「㑞，送也。從人，灷聲。呂不韋曰：『有侁氏以伊尹㑞女。』」所引見今本《呂氏春秋・本味篇》：「有侁氏喜，以伊尹為媵送女。」知「㑞」字與「媵」義同[12]。古代諸侯或貴族嫁女，以人或物陪嫁，稱之為「媵」，《公羊傳・莊公十九年》：「媵者何？諸侯娶一國，則二國往媵之，以姪娣從。」《儀禮・士昏禮》：「媵御餕。」鄭玄注：「古者嫁女必姪娣從，謂之媵。姪，兄之子。娣，女弟也。」《詩・小雅・我行其野》孔穎達疏云：「《釋言》：『媵，送也。』妾送嫡而行，故謂妾為媵。媵之名不專施妾，凡送女適人者男女皆謂之媵。」

　　僕，即「僕」字繁構，贅增「宀」旁。《說文》：「僕，給事者。」《左傳・昭公七年》：「人有十等。下所以事上，上所以共神也。故王臣公，公臣大夫，大夫臣士，士臣皁，皁臣輿，輿臣隸，隸臣僚，僚臣僕，僕臣臺。馬有圉，牛有牧，以待百事。」金文「僕」字大多用作奴僕義，如伯克壺：「白（伯）大（太）師易（賜）白（伯）克僕卅夫」（《集成》9725）；幾父壺：「易（賜）幾父𢀳柔六、僕十家、金十鈞」（《集成》9721；9722）；叔夷鐘：「余易（賜）女（汝）車馬戎兵、釐（萊）僕三百又五十家」（《集成》275；285）。本銘「僕」字用法與之相同。

　　駵，字曾見於故宮博物院收藏的一件西周早期青銅卣銘，為人名（駵卣，《集成》5118），《金文編》只作隸定，注云：「《說文》所無」[13]。按「駵」字構形從「馬」、從「囟」，實即「馭」字異體。「馭」字西周金文大多作𢼸，從「馬」、從「攴」，會持鞭驅馬之意（戰國文字構形仍同），但大鼎（《集成》

---

[10] 見裘錫圭主編：《馬王堆漢墓簡帛集成》（肆）第 133 頁注〔九〕，中華書局，2014 年。

[11] 可參看張亞初：《殷周金文集成引得》第 745-749 頁「朕」字條，中華書局，2001 年。

[12] 參見陳初生：《金文常用字典》第 657 頁「剩」字條，陝西人民出版社，1987 年。又，段玉裁注認為「為」、「送」二字乃後人所增入，則「㑞」與「賸」為通借字。

[13] 容庚：《金文編》第 679 頁「駵」字條，中華書局，1985 年。

2807；2808）則作🐎，為異體，本銘作「馭」，又省去右下「攴」旁，漢隸則省「卥」訛為「馭」，為《說文》「御」字或體所本。對此，裘先生文中已有很好的論述。《說文》：「御，使馬也。从彳，从卸。馭，古文御，从又，从馬。」「馭」由「使馬」義引申為駕車的人，《莊子·盜蹠》：「顏回為馭，子貢為右，往見盜蹠。」本銘「僕馭、臣妾」連稱，此「馭」之身份也是奴僕。

「臣妾」，指男女奴僕，《尚書·費誓》：「臣妾逋逃」，孔安國傳：「役人賤者，男曰臣，女曰妾。」又《禮記·少儀》：「臣則左之」，鄭玄注：「臣謂囚俘。」孔穎達疏：「臣則左之者，謂征伐所獲民虜者也。」是作為奴僕的「臣妾」一部分來源於戰俘。

銅器銘文中「臣妾」常用作賞賜物，例如復尊：「匽（燕）侯賞復冂衣、臣妾、貝」（《集成 5978》）；大克鼎：「易（賜）女（汝）井寓（宇）𤔲，田于畯（峻），以（與）氒（厥）臣妾。」（《集成》2836）本銘「僕馭、臣妾」連言，四者身份都是奴僕。師𤕦簋：「僕、馭、百工、牧、臣妾」（《集成》4311）；逆鐘：「僕庸、臣妾」（《集成》62），皆連言泛稱，可參看。本銘是以「僕馭、臣妾」為「媵」，即以奴僕作為陪嫁。

自，從，由。「自气」，從「气」那裏。

余，讀為「舍」，「舍」字金文構形从「口」、「余」聲，中山王鼎即用「舍」為「余」，可證「余」、「舍」古本同音。銅器銘文每言「舍命」，「舍」為施發，正用其本義[14]。矢令方彝：「𢌶（出）令舍三事令……舍四方令。」（《集成》9901）毛公鼎：「父厝舍命。」（《集成》2841）吳闓生先生指出：「『捨命』乃古人恒語，即發號施令之意。《詩》『不失其馳，舍矢如破。』『舍矢』猶『發矢』也。毛公鼎『舍命』與此正同，非謂舍其命令不顧也。《羔裘》詩『彼其之子，舍命不渝』，謂其發號施令無所渝失也。鄭箋不解『舍命』之義，乃以『見危授命』釋之，誤矣。」[15]

「不舍气」，即「气不舍」，主語倒置，即「气不捨命」之謂。從銘文分析，穆公的命令應當是向有關族眾傳達。

本句大意是，霸姬說：本是由「气」傳達您穆公的命令，去聚集（即徵用）那些用來做我女兒陪嫁的奴僕（即僕馭臣妾），但是「气」沒有發佈命令。這是霸姬訴訟陳述的理由。

---

[14] 參引陳初生：《金文常用字典》第 574 頁「舍」字條，陝西人民出版社，1987 年。

[15] 于省吾：《雙劍誃吉金文選》卷上之二「矢令彝銘」注引，第 165 頁，中華書局，2009 年。

公曰：「余不女（汝）命曰『虖（與）霸姬』？」

　　公，穆公。余，第一人稱代詞，穆公自稱。女，讀為「汝」，銅器銘文及傳世文獻常見。汝，你，這裏指「气」。

　　「余不汝命曰」云云，即「余不命汝曰」云云，此是反詰句。

　　虖，《發掘》隸定為「虓」，其實構形作「虖」，從「虎」、從「丂」，只是「丂」旁橫置而已，與「卜」構形有別。「丂」字的這種寫法常見於西周金文的「考」字，例子很多，可以參看[16]。「虖」即「虖」字省體。按「虖」字《說文》云：「哮虖也，從虎，乎聲。」金文構形皆從「虎」從「兮」，而「兮」字本從「丂」得聲，郭店楚簡《老子》、上博楚簡《李頌》《有皇將起》等篇中用作語氣詞的「兮」皆寫作「可」，是其證。因此，「虖」字將「兮」旁省作「丂」寫為「虖」，是沒有問題的。「虖」字讀為「乎」，在傳世文獻和出土楚簡中二字相通例子甚多[17]，而「乎」字可讀為「與」，如《老子》：「天地之間其猶橐籥乎」，郭店楚簡本（甲 23）「乎」作「與」；《論語·泰伯》：「不其然乎」，《漢書·王嘉傳》、《劉歆傳》並引「乎」作「與」；《論語·公冶長》：「歸與歸與」，《史記·孔子世家》「與」作「乎」；《禮記·禮運》：「可得而聞與」，《孔子家語·禮運》「與」作「乎」，是其例。因此，本銘「虖」字理可讀為「與」。與，介詞，表示趨向。

　　此句是穆公責問「气」的言辭，意思是說：我不是已命令你（聚集僕馭臣妾）與霸姬（作媵用）嗎？

「气誓曰：『余某弗𢝊（昃）再公命用虖（與）霸姬，余唯自無，𨥨（鞭）吾（五百），罰吾（五百）孚（鋝）。』」

　　「气誓曰」云云，從上下文看，整句話是霸姬要求對「气」的判決所立的誓言，並非是「气」自己立誓之辭。

　　誓，發誓，立誓。《說文》：「誓，約束也。」段玉裁注：「按凡自表不食言之辭皆曰誓，亦約束之意也。」《詩·衛風·氓》：「信誓旦旦，不思其反。」《書·湯誓》：「爾不從誓言，予則孥戮汝，罔有攸赦。」結合文獻，從銅器銘

---

[16] 見容庚：《金文編》第 599 頁「考」字條，中華書局，1985 年。

[17] 可參看高亨：《古字通假會典》第 832 頁【乎與虖】條，齊魯書社，1989 年；劉信芳：《楚簡帛通假彙釋》第 173 頁「虖與乎」條，高等教育出版社，2011 年。此不贅引。

文看，誓言本身在西周時期具有較強的法律意義和約束力[18]。

「余某」，余，我；某，代詞，指一定的人、地、事、物，不明言其名，此處之「某」代指「气」的名字。「余某」猶言「我某人」。昃，構形作「厌」，亦見瑉生簋。「厌」字之考，舊說紛紜：林澐先生疑為字从「睪」聲讀為「斁」，訓厭，有服從之義；朱鳳瀚先生讀為「懌」，字義為服、服從；陳絜博士認為字當訓為「確實」、「確鑿」、「誠實」之類；連劭名先生則隸定作「天」，讀為「忝」，訓作「辱沒」[19]。按「厌」實即「昃」字，《說文》寫作「厢」。「昃」字構形，裘錫圭先生曾指出：「（本）以象人形的『大』旁和『日』旁的相對位置表示出日已西斜的意思。後來『大』被改為形近的『矢』，『吳』字就由表意字轉化為从『日』『矢』聲的形聲字了。」[20]本銘及瑉生簋的「厌」字構形，是在从「大」从「日」會意的基礎上增加「厂」旁，此亦即《說文》「厢」字構形之由來，只是《說文》將表示人形的「大」改成「人」而已，即以同義偏旁替換。需要指出的是，戰國文字「昃」字構形仍从「大」，陶文、古璽、楚簡等例子甚多[21]，除了常見寫作从「大」从「日」外，也有寫作「厌」作「𣏾」的，見包山楚簡（簡 181）[22]，尤其是傳抄古文作「𩎟」（《汗簡》4.52），更可以為證。昃，本指日昳，引申為傾，《易‧離》：「日昃之離」，焦循章句：「昃，傾也。」又，《說文》「傾」、「仄」二字互訓。「傾」可訓為傾盡、使傾盡、全部，俞樾《諸子平議‧荀子一》「無所不傾」按語：「傾，猶盡也。」《史記‧魏公子列傳》：「天下士復往歸公子，公子傾平原君客。」

再，同「稱」。《說文》：「再，並舉也。」段玉裁注：「凡手舉字當作再，凡偁揚當作偁，凡銓衡當作稱。今字通用稱。」王筠句讀也謂：「偁、稱二字，古蓋並用再。」《玉篇‧冓部》：「再，與稱同。」王念孫《讀書雜誌‧管子第七‧五行》：「大戴《禮‧文王官人篇》：『覘再其說。』再與稱同。」稱，言，述說，《國語‧晉語八》：「其知不足稱言」，韋昭注：「稱，述也。」《呂氏春秋‧

---

[18] 龔軍：《大河口墓地出土鳥形盉銘文與西周法律》，《中國國家博物館館刊》2014 年第 5 期。

[19] 林澐：《瑉生簋新釋》，《古文字研究》第三輯第 128 頁，中華書局，1980 年；朱鳳瀚：《瑉生簋與瑉生尊的綜合考釋》，朱鳳瀚主編：《新出金文與西周歷史》第 80 頁，上海古籍出版社，2011 年；陳絜：《瑉生諸器銘文綜合研究》，同上書第 96 頁；連劭名：《周生簋銘文所見史實考述》，《考古與文物》2000 年 6 期。

[20] 裘錫圭：《釋「勿」「發」》，原載《中國語文研究》第 2 期（1981 年），收入裘錫圭：《古文字論集》第 78 頁，中華書局，1992 年。

[21] 見湯餘惠主編：《戰國文字編》「昃」字條，福建人民出版社，2001 年，第 457、458 頁。

[22] 包山簡的年代雖已晚至戰國，但近年公布的楚簡材料證明，在楚文字中還保留有商代至西周時期的文字構形，如「視」、「助」等字例。

當染》：「必稱此二士也」，高誘注：「稱，說也。」《史記・屈原賈生列傳》：「上稱帝嚳，下道齊桓，中述湯武，以刺世事。」「戾禹」，猶言盡述之意。

「余某弗戾（戾）禹公命用虖（與）霸姬」，意思是說：我某（「气」）沒有（向有關族眾）全部述說穆公的命令（聚集奴僕）與霸姬（作媵用）。這是假設之辭。

附帶指出，五年琱生簋云：「余既訊，戾（戾）我考我母令（命）」；六年琱生簋云：「今余既訊，又（有）嗣（司）曰：『戾（戾）命』。」「戾」字用法及句例皆與本銘「戾（戾）禹公命」相同，「戾」亦訓為「傾盡」，「戾我考我母命」、「戾命」即盡按此命令之意。

唯，虛詞。無，沒有。「余唯自無」，意思是我自己沒有做到，即「气」自己沒有按照穆公的命令向穆姬交付奴僕。這也是假設之辭，與上句並列。

全，即「鞭」字古文，見《說文》。「鞭」字本義指鞭子，引申為鞭打，佚匜（《集成》10285）作「俊」，增「人」旁，是以鞭毆人之義。鞭，刑法上指鞭刑，是古代官刑之一，用以懲辦官吏。《書・舜典》：「鞭作官刑。」孔安國傳：「以作為治官事之刑。」孔穎達正義：「此有鞭刑，則用鞭久矣。《周禮・條狼氏》：『誓大夫曰敢不關，鞭五百。』」《國語・魯語上》：「薄刑用鞭撲，以威民也。」韋昭注：「鞭，官刑也。」本銘「鞭」字也指鞭刑，是「气」的身份當屬官吏，故用官刑。晉，「五百」合文，數量。「鞭五百」，打五百鞭。五百鞭之數亦見上引《周禮・條狼氏》文，佚匜銘文云：「今我赦（赦）女（汝），義（宜）俊（鞭）女（汝）千。」鞭數則增加一倍。

罰，《說文》謂「辠之小者」，是說小罪可以「罰」替代，亦指罰金，即出錢贖罪，《尚書・呂刑》：「五刑不簡，正於五罰。」孔安國傳：「不簡核，謂不應五刑，當正五罰，出金贖罪。」《周禮・秋官・職金》：「掌受士之金罰、貨罰。」鄭玄注：「罰，罰贖也。」《論衡・幸偶》：「或奸盜大辟而不知，或罰贖小罪而發覺。」本銘的「罰」指罰金，即罰銅。

乎，《說文》作「鋝」，重量單位。《說文》：「鋝，十銖二十五分之十三也。從金，乎聲。《周禮》曰：『重三鋝。』北方以二十兩為鋝。」許慎的說法前後差值太大。據《周禮・考工記・冶氏》「（戈）重三鋝」鄭玄注：「三鋝為一斤四兩」，是一鋝重六兩又大半兩，因此段玉裁改《說文》，將末字「鋝」前補「三」字，作「北方以二十兩為三鋝。」容庚先生也指出：「戴震謂鋝為六兩大半兩。」[23] 由於「鋝」、「鍰」二字形近易訛，傳世文獻中「鋝」字或作「鍰」，

23　容庚：《金文編》第 275 頁「乎」字條注語，中華書局，1985 年。

或互訓。《說文》：「鍰，鋝也。从金，爰聲。《罰書》曰：『列百鍰。』」《小爾雅》：「鋝謂之鍰。」已將「鋝」「鍰」二字混同。又，《書·呂刑》：「墨辟疑赦，其罰百鍰。」孔安國傳：「六兩曰鍰。」陸德明《經典釋文》：「鍰，……六兩也，鄭及《爾雅》同。……又云賈逵說：『俗儒以鋝重六兩，《周官》：劍重九鋝。俗儒說是。』」謂一鋝重六兩，鋝重與前說不同。古代以銅塊（銅料）作為實物貨幣，所以銘文云「罰五百寽（鋝）」是指所罰銅的重量為五百鋝。散氏盤銘文兩處云：「夋（鞭）千，罰千」（《集成》10176），「罰千」即「罰千寽（鋝）」之省，亦指罰銅，數量則增一倍。

以上「余某弗爯」云云、「余唯自無」二句並列，是誓言中的兩件假設之事。「夋（鞭）五百，罰五百寽（鋝）」，則是針對這兩事所作的處罰，即規定對「气」違誓的懲罰。

報垂（厥）誓曰：「余爯公命用虏（與）霸姬，襄余亦改（改）朕辭，則夋（鞭）吾（五百），罰吾（五百）寽（鋝）。」气則誓。

報，法律上的專用名詞，判罪斷決、論定之意。《說文》：「報，當罪人也。」《韓非子·五蠹》：「聞死刑之報，君為流涕。」《漢書·胡建傳》：「辟報故不窮審」，顏師古注引蘇林曰：「斷獄為報」；《後漢書·陳寵傳》：「漢舊事斷獄報重」，李賢注：「報，猶論也。」又，《資治通鑒·漢記十九》「適見報囚」胡三省注引原父曰：「斷決囚為報，如今有司囚罪，長吏判准斷，是所謂報。」文獻及注釋雖然晚出，但對理解本銘「報」詞極有幫助，同時銘文也指示我們「報」字至遲在西周中期已作為獄訟即法律用詞。垂，即「厥」字，代詞，相當於「其」。

「報厥誓曰」云云，即有司審定後斷決的誓言。由此也可證明前面的「气誓曰」云云，確是霸姬要求判決的誓言，而不是「气」自己立的誓言。

襄，義為反，《詩·小雅·大東》：「終日七襄」，毛亨傳：「襄，反也。」《文選·顏延之〈夏夜呈從兄散騎車長沙〉》：「七襄無成文」，李善注引《韓詩》薛君曰：「襄，反也。」

亦，虛詞。改，《說文》謂：「毅改，大剛卯，以逐鬼魅也。」許慎已不明造字本意，以漢代道教驅鬼術用的「剛卯」為訓。從古文字看，「改」、「改」二字常混用無別，如上博簡《易·井》：「改（改）邑不改（改）茱（井）」（簡44），今本作「改邑不改井」；《亙先》：「習吕（以）不可改（改）也」（簡

10），「改」用作「改」；侯馬盟書「敓（變）改」亦即「變改」，是其證。另外，「妃匹」之妃字金文皆寫作「改」，也可作為旁證。本銘的「改」字也用作「改」。改，改變，變更。《說文》：「改，更也。」《詩・鄭風・緇衣》：「敝予又改為兮。」毛亨傳：「改，更也。」《楚辭・離騷》：「不撫壯而棄穢兮，何不改乎此度？」王逸注：「改，更也。」

朕，第一人稱代詞，猶今言「我」，「我的」。辭，訴訟的辭，《說文》：「辭，訟也。」即用此義。《玉篇》：「辭，理獄爭訟之辭也。」《周禮・秋官・鄉士》：「聽其獄訟，察其辭。」孫詒讓正義：「辭，即謂獄訟之辭。」《書・呂刑》：「無僭亂辭。」「朕辭」，指「余再公命用旟（與）霸姬」這句訟辭。

「襄余亦改（改）朕辭」，意思是我反而改變我的訟辭。此亦是假設辭。散氏盤：「余又（有）爽䜌（變）」，「變」義同「改」，意思有點相似，可以參看。

「則夋（鞭）五百，罰五百孚（鋝）」之則，連詞，表示因果。《論語・學而》：「行有餘力，則以學文。」「气則誓」之則，訓為效法，依照。《漢書・五行志上》引《易・繫辭上》：「河出圖，雒出書，聖人則之。」顏師古注：「則，效也。」《書・禹貢》：「咸則三壤，成賦中邦」。「气則誓」，是說「气」依照判決立了誓言。倗匜：「牧牛則誓」，辭例及「則」字用法與此相同。

曾（增）𢆶（厥）誓曰：「女（余）某弗再公命用旟（與）霸姬，余唯自無，則夋（鞭）身，傳，出（黜）。」

曾，讀為「增」。《說文》：「增，益也。」王筠句讀：「『曾』下雖云『詞之舒也』，而『會』下則曰：『曾益也。』知增即曾之分別文。」《孟子・告子下》：「曾益其所不能。」焦循正義引張云：「曾，與增同。」輔師𩢍簋：「今余曾（增）乃命」（《集成》4286）；衛簋：「王曾（增）令衛」（《集成》4209〜4212），「曾」字皆讀為「增」。按輔師𩢍簋與衛簋同為恭王時銅器，與霸姬盤、盉的年代相近，是「曾」讀「增」的最直接證據。增，添加，《詩・小雅・天保》：「如川之方至，以莫不增。」鄭玄箋：「川之方至，謂其水縱長之時也，萬物之收皆增多也。」《史記・屈原賈生列傳》：「搖增翮逝而去之」，張守節正義：「增，加也。」《廣雅・釋詁二》：「增，加也。」「增厥誓曰」云云，是穆姬要求增加的判決誓言，即穆姬不服判決提出的上訴意見。

「女」為「余」字訛誤，此據盉銘改正。則，連詞，表示因果。「鞭身」，鞭打自己的身體，指受鞭刑。

　　傳，《說文》謂「遽也」，本指驛車，由傳送義引申為文字記載，《孟子・梁惠王下》：「齊宣王問曰：『湯放桀，武王伐紂，有諸？』孟子對曰：『於傳有之。』」《周禮・天官・冢宰》篇題下賈公彥疏：「傳者，可使傳述。」

　　需要指出的是，盤銘這段「增誓」，盂銘作：「气誓曰：『余某弗再公命，余自無，則全（鞭）身，笰傳，出（黜）。』」其中雖省略「用虖（與）霸姬」四字，但於「傳」前增「笰」字，可見盤銘是漏鑄了「笰」字。《說文》無「笰」字，《漢語大字典》、《漢語大詞典》皆失收。《爾雅・釋器》：「輿，革前謂之鞎，後謂之笰；竹前謂之禦，後謂之蔽。」邢昺疏引李巡曰：「笰，車後戶名也。」郝懿行義疏：「笰當作茀。《碩人》傳：『茀，蔽也。』」此「笰」是「簟茀」之茀的異體字，乃車的遮蔽物，與本銘之「笰」字義無涉。從銘文分析，「笰」是指簡牘一類簿籍檔案，當讀為「笏」。「弗」、「勿」二字可通，如《左傳・襄公二十八年》：「何獨弗欲？」《晏子春秋・內篇・雜下十五》「弗」作「勿」。又古音「弗」為物部幫母字，「勿」為物部明母字，二字為疊韻旁紐關係，故「笰」、「笏」可通假。「笏」字見《說文》新附，舊指記事手板。《禮記・玉藻》：「凡有指畫於君前，用笏；造受命於君前，則書於笏。」《釋名・釋書契》：「笏，忽也。君有教命及所啟白，則書其上，備忽忘也。」是「笰（笏）傳」猶今言之「記錄在案」。

　　出，讀為「黜」，《莊子・徐無鬼》：「君將黜耆欲。」陸德明釋文：「黜，本又作出。」是其例。又，《史記・仲尼弟子列傳》：「孔子常黜其辯。」《孔子家語・七十二弟子》「黜」作「詘」，亦可作為旁證。黜，罷免，貶降。《說文》：「黜，貶下也。」《書・堯典》：「三載考績，三考，黜陟幽明。」孔安國傳：「黜退其幽者，升進其明者。」《論語・微子》：「柳下惠為士師，三黜。」

報毕（厥）誓曰：「余既曰再公命，襄余攺（改）朕辭，則出（黜），棄。」气則誓。

　　此「報厥誓曰」云云，是增加的判決內容。

　　棄，古代放逐刑罰名。《易・離》：「九四，突如其來如，焚如，死如，棄如。」《周禮・秋官・掌戮》賈公彥疏：「棄如，流宥之刑。」

　　此句是說，判決誓曰：「我既然說去傳達穆公的命令，反而我改變了我的訟辭，則罷免我（的職務），將我放逐。」「气」依照判決立了誓言。

　　增加的判決內容，是對違誓添加罷免和放逐兩種懲處。又，增加誓言中的

懲處，盤銘前誓曰「仌（鞭）身，傳，出（黜）」，報誓曰「出（黜），棄」；盉銘前誓曰「仌（鞭）身，第傳，出（黜）」，報誓曰「出（黜），棄。」是判決在量刑懲處的程度上有所改變，即刪去了「仌（鞭）身」、「第傳」或「傳」的內容，但增加了「棄」這一項。

　　附帶指出，散氏盤云：「誓曰：我兓（既）付散氏田、器，有爽，實余有散氏心賊，則仌（鞭）千，罰千，傳，棄，出（黜）[24]。」舊解說「傳棄」是流放，「傳」指驛車。用驛車運送囚犯去流放，似無可能。對照本銘，可知「傳」是指將懲罰決定記錄在案。

對公命，用乍（作）寶般（盤）、盉，孫子＝（子子）其萬年寶用。

　　對，報答，稱頌。《尚書‧說命》：「敢對揚天子之休命。」孔安國傳：「對，答也，答受美命而稱揚之。」西周青銅器銘文常見「對揚」一詞，表示作器者對賞賜者的讚美感激，如小臣守簋蓋：「敢對揚天子休令（命）」（《集成》4179）；井鼎：「對揚王休」（《集成》2720）；彧方鼎：「對揚王令（命）」（《集成》2824）；羌鼎：「對揚君令（命）於彝」（《集成》2673），或省稱「對」，如中方鼎：「對王休令（命）」（《集成》2785）；史懋壺「對王休」（《集成》9714）；效卣「對公休」（《集成》5433），皆其例。楊樹達先生在總結若干銅器銘文相關辭例後指出：「尋金文對揚王休之句，必為述作器之原因，君上賞賜其臣下，臣下作器紀其事以為光寵，此所謂揚君之賜也。」[25]本銘「對公命」，是霸姬稱頌穆公之命令。

　　以下是銅器銘文常見的套話，意思是霸姬為了紀念這次訴訟勝利，因此做了珍貴的盤和盉（用以記載事件），希望她的子子孫孫一萬年當作寶貝用[26]。

---

[24] 「出」字舊釋「之」，據本銘改正，已有學者指出。

[25] 楊樹達：《積微居小學述林》第 348 頁，上海古籍出版社，2007 年。

[26] 盤、盉銘文中「孫」字皆漏刻重文符號。

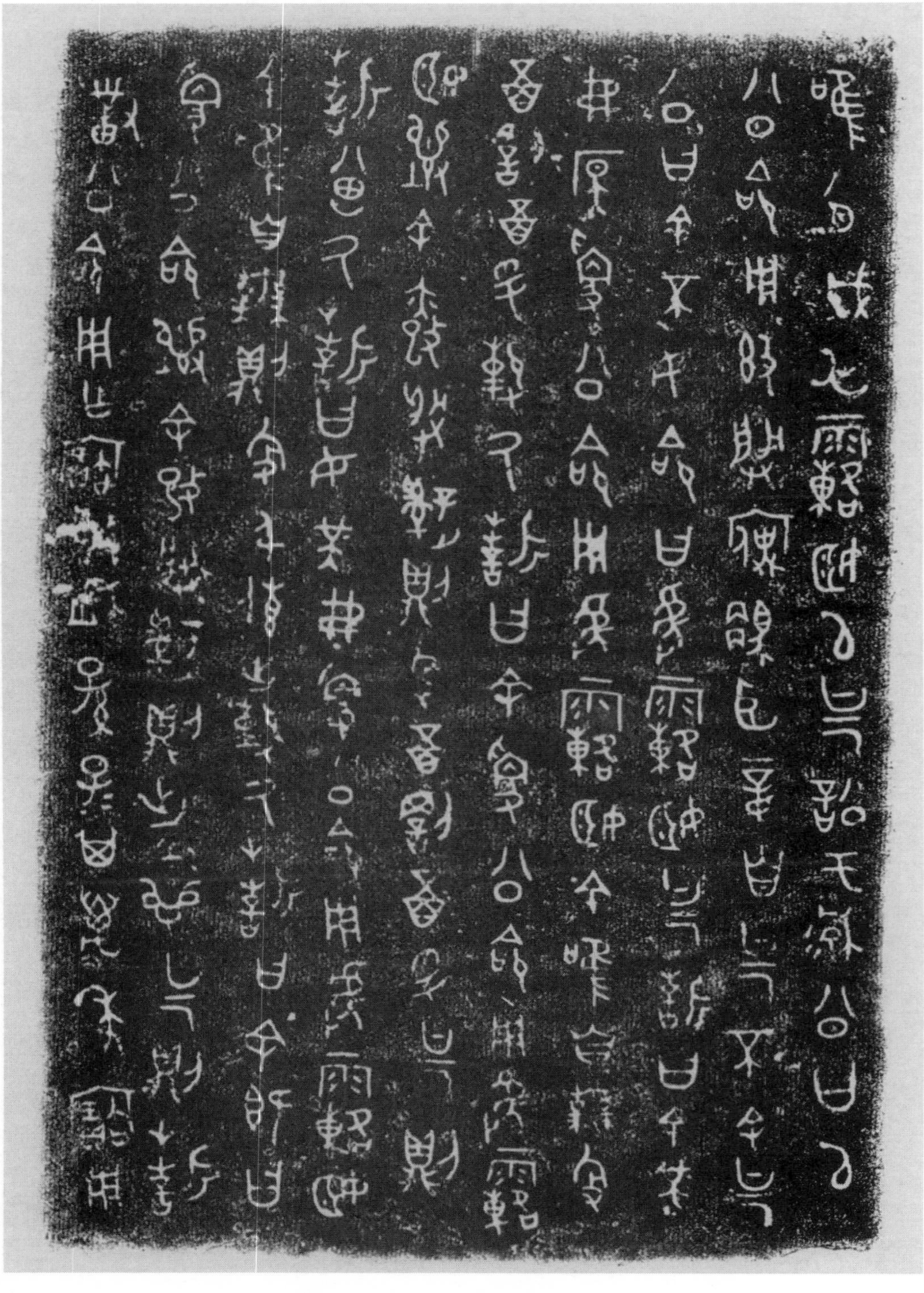

圖一

圖二

《中國文字》　　總第一期
The Chinese Characters　No.1
2019年6月　　　頁83-87

清華簡《邦家處位》零釋

陳偉

武漢大學簡帛研究中心

摘　要

　　本文對《清華大學藏戰國竹簡》第八輯《邦家處位》中的一些字句加以考釋。將「傾戻」連上讀。「厇」讀為「托」，依托義。「肙」讀為「捐」，放棄義。「氏」讀為「支」，支持義。

關鍵詞：清華簡、邦家處位、傾戻

Absrtact

　　This article discusses on some difficult questions of *Bangjia Chuwei*（《邦家處位》）in the *Bamboo Slips of Warring States Period Collected by Tsinghua University (8)*. Put "qingze"（傾戻）in the preceding sentence. "Zhe"（厇）is read as "tuo"（托）, meaning support. "Yuan"（肙）is read as "juan"（捐）, meaning abandonment; "Shi"（氏）is read as "zhi"（支）, meaning support.

Key words: Tsinghua Bamboo Slips, *bangjia Chuwei,* qingze

　　《邦家處位》是《清華大學藏戰國竹簡》第八輯中的一篇[1]。研讀時有一些想法，謹條理如次，以就正于同好。

一

　　1 號簡開頭一段整理者釋文作：「邦豪（家）凥（處）立（位），虒（傾）吳（昃）亓（其）天命，印（抑）君臣必果以厇= （度。度，）君訬（速）臣=（臣，臣）童（適）辵君。」注釋云：邦家，即國家。《詩・南山有臺》：「樂只君子，邦家之基。」位，指治國之位。《韓非子・姦劫弒臣》：「處位治國，則有尊主廣地之實。」虒，即「傾」字（參看徐在國、管樹強：《楚帛書「傾」字補說》，《語言科學》二〇一八第三期），與「昃」同義連用。吳，即「昃」字，《說文》：「側也。」傾昃，義為傾斜、不正。印，讀為「抑」，連詞，表承接，訓「則」，參見《古書虛字集釋》第二〇九頁（中華書局，二〇〇四年）。果，果決。《論語・子路》：「言必信，行必果。」度，法度。《逸周書・度訓》「天生民而制其度」，陳逢衡云：「度者，自然之矩矱，而聖人裁成之。」《大戴禮記・少閑》：「昔堯取人以狀，舜取人以色，禹取人以言，湯取人以聲，文王取人以度。此四代五王之取人以治天下如此。」訬，《說文》「速」字古文，「從欶，從言」。《詩・伐木》「既有肥羜，以速諸父」，鄭箋：「速，召也。」童，從止從帝省，疑為「適」字異體，《說文》：「之也。」《左傳》昭公十五年「民知所適，事無不濟」，杜注：「適，歸也。」辵，疑為「逆」字訛書。一說從辵毛聲，讀為「覛」，《說文》：「擇也。」或作「芼」。《玉篇・見部》：「覛，本亦作芼。」《詩・關雎》「左右芼之」，毛傳：「芼，擇也。」《大戴禮記・衛將軍文子》：「君雖不量于臣，臣不可以不量于君。是故君擇臣而使之，臣擇君而事之。」

　　簡文疑當讀作：「邦家凥（居）立傾昃，其天命，印（抑）君臣必果以託。託，君速臣，臣從述（求）君。」

　　居，有「安居」義，又引申為「安」。《荀子・正論》「居則設張容負依而坐」，楊倞注：「居，安居也」。《莊子・齊物論》「何居乎」，成玄英疏：「居，安處也。」《詩・大雅・公劉》「匪居匪康」，朱熹集傳：「居，安也。」《呂氏春秋・上農》「無有居心」，高誘注：「居，安也。」居立，指安穩，與「傾昃」指傾覆辭義相反，分別形容邦家安與危這兩種狀況。

---

[1]　李學勤主編：《清華大學藏戰國竹簡》，中西書局，2018 年，頁 8-9（原大圖版）、61-68（放大圖版）、127-134（釋文注釋）。

　　抑，選擇連詞。果，副詞，果真義。尾，恐當讀為「托」，依托、委付義。《大戴禮記・哀公問五義》「不能選賢人善士而託其身焉」，王聘珍解詁：「託，依也。」《呂氏春秋・貴生》：「惟不以天下害其生者也，可以托天下。」高誘注：「託，付也。」《論語・泰伯》：「可以託六尺之孤。」皇侃疏：「托謂憑托也。」簡文是問邦家安危是繫于天命抑或是君臣之間果真能相互托付。《國語・周語下》記魯成公云：「寡人懼不免于晉，今君曰『將有亂』，敢問天道乎，抑人故也？」為類似句式。

　　「臣」下一字，單育辰、王寧先生指出與見于郭店竹書《緇衣》16 號簡等處、用為「從」的字相同，王寧先生釋為「從」[2]。今從之。簡文中似為往就之意。《漢書・高帝紀上》「復從將軍」，顏師古注：「從，就也。」《孟子・公孫丑下》「故從而征之」，焦循正義引《禮記》注云：「從，猶就也。」

　　整理者釋為「迕」、疑為「逆」字訛書之字，與上博竹書《民之父母》11 號簡的「述」類似，其右上部主體部分亦與楚簡中某些「求」（如郭店《緇衣》18 號簡、《尊德義》39 號簡、上博《亙先》13 號簡所見）類似，應可釋為「述」，讀為「求」。

二

　　4 號簡一段文句，整理者釋作：「夫不敀（度）政者，印（抑）歷（歷）無訕，宝（主）貣（任）百返（役），乃敓（敝）於亡。」注釋云：歷，疑讀為「歷」，指任職。訕，即「訾」字。《國語・齊語六》「訾相其質」，韋注：「訾，量也。」無訕，即無訾，指沒有經過「訾相其質」的考察過程。《齊語六》載，齊桓公任官實行三選制度，「鄉長退而修德進賢」、「官長期而書伐，以告且選，選其官之賢者而復之」、「桓公召而與之語，訾相其質，足以比成事，誠可立而授之」，「謂之三選」。貣，讀為「任」。《周禮・掌固》「任其萬民」，鄭注：「謂以其任命之也。」返，指職務、職事。敓，疑即「敝」字。《左傳》襄公二十一年「女，敝族也」，杜注：「敝，衰壞也。」《韓非子・說林》：「邢不亡，晉不敝。」《漢書・太史公自序》：「存亡國，繼絕世，補敝起廢，王道之大者也。」

　　簡文疑當讀作：「夫不託政者，抑兼無訾，主任百役，乃敝於亡。」

[2] 簡帛網簡帛論壇「清華簡八《心是謂中》初讀」2018 年 11 月 18 日 1 層 ee（單育辰）發言，http://www.bsm.org.cn/bbs/read.php?tid=4373；簡帛網簡帛論壇「清華八《邦家處位》初讀」2018 年 11 月 24 日 24 層王寧發言，http://www.bsm.org.cn/bbs/read.php?tid=4377&page=3。

托政，與前文「君臣必果以託」相承，指君上將政務交付給臣屬。

歷，曾在清華大學藏簡《越公其事》中兩次出現。整理者釋文寫作：「亓（其）見蓐（農）夫老弱董（勤）歷（麻）者，王必酓（飲）飤（食）之。32」「凡成（城）邑之司事及官帀（師）之 40 人，乃亡（無）敢增歷（益）亓（其）政以為獻於王。41」上條簡文原注釋云：董，疑讀為「勤」。歷，疑讀為「曆」，《說文》：「治也。」下條簡文原注釋云：歷，從曆聲，讀為「益」，皆錫部字。增益，增添，此處義為虛誇。戰國宋玉《高唐賦》：「交加累積，重疊增益。」政，或可讀為「征」。增益其征，指加重賦稅負擔[3]。

劉剛先生從清華簡《系年》14 號用作飛廉之「廉」的 🖹 等楚文字出發，認為這二字也與「廉」有關，分別讀為「饉歉」、「增歉」[4]。陳劍先生認為：「釋『歷』為『廉／廉』聲字，單從字形上看確實也是很有道理的。但問題是，根據『廉／廉』聲的的讀音，簡文很難講通。」因而改釋為「懋」，分別讀為「勤懋」和「增貿」[5]。侯瑞華先生則贊同劉剛先生的基本判斷，鑒于「廉」「斂」皆為來母談部字、二字的聲符往往可通，把兩處「歷」字均讀為「斂」[6]。

今按，《越公其事》41 號簡中的「歷」，按侯先生的意見應可講通。32 號簡中的「歷」在看作從「兼」得聲之字的基礎上，或可讀為「儉」。《韓非子·說疑》：「不明臣之所言，雖節儉勤勞，布衣惡食，國猶自亡也。」《詩·魏風·汾沮洳》序：「其君儉以能勤。」均以勤、儉並言。不過，《淮南子·原道訓》「不以奢為樂，不以廉為悲」高誘注：「廉，猶儉也。」將其直接讀為「廉」，似亦通。這樣，《越公其事》中的兩處「歷」，釋為從「兼」得聲的字，字形、文義都可以得到合理說明。

《邦家處位》中的「歷」，也應與「廉」有關，簡文中似即用為「兼」。《書·仲虺之誥》「兼弱攻昧」，孔穎達疏：「兼，謂包之。」《孟子·滕文公下》：「周公兼夷狄，驅猛獸，而百姓寧。」朱熹集注：「兼，並之也。」焦循正義：「兼、同、容三字義同。」「訾」有估度、計量義。《國語·齊語》：「桓公召而與之語，訾相其質。」韋昭注：「訾，量也。」《禮記·少儀》「不訾重器」，

---

[3]　李學勤主編：《清華大學藏戰國竹簡（柒）》，中西書局，2017，頁 130、131、133、135。

[4]　劉剛：《試說〈清華柒·越公其事〉中的「歷」字》，復旦大學出土文獻與古文字研究中心網站 2017 年 4 月 26 日，http://www.gwz.fudan.edu.cn/Web/Show/3011。

[5]　陳劍：《簡談對金文「蔑懋」問題的一些新認識》，復旦大學出土文獻與古文字研究中心網站 2017 年 5 月 5 日，http://www.gwz.fudan.edu.cn/Web/Show/3039；《出土文獻與古文字研究》第 7 輯，上海古籍出版社，2018。

[6]　侯瑞華：《〈清華柒·越公其事〉「歷」字補釋》，復旦大學出土文獻與古文字研究中心網站 2017 年 7 月 25 日，http://www.gwz.fudan.edu.cn/Web/Show/3079。

朱彬訓纂引朱子曰：「訾，猶計度也。」《韓非子・外儲說右下》「訾之人二甲」，王先慎集解：「量財貨曰訾，量民之貧富亦曰訾。」無訾，不可數計。《列子・說符》：「虞氏者，梁之富人也。家充殷盛，錢帛無量，財貨無訾。」類似說法還有「不訾」。《史記・貨殖列傳》：「其先得丹穴，而擅其利數世，家亦不訾。」司馬貞索隱：「謂其多，不可訾量。」兼無訾，是說不將政務交付給下屬，同時掌管無數職事。

　　主，主持。以為指君主，似亦通。百役，泛指所有事務。主任百役，正與「兼無訾」對應。

三

　　6-7 號一段文句，整理者釋文作：「走（上）者亓（其）走（上），下者亓（其）下，牾（將）尾（度）以為齒，戜（豈）能肙（怨）人，亓（其）勿氏（是）是難。」注釋云：齒，次列。《左傳》隱公十一年「寡人若朝于薛，不敢與諸任齒」，杜注：「齒，列也。」孔疏：「然則齒是年之別名，人以年齒相次列，以爵位相次列，亦名為齒，故云齒也。」《周禮・司徒》：「國索鬼神而祭祀，則以禮屬民而飲酒于序，以正齒位：壹命齒于鄉里，再命齒于父族，三命而不齒。」肙，讀為「怨」，《說文》：「恚也。」《荀子・榮辱》：「自知者不怨人，知命者不怨天。」氏，讀為「是」，指代以上所言。「其勿氏（是）是難」，即不要以此為難。

　　簡文疑當讀作：「上者其上，下者其下，將托以為齒。豈能肙（捐）人，其勿（無）氏（支）是難。」

　　「齒」有錄用義。《禮記・王制》：「屏之遠方，終身不齒。」鄭玄注：「齒猶錄也。」簡文取此義，似亦通。捐，《說文》：「棄也。」《戰國策・齊策六》「亦捐燕弃世」鮑彪注：「捐，亦棄也。」氏，讀為「支」或「枝」[7]，支持、支撐義。《左傳》定公元年：「天之所壞，不可支也；眾之所為，不可奸也。」《左傳》桓公五年：「蔡衛不枝，固將先奔。」杜預注：「不能相枝持也。」楊伯峻注：「枝亦可作支。《戰國策・西周策》云：『魏不能支。』高誘注云：『支，猶拒也。』實則即今之支持、支撐。」

---

[7]　「氏」通「支」的文例，參看張儒、劉毓慶：《漢字通用聲素研究》，山西古籍出版社，2002，頁 502。

《中國文字》　　總第一期
The Chinese Characters　No.1
2019年6月　　　　頁89-98

談〈陳公治兵〉「紳兩和而紉之」的「紳」義

沈寶春

成功大學中文系

摘　要

　　本文主要討論《上海博物館藏戰國楚竹書（九）‧陳公治兵》中「紳兩和而紉之」的「紳」字，並結合「兩」、「紉」、「之」來談談彼此之間的意義聯繫。

關鍵詞：上博簡、〈陳公治兵〉、紳、紉

Abstract

　　This article focuses on the character of "*shen* 紳" in the passage of "*shen liang he er ren zhi* 紳兩和而紉之 (to bind up the two wings into a single column)," from the "Chen Gong Zhibing 陳公治兵" Chapter, in *Shanghai Bowuguan Cang Zhanguo Chu Zhushu IX* 上海博物館藏戰國楚竹書（九）. It also addresses the semantic connections between the characters of "*liang* 兩," "*ren* 紉," and "*zhi* 之."

Key words: Shangbojiu, Chen Gong Zhibing, *shen* 紳, *ren* 紉

一 前言

自 2012 年 12 月《上海博物館藏戰國楚竹書（九）》[1]發表以來，討論〈陳公治兵〉的文章，或涉及形制編聯與內容的考釋，或關涉到軍禮、戰史和兵法的探討，如雨後春筍，精義大出，其詳可參考趙月淇《〈上海博物館藏戰國楚竹書（九）·陳公治兵〉研究》所做的彙整[2]，在此不贅。但細讀諸家說解，容有餘意未盡一閒未達之處，礙於篇幅，本文僅選取「紳兩和而紖之」的「紳」字來加予討論，順便結合「兩」、「紖」、「之」來談談彼此之間的關係。

二 關於「紳」字的解釋

首先，關於「紳」字的隸定並無誤。但不管是原整理者將「紳」讀為「陳」，假為「陣」，用來指稱車隊之行列，陣指布陣，交戰一次曰一陣[3]；還是洪德榮逕讀為「陣」[4]，都是以「名詞」來解讀；而郭倩文雖讀為「陣」，卻視為「動詞」，指的是「列陣、佈陣」[5]的處置動作。將「紳」視為動詞的還有張崇禮，但他認為「紳」不作「陣」解，而是「當讀為引，引領」的意思。[6]那麼，「紳」在此句中到底是動詞好呢？還是名詞好呢？

剛好「紳」的這兩種用法，都見諸傳世典籍中。《說文》解釋「紳」的本義為「大帶」，屬於名詞性質，段玉裁在《注》中解讀說：

> 巾部帶下曰：「紳也。」與此為轉注。革部鞶下云：「大帶也。男子帶鞶，婦人帶絲。」帶下云：「紳也。男子鞶帶，婦人帶絲。」皆於古大帶、革帶不分別，是其疏也。古有革帶以系佩鞶，而後加之大帶，紳則大帶之垂

---

[1] 馬承源主編：《上海博物館藏戰國楚竹書（九）》（上海：上海古籍出版社，2012 年 12 月）。

[2] 趙月淇：《〈上海博物館藏戰國楚竹書（九）·陳公治兵〉研究》（臺南：國立成功大學中國文學系碩士論文，2018 年 7 月）。

[3] 馬承源主編：《上海博物館藏戰國楚竹書（九）》，頁 185；趙月淇從之，趙月淇：《〈上海博物館藏戰國楚竹書（九）·陳公治兵〉研究》，頁 269。

[4] 洪德榮：〈《上博九·陳公治兵》編聯校讀〉，《學行堂語言文字論叢》第四輯（成都：四川大學出版社，2014 年 12 月），頁 98。

[5] 郭倩文：《〈清華五〉、〈上博九〉集釋及新見文字現象整理與研究》（上海：華東師範大學漢語言文字學碩士論文，2016 年 5 月），頁 333。

[6] 張崇禮：〈讀上博九《陳公治兵》箚記〉，復旦大學出土文獻與古文字研究中心網站：http://www.gwz.fudan.edu.cn/Web/Show/2009，發布日期：2013 年 1 月 29 日。（瀏覽日期：2019 年 3 月 27 日）

者也。〈玉藻〉曰：「紳長制士三尺。子游曰：參分帶下，紳居二焉。」《注》云：「紳，帶之垂者也。言其屈而重也。」許但云大帶，亦是渾言不析言。蓋許意以革帶統於大帶，以帶之垂者統於帶，立言不分別也。大帶用素用練，故從系。[7]

　　主張「紳」是「大帶之垂者」，而且「以帶之垂者統於帶」；另外，桂馥的《說文解字義證》也說「紳」是「大帶也者。《廣雅》：『申，帶也。』〈內則〉：『端韠紳搢笏。』《注》云：『紳，大帶所以自紳約也。』〈玉藻〉：『大夫大帶。』又云：『紳長制士三尺，有司二尺有五寸。子游曰：「參分帶下，紳居一（春案：此處「一」段《注》則作「二」）焉。」』」[8]則更進一層申明「紳」除了是「大帶」外，也具有「所以自紳約」的功能。但朱駿聲卻注意到「紳」的另一種動詞用法，說「紳」除了是「大帶也。從系，申聲。《廣雅・釋器》：『紳，帶也。』按大帶束要垂其餘以為飾謂之紳。……《禮記・內則》：『端韠紳。』《注》：『大帶，所以自紳約也。』《廣雅・釋詁三》：『紳，束也。』皆以申為訓。」[9]即「紳」的名詞是束腰的大帶，具有「屈而重」往下垂一或二具「束要垂其餘以為飾」的特性，有如《禮記・玉藻》的「所以必有紳帶者，示敬謹自約整也。」《論語・鄉黨》的「加朝服拖紳」，《集解》：「紳，大帶也。」《孔子家語・五儀解》：「章甫、絇履、紳帶、搢笏者，賢人也。」《後漢書・第五倫傳》：「書諸紳帶。」《注》：「紳，謂大帶，垂之三尺。」[10]都是當名詞的用法，但它的動詞用法「束」義，則係從「申」來的。

　　但從《玉篇》：「紳，式真切。大帶也。束也。亦作䋍。」[11]及《廣雅・釋詁三》：「約、縛、紐、緯、韣、稇、繵、繃、縄、挈、圍、撽、輓、紳、紘、帶、笒、纏、絃、萆、徽，束也。」王念孫《疏證》云：「紳者，《韓子・外儲說》篇云：『書曰：「紳之束之。」』宋人有治者，因重帶自紳束也。』鄭注〈內則〉云：『紳，大帶，所以自紳約也。』〈玉藻〉釋文云：『紳，本亦作申，紳之言申也。』〈魏風・有狐〉傳云：『帶所以申束衣。』《淮南子・道應訓》：『約車

7　〔東漢〕許慎撰、〔清〕段玉裁注：《說文解字注（標點本）》（臺北：藝文印書館，2005 年 10 月），頁 659-660。

8　〔清〕桂馥：《說文解字義證》（濟南：齊魯書社，1987 年 12 月），卷四十一，頁 29（1132）。

9　〔清〕朱駿聲：《說文通訓定聲》（武漢：武漢市古籍書店，1983 年 6 月），弟十六，頁 826。

10　林尹、高明主編：《中文大辭典（第一次修訂版普及本）》（臺北：中國文化大學出版部，1990 年 9 月），第七冊，頁 322-323。

11　〔南朝梁〕顧野王：《宋本玉篇》，《四部文明》（西安：陝西人民出版社，2007 年），頁 133。

申轅。」高誘注云：『申，束也。』《說文》云：『申，七月陰氣成體，自申束也。』是紳與申同義。」[12]也就是朱駿聲所說的「紳」皆以「申」為訓的來源，是「紳」動詞約束義的一個根據。當然，對於「紳」動詞約束義在先秦還是存有一些爭議的，譬如《韓非子·外儲說左上》所引的「《書》曰：『紳之束之。』宋人有治者，因重帶自紳束也。人曰：『是何也？』對曰：『書言之，固然。』」[13]雖是食古不化，乃譏諷「誤解書意，猶今言『書獃子』」[14]的用意，但「紳」、「束」互文當動詞用，倒是一個非常好的例子[15]，可是，對於「紳」字的詞性，韓非並不以為然，後人注解也眾說紛陳，如前引段玉裁以「紳」係「誤字」視之，陶鴻慶則認為「紳字涉上文而衍」，陳奇猷校注再徵引諸說來證成云：

> 陶鴻慶曰：案紳字涉上文而衍。重讀平聲。以帶之餘重束之，故曰重帶自束。不當復有紳字。孫子書師曰：按《說文》申下云：「申也，（依段訂）七月陰氣成體自申束」，段注引《韓子》：「申之束之」句云：「今本申誤紳，申者引長，束者約結。」按申、束雙聲聯緜字，申亦當訓束，許書說申字從臼，自持也，則本以約束握持為義。（金文申象結繩之狀，段云「從丨，以象其申」，非是。）《廣雅·釋詁》：「紳，束也。」《疏證》云：「紳、同申」。引鄭注〈內則〉云：「紳，大帶，所以自紳約也。」〈魏風·有狐〉傳云：「帶所以申束衣。」《淮南子·道應訓》：「約車申轅。」高誘注云：「申，束也。」（以上《疏證》文）《釋名》「申，身也，物皆成其身體，各申束之使備成也。」《漢書·律歷志》云：「秋斂欲乃成孰」，說與劉同。斂欲，亦申束也。（《說文》「斂，收束也。」）申束，引申之則與束脩同義。《說文》：「竦，敬也，從立從束，束，自申束也。」（按束亦聲，大徐音息拱反，束與侯對轉。）㛋，謹也，從女束聲，讀若謹。」《釋詁》：「神，慎也。」又云：「治也。」郝云：「自治理與自申束皆所以為慎」，義為得之。《韓子》此文上云「紳之束之」，紳束蓋以修身言，如

---

[12] 〔清〕王念孫：《廣雅疏證》（西安：陝西人民出版社，2007 年），《四部文明》，頁 89、90。

[13] 〔戰國〕韓非撰，陳奇猷校注：《韓非子集釋》（臺北：河洛圖書出版社，1974 年 9 月），頁 649。

[14] 陳啟天：《增訂韓非子校釋》（臺北：臺灣商務印書館，1985 年 12 月），頁 503-504。

[15] 〔東漢〕許慎撰、〔清〕段玉裁注：《說文解字注》，頁 753 中則以為「《韓子·外儲說》曰：『申之束之。』今本申誤紳。申者，引長。束者，約結。《廣韻》曰：『申，伸也。重也。』」推斷作「紳」係「申」之誤。「申」是「電」的初文，假借為地支，這是從葉玉森提出來後大家有共識的，詳見于省吾主編：《甲骨文字詁林》（北京：中華書局，1996 年 5 月），頁 1172-1176。

《後漢書》云：「圭璧其行，束脩其心」，引申義也。下文「重帶自紳束」，紳束，即紳束約束，乃其本義。段氏以長釋上紳字，已失其義。（申有重疊屈曲義，《爾雅》申、神皆訓重，毛訓重，《廣韻》信訓重，申訓屈，鄭注〈玉藻〉訓屈而重，皆約束義之引申其訓，引申紳為者，殆以反對為義，非申字本義也。）陶氏乃目申為衍文，斯不知申束為古語而擅以己意刪改，好學深思，固若是耶！　　奇猷案：孫師說是，重帶自紳束，猶言以帶緊束其身也。又案：書，即書策之書，非必謂《尚書》也。[16]

認為「陶氏乃目申為衍文，斯不知申束為古語而擅以己意刪改」，但陳氏是依韓非原意解讀成「以紳束之」，亦即「以帶緊束其身」的名詞用法，至若張覺《韓非子校疏析論》先引太田方之說後下按語云：

太田方曰：「書，《周書》、《陰符》之類，非《尚書》也。」
太田方曰：「《論語》疏云：『以帶束腰，垂其餘以為飾，謂之紳。』然則別言之，『紳』言其垂者，『束』言其所束；合言之，『紳束』是一語。『之』字是語助耳。然宋人解以為紳且束之，故複重二帶而束其腰也。」
覺按：「紳」是束在衣服外的大帶子，作動詞時與「束」同義，表示用帶子束住衣服。「紳之束之」是重複之語，等於說「以紳束之」，宋人望文生義，理解為「以紳束之，以紳束之」，於是就用兩根紳來束腰。孫楷第認為此文「紳之束之」的「紳束」用的是引申義，指修身而言，「重帶自紳束」的「紳束」用的是本義，即約束；陳奇猷認同孫說，不當；因為「紳」作動詞時可表示用帶子束住衣服，但從來沒有引申指修身時的自我約束。此外，本文的「重」表示重疊，「重帶自紳束」即以「重疊之二帶束己」，陳奇猷解為「以帶緊束其身」，也不當。[17]

那麼張氏倒是認為「紳」本是「束在衣服外的大帶子，作動詞時與『束』同義，表示用帶子束住衣服」，則將詞性活用引申的過程講得非常明白。

---

[16]　〔戰國〕韓非撰，陳奇猷校注：《韓非子集釋》，頁 649-650。
[17]　張覺：《韓非子校疏析論》（北京：知識產權出版社，2013 年 3 月），頁 687-688。

　　若觀察戰國竹簡中「紳」字用法[18]，似乎不僅止於名詞和動詞而已。名詞用法如包山‧喪葬‧簡 271 的「紫紳（紳、靷）」[19]與望山‧2 號墓‧簡 6 的「縜紳（紳、靷）」[20]以及曾侯乙墓竹簡中的三個「紳」字[21]都是作「帶子」的名詞用法；比較有意見的是《上博一‧孔子詩論》簡 2 的「▨」字，原整理釋文作：「亓（其）樂安而屖，亓（其）訶（歌）紳（壎）而蒡（篪），亓（其）思深而遠，至矣！」[22]馬承源解讀說：

> 《詩‧國風‧魏風‧園有桃》：「心之憂矣，我歌且謠。」毛亨傳云：「曲合樂曰歌，徒歌曰謠。」「紳」和「蒡」當指合樂歌吹之物，以此，「紳」宜讀為「壎」，「蒡」則讀作「篪」。「紳」與「壎」為韻部旁轉，聲紐相近，音之轉變。蒡，从艸从豸，以豸為聲符，《說文》所無。但「蒡」與「篪」為雙聲疊韻，同音假借。「蒡」亦作「篪」。《說文》：「篪，管樂也，从龠，虒聲。」[23]

係透過音韻關係將「紳」字釋為合樂歌吹之物的「壎」，也屬名詞性質。但季旭昇卻不以為然，認為「『其歌紳（春案：《讀本》紳誤作深）而易』的意思是：頌的歌聲約束而警惕。依這個解釋，本句與簡文前句『（頌）其樂安而遲』、後句『其思深而遠』的意義才能相互配合。否則在講風格德行的兩句中，突然插進一句講樂器配樂的話，實在有點唐突。當然，易也有平易的意思；紳也可以讀為申，有舒和的意思，這麼一來，『其歌紳而易』就可以解成『頌的歌聲平易

---

[18] 若試檢索《楚系簡帛文字編（增訂本）》所收，「紳」字多見於遣策（名詞性質，如包山、望山簡），或作人名用，另外有條文例，見於《郭店‧緇衣》37：「戠（割）紳觀文王悳（德）。」劉信芳以為「漢儒所見『古文』往往與簡文相合，如郭店簡《緇衣》37：『戠（割）繥（紳）觀文王悳（德）。』繥，『紳』之異構。戠紳，今本作『周田』，鄭注：『古文周田觀文王之德爲割申勸寧文王之德。』可見鄭玄所引古文的可信度是很高的。」詳參滕壬生：《楚系簡帛文字編（增訂本）》（武漢：湖北教育出版社，2008 年 10 月），頁 1089-1090；荊門市博物館：《郭店楚墓竹簡》（北京：文物出版社，1998 年 5 月），頁 130、136；劉信芳：〈序言〉，《楚簡帛通假彙釋》（北京：高等教育出版社，2011 年 2 月），頁 3。《上海博物館藏戰國楚竹書》所見「繥」，皆作公名、地名用；《清華大學藏戰國竹簡》作「繥」或作「緅」者（《清華簡陸‧子產》），大抵解作「申」、「伸」義，至如《清華貳‧繫年》則作公名、人名（蔡侯）、地名；《清華柒‧越公其事》則為「申胥」名。可見作「繥」或「緅」者，其用法都與作「紳」者有別，在此分別處之。

[19] 湖北省荊沙鐵路考古隊編：《包山楚墓》（北京：文物出版社，1991 年 10 月），頁 271。

[20] 湖北省文物考古研究所、北京大學中文系編：《望山楚簡》（北京：中華書局，1995 年 6 月），頁 52。又陳偉等著：《楚地出土戰國簡冊〔十四種〕》（北京：經濟科學出版社，2009 年 9 月），頁 120、132、288、292。文中釋為「紳」用作「所以引軸」的「靷」。

[21] 張光裕、黃錫全、滕壬生主編：《曾侯乙墓竹簡文字編》（臺北：藝文印書館，1997 年 1 月），頁 99。

[22] 馬承源主編：《上海博物館藏戰國楚竹書（一）》（上海：上海古籍出版社，2009 年 10 月），頁 127。

[23] 馬承源主編：《上海博物館藏戰國楚竹書（一）》，頁 128。

而舒和』。也可通。」[24] 以及周鳳五解讀簡2「申而尋」說：「申、尋二字皆訓『長也』，與『安而遲』、『深而遠』文義相應。申字訓長，毋庸多贅。『尋』字甲骨文像人兩臂伸展之形，《小爾雅‧廣度》所謂『舒兩肱也』。[25] 或加直畫，乃尺之象形，《說文》：『一說：度人之兩臂為尋。』亦即『八尺為尋』是也；引申而為『繹理』，見《說文》本義。」[26] 季、周兩氏皆以形容詞「舒和」或「長」視之，是有一定的道理在，乃較原說為長。

　　至於清華簡〈說命（上）〉簡2的「罜（厥）卑（俾）繲（繃）弓，紳（引）弙（關）辟矢」[27]，原整理者以「繃，《說文》：『束也。』弙，讀為『關』，楚文字『關』常作『闈』。《左傳》昭公二十一年『豹則關矣』，注：『關，引弓。』『矢』字倒書，楚文字習見。辟矢，疑即《周禮‧司弓矢》『八矢』的『庳矢』，『辟』在錫部，『庳』在支部，對轉。」[28] 唯張崇禮引子居之說訓「紳」為「束」[29]，王寧則認為「『紳』原整理者讀『引』，當讀為『矧』（實亦『引』字），二字同書紐真部音同。郭沫若先生認為『寅』即『引』之初文，金文中『寅』字多作雙手持矢形，實是持矢注弓之意。」[30] 兩氏解釋也有所不同，但都以「紳」為動詞用法是沒問題的，張氏之說則較長。

　　可見戰國楚簡中「紳」字雖多為名詞使用，但也存有動詞與形容詞的用例。那麼，回頭檢驗「紳兩和而紉之」句，前接「焉」字或上讀而作「女（如）既濼城安（焉）」，或下讀而作「安（焉）紳兩和而紉之」，陳劍主張「焉」字應下讀為宜。[31] 若試以中央研究院「漢籍電子文獻資料庫」用「既」

---

[24] 季旭昇：〈讀郭店、上博簡五題：舜、河滸、紳而易、牆有茨、宛丘〉，《中國文字》新二十七期（臺北：藝文印書館，2011年12月），頁119；另季旭昇：《《上海博物館藏戰國楚竹書（一）》讀本》（臺北：萬卷樓圖書股份有限公司，2004年7月），頁10。

[25] 遲鐸集釋：《小爾雅集釋》（北京：中華書局，2008年9月），頁362。

[26] 周鳳五：〈〈孔子詩論〉新釋文及注解〉，《朋齋學術文集——戰國竹書卷》（臺北：國立臺灣大學出版中心，2016年12月），頁290-291。

[27] 李學勤主編：《清華大學藏戰國竹簡（參）》（上海：中西書局，2012年12月），頁122。

[28] 李學勤主編：《清華大學藏戰國竹簡（參）》，頁123。

[29] 張崇禮：〈清華簡《傅說之命》箋釋〉，復旦大學出土文獻與古文字研究中心網站：http://www.gwz.fudan.edu.cn/Web/Show/2404，發布日期：2014年12月18日。（瀏覽日期：2019年3月28日）「關」前一字的動詞用法可參《孟子‧萬章下》：「辭尊居卑，辭富居貧，惡乎宜乎？抱關擊柝。」趙岐《注》：「抱關擊柝，監門之職也。柝，門關之木也。」〔周〕孟子撰、〔東漢〕趙岐注：《重栞宋本孟子注疏附校勘記》（臺北：藝文印書館，1965年），頁185。

[30] 王寧：〈讀清華參〈說命〉散札〉，武漢大學簡帛網：http://www.bsm.org.cn/show_article.php?id=1788，發布日期：2013年1月8日。（瀏覽日期：2019年3月27日）

[31] 「陳劍於『復旦講座』面告『焉』字當下讀（2014年5月13日）。」高佑仁：〈〈陳公治兵〉譯釋〉，季旭昇、高佑仁主編：《《上海博物館藏戰國楚竹書（九）》讀本》（臺北：萬卷樓圖書股份有限公司，2017年5月），頁109。

與「焉」同時檢索「成書年代」為先秦者，其實未檢索出「既」與「焉」見於同一句者，況趙月淇曾整理過〈陳公治兵〉「安」字下讀訓作「乃」的例證，如簡 1「君王安先居灾（災）盧（亂）之上」、「安（焉）命帀（師）徒殺取含（禽）戰（獸）走脅（逸）」、簡 14「君王憙（喜）之安（焉）命陳公悝（狂）寺=（待之）」、簡 11＋簡 13「灾=（小人）牆（將）車為宔（主）安（焉）或待（持）八鼓五冉▪」、簡 12＋簡 2「陳公悝（狂）安巽楚邦之古（故）戰（戰）而待=（侍之）」、簡 3「安夏（得）亓（其）嚴（援）扴（旗）屈旹（粤）與郗命（令）尹戰於壚」、簡 15＋簡 16「帀（師）徒乃出，怀（背）軍而戕（陳），牆（將）軍遂（後）出，安（焉）名之曰穽（弇）行▪」句[32]，證成「焉」字下讀訓「乃」是較可行的。那麼，「安（焉）」訓「乃」解為「於是」是副詞的用法，則下接動詞似乎是比下接名詞還要來得合理些。另外，〈陳公治兵〉「陳列」的「陳」通「佈陣」的「陣」，或作從戈從申的「戕」，如簡 15 的「背軍而陳」；或逕作「申」，如簡 18、19、20 的「申於陶阢」、「申於煙塱」、「申於𪎭」、「申後」、「申前」之例。那麼，簡 17 的「紳」字似不必要再當作「陣」來使用，使文句顯得累贅多餘。

三　談「紳」與「兩」、「紉」、「之」的關係

另外一方面，若再考慮諸家解釋「紉」的意思都依《說文》「單繩」本義引申為「連結」、「鉤連」的意思，即原整理者舉《說文·糸部》：「紉，單繩也。從糸，刃聲。」《集韻》：「合絲為繩，曰紉。」並主張連結的對象是「陣、和相合」[33]，或主張指「守衛左右軍門的軍士」的「兩和」[34]。也就是他們都注意到既要「連結」則至少要有「兩」股才行，也就是「紉」的對象是後面的代詞「之」，而「之」也即是代前面的「兩和」，箇中的「兩」是個關鍵點，此從傳世典籍的用法中，如《禮記·內則》：「衣裳綻裂，紉箴請補綴。」《楚辭·離

---

[32] 趙月淇：《〈上海博物館藏戰國楚竹書（九）·陳公治兵〉研究》，頁 114。

[33] 馬承源主編：《上海博物館藏戰國楚竹書（九）》，頁 185。

[34] 張崇禮：〈讀上博九《陳公治兵》箚記〉，復旦大學出土文獻與古文字研究中心網站：http://www.gwz.fudan.edu.cn/Web/Show/2009，發布日期：2013 年 1 月 29 日；曹建敦：〈上博簡《陳公治兵》研讀箚記（一）〉，復旦大學出土文獻與古文字研究中心網站：http://www.gwz.fudan.edu.cn/Web/Show/2036，發布日期：2013 年 4 月 3 日。（瀏覽日期：2019 年 3 月 28 日）亦見於曹建敦：〈上博簡九《陳公治兵》初步研究〉，《黃河文明與可持續發展》第八輯（開封：河南大學出版社，2014 年 3 月），頁 93-94；洪德榮：〈《上博九·陳公治兵》編聯校讀〉，《學行堂語言文字論叢》第四輯，頁 98；房鄭：《《上博九·陳公治兵》集釋》（合肥：安徽大學碩士學位論文，2015 年 5 月），頁 64-65。

騷》：「扈江離與辟芷兮，紉秋蘭以為佩。」《注》：「紉，索也，乃取江離辟芷以為衣被紉索。」或是賈誼〈惜誓〉：「傷誠是之不察兮，並紉茅絲以為索。」可以看得出來，「紉」必須是絞合縶束二或三股使成單條繩索的動作，是動詞的用法，其後所接的代詞「之」就必須具足這樣的條件，所以把「紉之」的對象指稱「陣、和相合」就忽略了「兩」字，而「兩和」和「之」則能前後呼應，縮合得相當緊密，並依時間序列連用「紳」、「紉」兩個動詞來表示動作的進程。

　　回過頭看看「紳」的形制雖有材質顏色長短的區分，但根據周錫保在《中國古代服飾史》所說：「大帶，天子、諸侯的大帶在其四邊都加以緣闊。天子素帶，朱裏；諸侯不用朱裏。大帶之下垂者曰紳，其博四寸，用以束腰。」[35]再參酌河南安陽殷墟婦好墓出土的玉人商周貴族服飾，文中說：「在河南安陽殷墟婦好墓出土的玉人中，有一個戴捲筒式冠巾、穿華麗服裝的貴族男子⋯⋯身穿佈滿雲形花紋的衣服，腰間束一條寬帶，帶子的上端壓著衣領的下部，衣長過膝。在他的腹部，還佩有一塊上狹下廣的斧形飾物，這種飾物是後世『蔽膝』的原型，在當時叫『韍』，或者叫『韋韠』。」（如附圖一）[36]或是另一件「周代男服」（如附圖二）的樣貌：「周代服飾大致沿襲商制而略有變化。衣服的樣式比商代略為寬鬆。⋯⋯這個時期的服裝還沒有鈕扣，一般在腰間繫帶，有的在帶上還掛有玉製的飾物。當時的腰帶主要有兩種：一種以絲織物製成，名叫『大帶』，或叫『紳帶』。仕宦上朝時，也可用作插笏，後人稱鄉邑貴族或官吏為紳士，就是由此而來，意思就是說具備了繫紳插笏的資格。」[37]可見「紳」這種物件的特性，本是繫腰的大帶，繫時先引兩端結合後束緊再垂下一部分。

　　以是觀之，〈陳公治兵〉的「紳兩和而紉之」句子既擺在「女（如）既潃城」句後，前句的「既」已是個完成式，那麼後句描繪軍隊整編時所做的隊形調整轉變過程，「紳」字若解釋為「引，引領」，則只說到「紳」當動詞時的前半段動作，亦即《周易·繫辭上》所謂的「引而伸之，觸而長之」而已；至於「紳」的後半段動作「束」就無法兼及，而「束」義卻是後文接「紉」的合縫動作所要處理承接的，所以，將「紳」釋為「束」[38]，就各方面來看，似乎比其他諸說更能描繪出軍隊整編過程中的步驟，即《孫子兵法·軍爭篇》所說的

[35] 周錫保：《中國古代服飾史》（臺北：南天書局有限公司，1989年9月），頁18。

[36] 上海市戲曲學校中國服飾史研究組編著，周汛、高春明撰文：《中國服飾五千年》（臺北：邯鄲出版社，1987年10月），頁18。

[37] 上海市戲曲學校中國服飾史研究組編著，周汛、高春明撰文：《中國服飾五千年》，頁19。

[38] 「紳」之「束」義若從「申（電）」的「體自申束」引申而來，那麼，「紳」的聲符則能起兼義的作用。其實「紳」從名詞「大帶」引申成動詞「束」，或形容詞「舒和」、「引長」，也是能自足的。

「交和而舍」，或是銀雀山漢簡《孫臏兵法・十陣》所云的「左右之和必鉤」，將軍陣兩翼[39]紉合若單繩狀的合圍收束過程，透過動詞的連續進行用設喻比方的方式，先「紳束」再「紉合」而成「紳」形，其實用詞是相當精確傳神，形象也十分鮮活貼切呀！

附圖一　左：窄袖織紋衣、韋韠穿戴展示圖（根據出土玉人服飾復原繪製）

右：戴冠、穿窄袖衣、佩韋韠的貴族男子

（西周玉人，傳世實物，原件現藏美國哈佛大學弗格美術館）

附圖二　矩領窄袖長衣展示圖（根據出土陶範、銅人復原繪製）

---

[39] 曹建敦：〈上博簡《陳公治兵》研讀箚記（一）〉，復旦大學出土文獻與古文字研究中心網站：http://www.gwz.fudan.edu.cn/Web/Show/2036，發布日期：2013 年 4 月 3 日（瀏覽日期：2019 年 3 月 28 日）。亦見於曹建敦：〈上博簡九《陳公治兵》初步研究〉，《黃河文明與可持續發展》第八輯，頁 93。

《中國文字》　　總第一期
The Chinese Characters　No.1
2019年6月　　　頁99-106

長沙走馬樓西漢簡中的文字異寫現象例說[*]

陳松長

湖南大學嶽麓書院
出土文獻與中國古代文明研究協同創新中心

摘要

　　本文對長沙走馬樓西漢簡中的異寫現象進行了舉例性的分類討論，並進而對這種異寫現象產生的原因作了一些推論，文章認為，走馬樓西漢簡的文字書寫多少保留了秦簡文字的構形痕跡，直接或間接地傳承了西漢早期長沙馬王堆帛書抄寫年代的文字構形特點。

關鍵詞：走馬樓西漢簡、文字、異寫現象

Abstract

The article discusses categorized examples of different forms of graphs on Changsha Zoumalou western Han bamboo slips and further analyzes reasons for writing graphs in different forms. The article argues that the writing on Changsha Zoumalou western Han bamboo slips retains certain structures of graphs on Qin bamboo slips while directly or indirectly inherits characteristics of structures of graphs on Changsha Mawangdui silk.

Key words: Zoumalou western Han bamboo slips, graphs, different forms of graphs

---

[*] 本文為國家社科重大攻關項目《長沙走馬樓西漢簡的整理與研究》（批准號 17GZD181）的前期研究成果。

　　長沙走馬樓西漢簡是西漢中期，即漢武帝元狩元年（西元前 122 年）前後長沙國第二代劉姓長沙王劉庸在位期間的官府文書[1]，這批簡共有 2000 多枚，內容雖都是行政或司法文書，但並不是同一個書手所寫，故其書體風格多有差異，但不管其書體風格差異多大，其所書寫的字體大都是隸書（間有章草），這批簡上的隸書文字給我們一個明顯的感覺就是書寫自由隨意，同一個文字的異寫現象相當突出，這種文字的大量異寫使這批簡牘文字的形體變化多樣，而這也給西漢中期的異體字分析提供了眾多新的材料。

　　這裡，我們之所以不直稱其為異體字，是因為學界對異體字的認識多不統一，就是如裘錫圭先生所舉的 8 類狹義的異體字[2]，嚴格地說還都是所謂的「異構字」，即用不同的構形方式或用不同的構件構成的異體字，它也沒包括我們這裡所說的異寫字，這裡所說的異寫字，主要是指因書寫變異而造成的異體字[3]，因此，本文主要從文字學的角度，對長沙走馬樓西漢簡中文字異寫現象進行例舉性地考察和分析，以期初步梳理一下西漢中期文字異寫現象的種類，並在此基礎上，對其異寫的原因試作一些討論。

　　簡文中異寫字的現象很多，往往是同一個書手，所寫的同一個字，其筆畫或偏旁構件都可以隨意變化，但仔細查看，這種隨意性又往往是有其異寫演變的痕跡可尋的，如簡文中比較常見的「錢」字，就有多達 7-8 種形體，這些異寫的字，如果不在上下文的語義環境中，多有不認識的可能性，如 ![錢]1014 和 ![錢]1037，這兩個字單獨拿出來，一下子可真不敢認，但如果我們將這些形體各異的「錢」字排出來，則其異寫變化的線索還是很清楚的：

① ![錢]1001　② ![錢]1037　③ ![錢]1037　④ ![錢]1037
⑤ ![錢]1013　⑥ ![錢]1013　⑦ ![錢]1014

　　這 7 個「錢」字，有的還出自一條簡上，如 1037 簡中出現 3 次，但每次都不一樣，由此可見其字的書寫相當自由，但有趣的是，這個字左邊的「金」旁很少變化，右邊卻在不斷的變化中，這也許是此字的右邊在當時尚沒定型，故

---

[1]　長沙簡牘博物館、長沙市文物考古研究所聯合發掘組：《2003 年長沙走馬樓西漢簡牘重大考古發現》，中國文物研究所編《出土文獻研究》第 7 輯，第 61 頁，上海古籍出版社，2005 年。

[2]　裘錫圭《文字學概要》第 198-201 頁，商務印書館，1988 年。

[3]　參見王麗娜《試談異體字的定義及類型》，忻州師範學院學報，2009 年第 1 期，第 40-42 頁。

書手可以隨意書之。仔細觀察，其未定型的主要表現反映在點畫的變異之中，如以第①個字形作為定型的形體來看其它 6 個字形，其筆畫的變異都有跡可尋，如第②個字與第①個的差別，主要是結尾的那一斜筆變成了點畫而已，而第③個字與第②個字的差異是上面的一點穿過了三橫畫，變成了一筆長斜畫。第④個字則上將上面的三橫省掉了一筆，變成了兩橫，第⑤個字則是三橫都不橫穿那一豎筆，變得與「片」字的構形相仿，第⑥個字則是將那一場斜筆斷成兩截，且中間錯位，並將下部簡化成了「下」字，第⑦個字則是在將那一長斜筆斷開錯位的同時，其收尾還向右橫拖來強化原來的勾筆，形成一種特殊的形體。

又如「臨湘」的「臨」字，在簡文中也是一個最常見的字，但其同形異構的現象也很嚴重，我們稍加檢索，就發現有很多不同的形體：

①　1201　　②　1133　　③　1172　　④　1175

⑤　1134　　⑥　1135　　⑦　1143　　⑧　1129

我們且以比較標準的第一個字形來看其它 7 個字形的變異，其主要變化則表現在文字構件的簡省和簡化方面，如第②個字是用兩橫筆來替代了口這個構件，第③個字則是在第②個的基礎上省略簡省了一個「口」，第④個則是將第③個字的上面一橫改寫到了「口」的下面，第⑤個字則省掉了上面的一撇，且將「口」這個構件寫成了倒三角形，第⑥個字在第④形的基礎上，將「口」簡化為三點，帶有了章草的意味，第⑦字則將下面的三個「口」簡省為兩筆，已經是章草的寫法了。第⑧個字則更是有意的草化，其右下的三個「口」就用一筆取代了，這種草化，其實都是書寫者對文字隨意異寫所造成的。

這種文字異寫的現象在走馬樓西漢簡中可以說是比比皆是，我們從文字構形的原理來分析，這種文字異寫的現象，大都表現在下列幾個方面：

一、隨意增減筆畫

筆畫的增減是最常見的異寫現象之一，有些筆畫的增減並不影響文字的形體辨認，如「券」字，作為正字中間應該是兩橫，作 1007，但簡文中或增筆

為三橫，如 [圖] 1001 很多則省簡為一橫，如 [圖] 1005 [圖] 1007，這種筆畫的增減可以說還沒有影響到對其「券」字形體的認知和判斷，尚不會有對文字理解的歧義，再如「所」字，其正體當是 [圖] 1030，但簡文中好幾次出現其作 [圖] 1021 [圖] 1023 和 [圖] 1030，值得注意的是，同是 1030 簡，一個寫為正體，一個則多加一筆，這一筆實際上沒有任何文字構形上的意義，僅僅是一種其裝飾作用的的羨筆而已，故同樣無礙于對其字形的認知。但除了這種情況外，有些字的筆畫增減或可直接影響文字的釋讀，如「物」字右邊所從的「勿」，作為聲符本是很固定的，但簡文中卻在「勿」字的上面再加一撇，寫作 [圖] 1004 [圖] 1004，這就很不好辨認，初一看還以為是什麼構件的省略呢，核之上下文，它顯然就是一個「物」字，這多加的一撇，也就是是書手任性的羨筆而已。又如「溪」字，左邊「水」旁，右邊上從「手」，1080 簡中寫作 [圖]，這是比較規範的寫法，但在 1003 簡中卻寫作 [圖]，右邊「奚」字所從的「手」省了一筆，訛成了「匕」或「口」，如果單獨辨認，真不知是何字，只有在上下文中才能確定這就是「溪」字的隨意簡省筆畫所形成的異寫字。再如 1133 簡上「昭陵」的「昭」字，竟然寫作 [圖]，左邊的「日」寫作「口」，合起來就完全不知是什麼字了，而衡之上下文可知，這只能是「昭」字，書手隨意的簡省筆畫，實際上造成了一個不識的訛字，故這類隨意增減筆畫的異寫字，是應該清理和剔除的對象之一。

二、筆畫誇張變形

文字的構形筆畫不論是哪種字體，都有一個度的制約，如果特別的誇張，那往往會造成新的異寫字，簡文中較有代表性的如「智」字，就因筆畫誇張變形而幾不可識，如在 1001 簡中寫作 [圖]，在 1007 簡中寫作 [圖]，均不敢直接認知，因其左上寫成了「夫」，右上寫作長捺的「戈」，下面則寫得像個「目」字，將三者組合起來一看，初似一個新的不認識的字，而此字給人最大的錯覺就是右上那一斜筆，拉得那麼誇張，完全將下面的所謂「目」字框于其內，給人以全新的感覺。其實，這就是「智」字的誇張異寫，其中左上省了「矢」字的一撇，右上將「于」字的豎筆誇張變形為一長斜筆，再將下面的「口」簡省為一筆，成而變形為這個比較特殊的形體，這種誇張變形，我們也可從其他異寫的字體中看到其漸變的痕跡，如 1079 簡中「智」寫作「[圖]」，這應該是基本保存原形的「智」，唯一的變形還只是右上部的「于」訛變成了「戈」，到 1003 簡中就寫作「[圖]」，其左上的「矢」省了一撇，而右上「戈」字的第二橫又毫

無道理地加了一小豎，把本要居中的「口」擠到一邊去了。再由此則誇張變形成 1007 簡中的「智」，這也就並不奇怪了。

再如「丞」字在簡文中很常見，其正體當是 1175 簡中的「丞」，字形作■，但我們在其他簡中看到，「丞」的異寫字很多，或寫作■ 1170，■ 1129 ■ 1129 和■ 1126，其中 1126 簡中的「丞」字就是比較典型的筆畫誇張變形者，它有意地將中間那豎特別誇張地拉長，然後用短橫畫來取代「丞」字的其他筆畫，成而構成這個特別誇張變形的字，當然，這種誇張變形的構形方式並不是很普及的現象，但在走馬樓西漢簡的文字異寫現象中，仍是一個不可忽視的現象。

三、構件簡省

文字構件的省略，是異寫的常見現象之一，它包括兩種情況，一種是構件的完全省略，如「受」字寫作■ 1228，■ 1001，這是在異寫的過程中，將兩手之間的文字構件「舟」給完全省略了。另一種是構件並沒有完全省掉，而是構件本身發生的異變，如「智」字寫作■ 1001，是將文字構件中的「口」簡省為一個短橫。又如「臨」字寫作■ 1129，將三口簡省草化的兩筆，「為」字寫作■ 1181，將上部的手簡省為一斜筆，「薑」字寫作■ 1037，將下面的「田」簡省為兩點，這都是草化簡省的常見現象，再如「若」寫作■ 1126，將草字頭簡省為短豎折橫的筆畫，這也是因草化而產生的構件簡省。此外，個別的構件簡省似乎並沒有多少理據，如 1077 簡中出現的「強是」二字，分別寫成了■ ■，如果不是前面出現過「強是」二字，那真不知道這是兩個什麼字，其中的「是」還勉強可以說是草化的結果，但「強」字右邊的異寫就基本不可解釋，感覺是一種沒寫完的狀況，如果真是如此的話，或許我們可稱其為是一種書寫過程中不經意留下的構件簡省。

四、構件同化、異化

除了文字構件的省略簡化之外，文字構件的同化現象也時有表現，其中最有代表性的是作為偏旁部首的「木」和「牛」這兩個構件基本不分，完全同化，也就是以「牛」為偏旁的字，大都寫作「木」，最典型的是簡文中有一組檢查傳舍狀況的簡，其中「牡牝瓦」的「牡牝」二字個出現了 14 次，其左邊的

「牛」旁基本上都寫成了「木」旁，作 1030 1036，與這批簡中 1030 簡上所寫的 「枚」字形體完全相同，不止如此，簡文中的「物」字更有特別寫作從「木」者，其文字異寫成 1001。

文字構件既有同化現象，而更多有同一個構件的異化現象，如前面所例舉的「錢」、「臨」等字，都是同一構件異化的結果，再如「證」字，分別作 1003 1011 1080，一看就知其左右兩邊的構件都有異化，如左邊的「言」，1080 簡上的字就簡省了一橫，而右邊的「登」，則出現了不同的異寫，異化非常嚴重，不僅是上部「癶」分別訛成了「非」和「羽」的變體，而其下部的「皿」也是「豆」這個構件異化的結果，更有意思的是，同樣是訛成了「皿」，其形體也不相同，其中 1180 和 1011 兩個字的「皿」還基本保存了其中兩豎的構形特徵，而 1030 簡上的「皿」則完全異化，它將「皿」字構形中的兩短豎合併簡省為一短豎，然後上接「口」形，下加一長橫，其形體既與「皿」有異，又與「豆」這個構件發生了一些關係，這樣，同是一個「證」字的構件異化，也就產生了不同的異寫字形。

這種構件異化的現象的例子還很多，例如同一個「尉」字就寫作 1038， 1038， 1132，三個字的異形主要是也是對尉字左下的「示」這個構件的異化的結果，其中第一個將中間一豎上伸，寫成了一個「未」，第二個則將下面的左右兩筆連成一橫，訛成了一個「主」，第三個則省了中間的一豎，變成了三橫，這種構件的異化，平添了異寫字的各種不確定性。再如「案」字中的構件「女」就多被書寫者隨便地異化，分別作 1046 1046 和 1047，其中 1046 簡上的兩個「案」字都不同形，一個寫作一橫兩豎，一個則寫成一橫三豎，但不管是兩豎還是三豎，都與「女」這個構件相差很遠，只有 1047 簡上的這個構件才與其正體 1150 較為接近，因此，我們可以說，文字構件的異化乃是異寫字的主要類型之一。

文字構件的異化還表現在以不同的構件來構形，如「都」字，簡 1259 就寫作 ，左邊的構件很清楚，是「者」，其所構成的文字也就是我們現在熟知的「都」字，但簡文中好幾次寫作 、 1004， 1005， 1076，將其左邊的構件「者」字寫成了類似于「耆」，其實「者」和「耆」的形體差別是很大的，而「都」不可能由「耆」和「邑」組合而成，故抄寫者是明顯地將「都」字「者」這個構件誤寫成了「耆」的形狀，故這種異寫字實際上已是所謂「異構字」範疇了。

長沙走馬樓西漢簡文字的異寫現象這麼豐富，這多少說明西漢早中期的文

字構形尚沒規範定型，尚處于一種相對自由隨意的時期，我們知道，秦漢之際是隸變的重要時期，當時的秦隸、古隸都處在不定型的演變當中，最有代表性的如睡虎地秦簡中的「秦隸」和馬王堆帛書中的「篆隸」、「古隸」等都是當時文字異寫、異構最豐富的時期，特別是馬王堆帛書抄寫時代的下線在漢文帝十二年（西元前 168 年），它與走馬樓西漢簡的書寫時代（西元前 128 至前 120 年）相隔不到 50 年，且都是長沙國首府臨湘的產物，其時的長沙國自漢初吳芮被封為長沙王以來，一直偏安于一隅，少有戰爭的破壞，故其文化的傳承是必然的事，這種文化的傳承自然包括文字書寫的定式和文字構形的特徵等各個方面，特別是其書手可能都出自長沙國本地，都是在長沙國這塊土地上生長起來的書手，那他們之間的文化傳承也是很自然的事，故這批簡文中的文字構形和異寫現象或多或少地保存這秦漢時期簡帛文字的一些痕跡和影子也就並不奇怪了。

　　例如，簡 1080 中有一個字寫作「𡎱」，最開始或釋為從「土」的「塯」字，但其左邊並不是從「土」，而是從「士」，右邊也不是從「咠」，而是從「咠」。另外，簡 1001 中還有一個左邊從「女」，右邊寫得比較潦草的字「婿」，或釋為「娟」，其實，其右邊也不是從「咠」，而是「咠」的異寫，是秦文字中「壻」的異寫字，應該隸定為從「女」從「咠」，也就是「壻」的秦文字遺存。《說文解字·士部》：「壻，夫也。從士，胥聲。」「婿，壻或從女。」[4]可知在許慎的時代仍認為「婿」是「壻」的或體，兩者是一個字。《睡虎地秦簡·魏戶律》[5]中出現了的兩個「贅婿」的「壻」都寫作從「士」從「咠」，與此形體完全相同，由此可知，簡文中的這個字也就是睡虎地秦簡中的「壻」字的直接傳承，故比較完整地保存了秦文字的一些構形特點。

　　除了秦簡文字的遺存之外，我們還發現這批簡文中的好些文字構形直接源自長沙馬王堆帛書中的古隸字體，其中最有代表性的如「受」這個字，在 1001 簡中就出現了三次，分別寫作「受」或「又」，其上部的手完全豎了起來，這種寫法在其他秦漢簡牘中相當少見，唯獨在馬王堆帛書中可以找到與其非常相近的文字形體，如馬王堆帛書《戰國縱橫家書》中的「受」字就有寫作「受」的[6]，兩相比較，簡文中只是將「舟」這個構件省略了而已，其它的筆道和構形可以說完全相同，而以「受」為偏旁構件的「辭」字也均寫作「辭」1001 或「辭」1080，其構形

4　許慎《說文解字·士部》第 8 頁，中華書局，1980 年。

5　《睡虎地秦墓竹簡》第 174 頁，文物出版社，1990 年。

6　陳松長《馬王堆簡帛文字編》第 154 頁，文物出版社，2001 年。

特點也與馬王堆帛書《戰國縱橫家書》中的「辭」字構形基本相同，與此相類似的還有一個「聲」字的構形也頗有代表性，這個字分別寫作 ![字] 1078 和 ![字] 1132，其構形的部件組合比較有意思，該字基本取自馬王堆帛書《老子》甲本中的「聲」字，在帛書中這個字寫作 ![字]⁷，兩相比較，形體基本相同，不同的是該字的下部則將「耳」訛寫成了「邑」，從文字異寫的角度來看，這很可能是簡文的書手並不清楚「聲」字所從義符的意義，而只是形近而訛所造成。

這種直接取法長沙馬王堆帛書文字而又在構形上略有差異的異寫現象，在很大程度上反映了這批簡文的書寫者直接或間接地傳承了西漢早期馬王堆帛書抄寫時代的文字構形特點。這或許也說明，這批簡文的文字構形特徵和異寫現象並不是一蹴而就，自然形成的，而應該是秦漢之際簡帛文字構形和書寫特點的一種延伸和發展，而這也正好說明，西漢中期長沙國書手們所表現出來的異寫現象和構形特徵都不是憑空出現的，它與秦漢之際的簡帛文字之間不僅時代接近，地域相同，說不定書手之間還有師承關係，故其在文字構形和書寫方面的保存和演繹著秦漢簡帛文字的特徵也就不足為奇了。

---

⁷ 裘錫圭《長沙馬王堆漢墓簡帛集成》第一輯，第 99 頁，中華書局，2014 年。

《中國文字》　總第一期
The Chinese Characters No.1
2019年6月　頁107-113

「𧰨」字三探*

孟蓬生
西南大學漢語言文獻研究所

摘　要

清華簡《攝命》簡 10「汝亦毋敢㒸在乃死服」中所謂「㒸」字與同篇簡 5「毋遞在服」的「遞」（遞字之省）、金文毛公鼎「汝毋敢𧰨在乃服」中的「𧰨」字所記為一詞，其意義為「懈怠」，其字形即「𧰨」字之變，而不應釋為「㒸」。《攝命》簡 10「𧰨」字的構形可以與《封許之命》簡 3 的「𧰨」字互相印證，有助於我們勾勒「𧰨」字繁系構形的演變序列。

關鍵詞：清華簡、攝命、𧰨、㒸

Abstract

The character which was considered to be sui（㒸）in the text of She Ming（攝命）on Tsinghua bamboo slips is a variant form of the character chi（𧰨）in the inscription on Maogong Pot. They recorded the same word which meant "slack" as the character di（遞）did in the text of She Ming（攝命）. The chatacter chi（𧰨）found in the text of She Ming（攝命）may help us reconstruct the development chain of the complicated forms of the character.

Key words: Tsinghua bamboo slips, She Ming（攝命）, chi（𧰨）, sui（㒸）

* 本文受國家社會科學基金重大項目「漢字諧聲大系」（項目編號：17ZDA297）和國家社科科學基金項目「閉口韻與非閉口韻通轉關係研究」（項目編號：13BYY100）的資助。

一

清華簡《攝命》簡 10：「女（汝）亦母（毋）敢彖〈彖〉（惰）在乃死（尸）服。」整理者注：「彖當為彖字之訛，讀為『惰』，如逆鐘『毋彖（惰）乃政』（《集成》六三），毛公鼎『汝毋敢彖（惰）在乃服』，逑盤『不彖（惰）□服』。」[1]

生按：整理者隸定為「彖」的字，原形如下：

1

《說文・八部》：「彖，从意也。从八，豕聲。」楚簡的「彖」字似從未見有寫作此形者。試比較楚簡中的「彖」字和从「彖」得聲的「彖」、「彖」、「溕」、「遂」、「腞」、「傢（徭？）」、「緣」等字：

2

《望山》二.四九；

3

《清華六・子產》14；

4

《包山》168；

5

《包山》149；

6

《上博五．鬼神之明》2；

7

《上博五・封許之命》；

8

《清華八・邦家之政》5；

9

《清華八・治邦之道》3

楚簡獨立之「豕」字或作如下形體：

10

11

10《清華三・說命（上）》5； 11《包山》246

---

[1] 清華大學出土文獻研究與保護中心編，李學勤主編：《清華大學藏戰國竹簡（捌）》上冊第 30 頁，下冊第 110 頁，中西書局，2018 年。

楚簡从「豕」之「逐（邇）」字或作如下形體：

12　　　　　　　13

12《清華三・說命（下）》3；　13《清華八・治邦之道》12

楚簡从「豕」之「豢」字或作如下形體：

獨立的「豕」字和从「豕」的「逐（邇）」字、「豢」字都有从「豕」和从「豕」省兩種寫法，可知上文「豢」字和从「豢」諸字中的 4－6 形下部都是「豕」的省形（無代表頭頸部的相交的兩筆），只有 3 形「豢」字下部才是完整的「豕」字。1 形上部非楚簡的「八」字，下部非楚簡的「豕」字省形；1 形中間為「囗」，是封閉的，與 2、3、4 形「豢」字中間象豕形身體的一端開放的構件並不相同，所以 1 形絕非「豢」字。

已有學者指出，1 形除去「囗」形之外的部分為「豕」字，這種寫法的「豕」字可以從《攝命》簡 2 的「圂」字得到印證。[2]試比較：

17　1

1 形除去中間的「囗」形跟 17 形中的「豕」形十分接近，均由四筆寫成。實際上這個被整理者隸定為「豢」的字一望而知即《封許之命》中被整理者隸定為「苟」字而後被我改釋為「彖」的字。[3]

2　見簡帛網論壇《清華簡八《攝命》初讀》第 18 樓網友 ee（單育辰）跟帖，http://www.bsm.org.cn/forum/forum.php?mod=viewthread&tid=4352&extra=&page=2；又見單育辰《清華八〈攝命〉釋文商榷》（未刊稿）。本文初稿寄單先生請正，蒙單先生以此未刊稿相贈，在此謹致謝忱！

3　網友小戈（薛培武）指出：「這個字形正是支持孟先生（http://www.gwz.fudan.edu.cn/Web/Show/2502）該說的一個絕佳依據呀。」見簡帛網論壇《清華簡八《攝命》初讀》第 19 樓跟帖，http://www.bsm.org.cn/forum/forum.php?mod=viewthread&tid=4352&extra=&page=2。此主題帖相關信息在本文初稿寫作期間蒙薛培武先生告知，謹致謝忱！

二

　　清華簡《封許之命》簡 3：「趄＝（桓桓）不苟，嚴堲（將）天命。」[4]我在《「象」字形音義再探》一文中將整理者隸定為「苟」的字改釋為「象」，[5]認為該字其實就是金文中常見的表示「懈弛」、「懈怠」義的「象」字。[6]這個「象」字的原形如下：

　　把 1 形和 18 形跟《說命》的「豕」即 10 形對照，可以約略看出「豕」字頭部的演變過程：

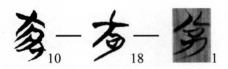

　　18 形「豕」字頭部的寫法當由 10 形的寫法演變而來，只是由兩斜筆交叉變成兩曲筆相切而已（頭部左下部分兼充豕形身體的左上部分，可以看作借筆）；1 形上部由 18 形而來，由兩曲筆相切變成兩曲筆分離（左曲筆略同撇形，但由圖片仍可以看出其曲筆筆勢），並非「八」字的變形。

　　把 1 形（下圖編號為 9）和 18 形（下圖編號為 8）納入《再探》一文勾勒的「象」字繁系的構形演變序列，結果下圖所示：

4　清華大學出土文獻研究與保護中心編，李學勤主編：《清華大學藏戰國竹簡（伍）》上冊「圖版」第 39 頁，下冊「釋文」第 118 頁，中西書局，2011 年。

5　孟蓬生：《「象」字形音義再探》，《饒宗頤國學院院刊》第 4 期，2017 年。下文簡稱《再探》。

6　孟蓬生：《釋「象」》，《古漢語研究》1998 年第 3 期。

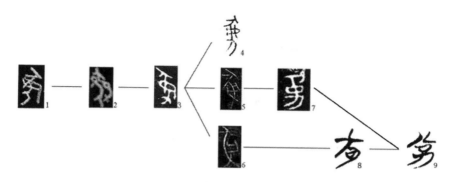

1 甲骨文「隊」字所从（《周原》H31：4）[7]；2 保員簋「隊」字所从（西周早期，《新收》1442）；

3 大簋蓋（西周晚期，《集成》08.4298）；4 叔尸鎛（春秋晚期，《集成》00285）；5 復封壺甲（春秋
早期，《銘圖》12447）；6 復封壺乙（春秋早期，《銘圖》12448）；7 邾公華鐘（春秋晚期，《集
成》00245）；8 清華簡《封許之命》簡3（戰國中晚期）；9 清華簡《攝命》簡10（戰國中晚期）

　　上圖 6、7、8、9 三形都包含了一個共同的構件「吅（口）」（由繩套演變而
來）。9 形的上部象豕形頭頸部的部分來源於 8 形，上文已經說明；下部象豕形
身體的部分則來自 7，只是那一弧筆未穿過「吅（口）」形而已。

　　《再探》一文初稿曾以《清華簡〈封許之命〉的「彖」字》為題在復旦出
土文獻與古文字研究中心網站發表，[8] 從文後跟帖來看和發表的文章來看，仍然
有不少學者對該字釋「彖」心存疑慮，如王寧先生就把該字釋為「狗」，從犬，
口聲。[9] 清華簡《攝命》的發表應有助於打消這些學者的顧慮。

　　當然，上文 1 形（上圖 9 形）之所以當釋為「彖」，並不僅僅在於字形，還
在於辭例上的密合無間。如果說，毛公鼎（《集成》02841）「女（汝）母（毋）
敢彖在乃服」是難得的外證，而《攝命》簡 5 的「母（毋）遞（遞）在服」則
可以看作絕佳的內證。從語法結構上看，《攝命》的「彖（弛）在乃死（尸）
服」只是《攝命》「遞（遞－弛）在服」和毛公鼎「彖（弛）在乃服」的擴展，
基本句法結構完全相同，只是在「服」前加了定語而已。金文「彖」和「虒」
相通。《說文·彑部》：「彖，豕也。從彑，從豕。讀若弛。」[10] 段注：「按古音
在十六十七部閒，《廣韻》『尺氏切』，是也。蠡從蚰，彖聲；像從心，彖聲，古

---

[7]　此字學者多以為從豕，從又，茲從陳劍先生說分析為從豕，從乀（象繩套）。

[8]　孟蓬生：《清華簡〈封許之命〉的「彖」字》，復旦大學出土文獻與古文字研究中心網站，2015 年 4 月
21 日，http://www.gwz.fudan.edu.cn/SrcShow.asp?Src_ID=2507#_edn3。

[9]　王寧：《讀〈封許之命〉散札》，復旦大學出土文獻與古文字研究中心網站，http://www.gwz.fudan.edu.
cn/Web/Show/2507。

[10]　「彖」原作「彖」，從段注本改。

音皆在十六部。今韻蠡入薺、像入佳皆不誤，而字形从象則誤。」克鐘（《集成》00205）：「克不敢象。」內史亳同（《銘圖》09855）：「弗敢虒。」[11]涂白奎先生說：「關於該銘『虒』的詞義為何，宋華強先生據其聲韻，並聯繫其他器銘，傾向讀作『惰』。讀虒為惰，雖無不可，只是不如讀『弛』更直接。《說文》『弛，弓解也。从弓、从也。號，弛或從虒』。段注：『弓解弦也。引申為凡懈廢之稱。從弓，也聲。施氏切，十六部。虒聲亦在十六部。』弛字的或體既從虒，段氏說弛『引申為凡懈廢之稱』，與觚銘的『弗敢虒』也完全契合。因此，讀虒為弛則更為可信。」[12]簡文「遞（遞）」從「虒」得聲，已有學者讀為「號（弛）」，訓為「懈怠」，[13]其說可從。簡文象之於遞，猶金文象之於虒，《說文》象之讀若弛也。

三

　　記錄同一個詞，《攝命》簡 5 作「遞（遞）」，簡 10 作「象」，這有可能引起一些學者的質疑。其實這種同篇（包括同簡）同詞異字現象在楚簡中十分常見，不必致疑。同篇簡 14「弜羕」，簡 18 作「醫（弼）羕」；簡 24「由子」，簡 28 作「妝子」，可資參證。關於這種用字現象，我在《「牪」疑》裡曾有過討論：「或許有人會問，同一個『疑』字，為什麼或用『牪』，或用『矣』，前後異字？答曰：同篇異字，甚或同簡異字，所在多有，蓋不足致疑。即以《曹沫之陣》而言，同一『使』字，而或用『囟』，或用『叟』，或用『思』。」[14]蘇建洲先生在《〈姑成家父〉簡 9「人」字考兼論出土文獻『同詞異字』的現象》一文中有更詳細論述，[15]有興趣的讀者可以參看。

---

[11]　吳鎮烽：《內史亳豐同的初步研究》，《考古與文物》2010 年第 2 期，第 30-33 頁；王占奎《讀金隨札──內史亳同》，《考古與文物》2010 年第 2 期，第 34-39 頁。

[12]　涂白奎：《內史亳觚與西周王號生稱》，復旦大學出土文獻與古文字研究中心網，2012 年 6 月 12 日，http://www.gwz.fudan.edu.cn/Srcshow.asp?Src_ID=1888。

[13]　清華大學出土文獻研究與保護中心編，李學勤主編：《清華大學藏戰國竹簡（捌）》下冊第 114 頁所引「或說」，中西書局，2018 年；石小力《清華簡第八輯字詞補釋》，清華大學出土文獻研究與保護中心網站，2018 年 11 月 17 日，http://www.tsinghua.edu.cn/publish/cetrp/6831/2018/20181117172522302458725/20181117172522302458725_.html。

[14]　孟蓬生：《「牪」疑》，《簡帛》第 3 輯，上海古籍出版社，2008 年。

[15]　蘇建洲：《〈姑成家父〉簡 9「人「字考──兼論出土文獻「同詞異字」的現象》，《楚文字論集》第 439-460 頁，萬卷樓圖書股份有限公司，2011 年。

參考文獻

曹瑋編著　《周原甲骨文》（簡稱《周原》），世界圖書出版公司北京公司，2002年。

湖北省考古研究所、北京大學中文系　《望山楚簡》（簡稱《望山》），中華書局，1995年。

湖北省荊沙鐵路考古隊　《包山楚簡》（簡稱《包山》），文物出版社，1991年。

清華大學出土文獻研究與保護中心編，李學勤主編　《清華大學藏戰國竹簡（叄）》（簡稱《清華三》），中西書局，2012年。

清華大學出土文獻研究與保護中心編，李學勤主編　《清華大學藏戰國竹簡（陸）》（簡稱《清華六》），中西書局，2016年。

清華大學出土文獻研究與保護中心編，李學勤主編　《清華大學藏戰國竹簡（捌）》，中西書局，2018年。

馬承源　《上海博物館藏戰國楚竹書（五）》（簡稱《上博五》），上海古籍出版社，2005年。

吳鎮烽編著　《商周青銅器銘文及圖像集成》（簡稱《銘圖》），上海古籍出版社，2012年。

中國社會科學院考古研究所編　《殷周金文集成（修訂增補本）》（簡稱《集成》），中華書局，2007年。

鍾柏生、陳昭容、黃銘崇、袁國華編　《新收殷周青銅器銘文暨器影彙編》（簡稱《新收》），藝文印書館，2006年。

《中國文字》 總第一期
The Chinese Characters No.1
2019年6月 頁115-122

說「頁」、「見」

李守奎

清華大學人文學院

摘 要

「卩」與「人」在早期古文字構形中有對立的區別意義,「卩」是跪坐的人形,可以表示跪與敬。有些「卩」在小篆中合併為「人」,致使理據模糊或喪失。根據文字構形的系統性,以「頁」為「䭫首」之「䭫」的本字,「見」為「觀見」之「觀」的本字,形、音、義都能得到合理的闡釋。

關鍵詞:頁的構形、頁為䭫本字、見的構形、見為觀本字

Abstract

In the initial period of the ancient Chinese character, the word "*jie*" and the word "*ren*" have the the opposite distinction meanings in the configuration, the word "*jie*" is a kneel-sitting figure, it can express the meanings of kneeling and respect. In the Small Seal, some components "*jie*"combine with the component "*ren*", which leads to the indistinction or loss of the reasoning. According to the systematicness of the character configuration, the word "*ye*" is the original character of the word "*qi*"(*qishou*), the word "*jian*" is the original character of the word "*jin*" (*jinjian*), then the related character form, pronunciation and meaning can be illustrated reasonably.

Key words: the configuration of the word "*ye*", the word "*ye*" is the original character of the word "*qi*", the configuration of the word "*jian*", the word "*jian*" is the original character of the word "*jin*"

　　「頁碼」的「頁」，在現代漢語中是個單義詞，在古代漢語中也是，除了用為「書頁」，沒有其它用法，這種字非常罕見。然而，許慎對「頁」的解釋是「頭也」。《說文解字》中從「頁」的字有 93 個，例如「頭」、「頂」、「額」、「煩」等等，意義都和頭部有關。表示「頭」的「頁」與「書頁」的「頁」是什麼關係？如果說是假借，它們語音之間沒有聯繫；如果說是引申，它們語義之間沒有聯繫。一個簡單的「頁」字令古今學者陷入困惑。下面提出一些不成熟的意見，供大家參考。

　　說「頁」之前，還得先講一講古代的稽首禮。古書中往往見到「拜手稽首」一語，如《尚書·洛誥》「周公拜手稽首曰」。拜手稽首是先後相承的兩個儀節。《周禮·春官·宗伯》「大祝」下云：「辨九拜，一曰稽首，二曰頓首，三曰空首」，鄭玄注曰：「稽首，拜頭至地也。」「空首，拜頭至手，所謂拜手也。」[1] 段玉裁的《釋拜》對此有進一步的解說，其說云：「何以謂之『頭至手』也？《說文解字》曰：『跪者，所以拜也。既跪而拱手，而頭俯至於手，與心平，是之謂『頭至手』，《荀卿子》曰『平衡曰拜』是也。頭不至於地，是以《周禮》謂之空首，曰空首者，對稽首、頓首之頭著地言也。」[2] 也就是說「拜手」是跪下來，兩手相拱，俯頭至手。「稽首」是接著「拜手」之後更恭敬的禮儀：「拜手」之後先手至地，然後頭亦慢慢至地。《禮記·玉藻》：「君賜，稽首，據掌，致諸地。」鄭玄注云：「致首於地。據掌，以左手覆按右手也。」[3]

　　「稽首」的「稽」有時也用「𩒹」。如上引《周禮》「一曰稽首」，《釋文》作「𩒹首」。從《說文》來看，「𩒹」應該是表示稽首禮儀的專字，許慎說：「𩒹，下首也。從首，旨聲。」稽首禮早就廢除了，最起碼秦漢時代就不再使用，「𩒹」字實際使用也很少，就用比較常用的同音字——「稽查」的「稽」代替了。

　　以上知識是討論「頁」字的基礎。下面就說與「稽首」密切相關的「頁」字。「頁」上面是「首」，與「首」相關沒有問題。但是它與「首」具體是什麼關係呢？如果就是「首」的異體字，那麼「書頁」的「頁」的讀音從哪裡來？《說文解字》留下了一些線索，但語焉不詳：

　　　頁，頭也。從百，從儿。古文𩒹首如此。

---

[1]　十三經注疏整理委員會：《周禮正義》，北京：北京大學出版社，2000 年：第 784-785 頁。

[2]　段玉裁：《經韻樓集》，鍾敬華點校，上海：上海古籍出版社，2008 年：第 135-136 頁。

[3]　十三經注疏整理委員會：《禮記正義》，北京：北京大學出版社，2000 年：第 1071—1072 頁。

　　「古文」就是漢代學者見到的古文字。「䭫首」就是我們上面講到的稽首禮。「䭫首如此」，究竟是「䭫」字如此，還是「首」字如此？意思不很明白[4]，清代的學者對此有兩種意見。段玉裁認為《說文》「頭也。从𦣻，从儿。古文䭫首如此」十二字「蓋後人所改竄，非許氏原文」，原文當云：『，古文䭫首字如此。从𦣻，从儿。」認為「頁」是「䭫」的古文。[5]朱駿聲則反對段說，認為：「此古文𦣻字，从人，象形。古凡作䭫首之首作此頁也。段氏訂頁為䭫，大誤。」[6]

　　裘錫圭先生認同朱氏的意見：「『頁』本是『首』的異體，yè 的讀音大概是後起的。」[7]

　　「頁」為「首」字說現在是主流意見。段、朱二人是清代研究《說文》的兩位高手，他們說得都有道理，但又都證據不足，誰也說服不了誰。裘先生雖然有取捨，但 yè 這個讀音從何而來，還有不容易理解的地方。

　　古文字給我們提供了下列新信息。先來看字形：

（甲骨文，《合》22215）（金文，卯簋蓋，《集成》4327）（小篆）

　　從甲骨文到西周金文，早期文字中「頁」的下面不是一個站立的人形（儿），而是一個跪著的人形，即《說文》中的「卩」。古文字中的「跪」與「坐」同字，都从卩，跪這種體態自古及今都表示下對上的敬意。小篆下的「儿（即人）」是訛變所致。

　　「䭫首」的「䭫」，古文字中多从「頁」：

（金文，不㫃方鼎，《集成》2736）（金文，大克鼎，《集成》2836）

　　作為字符，「頁」所從的也是跪坐的人形。

　　再來看用法，卯簋（《集成》4327）銘文：

---

[4]　《說文》云：「凡頁之屬皆从頁。𦣻者，䭫首字也。」

[5]　段玉裁：《說文解字注》，上海：上海古籍出版社，1988 年：第 415 頁。

[6]　朱駿聲：《說文通訓定聲》，武漢：武漢古籍書店，1983 年：第 264 頁。

[7]　裘錫圭：《文字學概要》，北京：商務印書館，2013 年：第 118 頁。

卯拜手【圖】（頁—稽）【圖】（手—首），敢對揚榮白（伯）休，用乍（作）寶隣（尊）簋。

「拜手稽首」乃金文中習見的套語，文例中「頁手」正是讀為「稽首」。「手」與「首」古音雙聲疊韻，皆為書母幽部字。傳世文獻中習見二字通假之例，如《儀禮・士喪禮》：「載，魚左首」，鄭玄注云：「古文首為手」；[8]《儀禮・大射》：「後首，內弦」，鄭玄注云：「古文後首為後手」；[9]《莊子・達生》：「則捧其首而立」，《釋文》云：「一本作手」。[10]再如宁鼎（《集成》2755）銘文：

趙（遣）中（仲）令宁難（總）嗣（司）奠（甸）田，拜【圖】（頁—稽）首……[11]

「拜稽首」金文中亦常見。根據這些辭例，我們可以確定「頁」讀為「稽（稽）」。這就證明了段玉裁的說法是正確的。至此，「頁」是「稽首」的「稽」的本字，形、音、義都可以得到落實。

從字形上說，「頁」是突出人頭部的跪著的人，稽首禮正是跪著把頭慢慢觸到地上。上面我們已經談到，西周金文中「稽首」的「稽」大都從「頁」。

從形聲字的產生過程來說，「頁」是「稽首」之「稽」的象形字，後來加了音符「旨」，這是形聲字產生的重要途徑之一。例如「鳳凰」的「鳳」最初就是一個象形字，後來加了一個音符「凡」：

【圖】（甲骨文，《合》34036）【圖】（甲骨文，《合》21019）

【圖】（加音符「凡」，甲骨文，《合》28673）

由於有了音符起區別作用，原本象形的鳳鳥簡化成一般的「鳥」。之後又將音符「凡」稍加變化寫在上部，「鳥」寫在下部，從而有了今天的「鳳」字。

---

[8] 十三經注疏整理委員會：《儀禮注疏》，北京：北京大學出版社，2000 年：第 813 頁。

[9] 同上，第 366 頁。

[10] 郭慶藩：《莊子集釋》，北京：中華書局，1961 年：第 654 頁。

[11] 「頁」原字形右下部尚有筆畫，乃是相鄰的「難」字左上部的筆畫。此處拓本據董蓮池：《新金文編》，北京：作家出版社，2011 年：第 1249 頁。

　　從意義上說，已經有了卯簋、宁鼎用作「䭫」的例證。

　　從讀音上說，由「䭫」變為「頁」，可以解釋。䭫，溪母脂部。頁，匣母質部。溪、匣皆為喉音，脂、質陰入對轉。「頁」《廣韻》的胡結切，段玉裁以「音轉」論之，應該是可信的。如果「頁」是「首」字，今天「書頁」的「頁」的讀音就不知是從哪裡來的了。

　　我們給段玉裁的推測做了補充，確信段氏的說法是正確的。如此說來，朱駿聲以「頁」為「首」的說法是不是就完全不對了呢？這也不一定。文字在長久的應用過程中，產生的種種複雜現象盤根錯節，很多問題不是非此即彼的。西周金文中的「䭫」雖然大都從頁，但也有從首的情況。如：

（金文，公臣簋，《集成》4184）

（金文，弭叔師㝮簋，《集成》4254）

　　值得注意的是，從首的「䭫」出現時代基本在西周中晚期（上引二形均為西周晚期）；而在西周早期金文中，「稽首」的「稽」一般從「頁」作「頡」。正如我們在上面所舉「鳳」字的演變規律，由於早期的象形字在加注音符之後，象形的筆意退居次要地位，因而往往被簡化或同化為其他意義相近的偏旁。因此本來表示「稽首」意義的象形字「頁」，在加注音符「旨」之後，原本的象形部分「頁」就簡化成了與「稽首」意義相關的「首」。形符進一步簡化，就出現將「首」替換為「手」的寫法：

拜手　（舓—稽）首（金文，兆伯歸夆簋，《集成》4331）

　　我們在一開始就談到「稽首」禮儀是先「拜手」，然後手至地、頭至地，所以將表示「稽首」的「䭫」字改換成「舓」自然容易理解。

　　因此，「頁」字的發展脈絡是由最開始的象形字，加注音符後成為「頡」，又因具備了音符從而可以簡省形符，改換作「䭫」以及「舓」。這種演變從形音義三方面都可以得到說明。另外，有學者認為卯簋、宁鼎的「頁」是「『䭫』字

之訛省」[12]或「誤脫聲旁」[13]，雖然這樣的解釋似乎比較直接，但卻恰恰遮蔽了「頁」與「䇶」的聯繫，並且無法對「頁」字的形音義關係做出自洽的說明。

　　「書頁」的「頁」和「稽首」的「頁」有什麼關係呢？「書頁」的「頁」最初寫作「樹葉」的「葉」。唐末詩人裴說《喜友人再面》中有：「靜坐將茶試，閒書把葉翻。」[14]顯然是翻書頁。北宋歐陽脩《歸田錄》卷二云：「唐人藏書皆作卷軸，其後有葉子，其制似今策子。」[15]這時的書已經有了可以翻頁的裝訂形式，一片一片如樹葉，所以就叫作「葉」。[16]因為與「稽首」的「頁」讀音相同，就假借來表示「書頁」的「頁」了。到了唐代，稽首禮早已消亡，「頁」在文獻裡也不見使用，「頁」就是「稽首」的「䇶」這樣的知識也早已模糊不清，就剩下一個有字形和讀音、躺在字典裡的一個死字。有人廢物利用，用它表示「書頁」的「頁」，避免了「樹葉」的「葉」、「書頁」的「葉」兩個常用字用同一個字形，大家都接受了。

　　用「頁」做偏旁的字很多，但沒有做音符的。因為「頁」很早就被形聲字「䇶」取代了，它的讀音靠口耳相傳保存下來，變得模糊而飄忽，所以造字的人就避開了它。

　　與「頁」構形很相似的是「見」字，雖然和腦袋沒有直接關係，但構字理據卻有相似之處，放在一起說，可以彼此參照。

　　漢字中站著的人與跪著的人在表意上是有區別的。例如「見」與「視」，今天的區別是表音符號的有無。古文字中是這樣區別的：

見：　　（甲骨文，《合》21305）　　　　（甲骨文，《合》2039）

視：　　（甲骨文，《合》7745）　　　　（甲骨文，《合》6787）

過去都把它們當作「見」字，直到楚簡大量出來，纔知道下面作立人形的

---

[12]　田煒：《西周金文字詞關係研究》，上海：上海古籍出版社，2016 年：第 158 頁。

[13]　江學旺：《西周文字字形表》，上海：上海古籍出版社，2017 年：第 384 頁。

[14]　陳貽焮主編：《增訂注釋全唐詩》（第四冊），北京：文化藝術出版社，2001 年：第 1454 頁。

[15]　歐陽脩：《歸田錄》，北京：中華書局，1981 年：第 31 頁。

[16]　參看黃永年：《古籍版本學》，南京：江蘇教育出版社，2005 年：第 60-61 頁。葉德輝已據《說文》指出「頁為稽首之稽本字」，但他對書之稱葉另有解釋，參看氏著《書林清話》，上海：上海古籍出版社，2012 年：第 13-14 頁。另外英語中 leaf 既指樹葉，也指書的一頁。

是「視」，下面作跪著的人形的是「見」。[17]「視」就相當於現在的「看」，目的是看見，站著看肯定比跪著看視野廣闊，所以「視」字從立人。《老子》第三十五章有「視之不足見」一語，其中「視」與「見」分別得很清楚。「視」是看的過程，「見」是看的結果。但「見」為什麼下面是個跪著的人？這得換個角度去考慮。

　　「見」在古代還有一個常用意義就是拜見、觀見。《左傳・莊公十年》：「十年春，齊師伐我。公將戰，曹劌請見。」[18]這個「見」就是拜見。拜見有很複雜的禮儀，《儀禮》十七篇中有《覲禮》，單講諸侯朝見天子的種種禮節，見面跪拜是少不了的（諸侯「再拜稽首」就有十次）。「見」最初很可能是「覲見」之「覲」的本字。《詩經・大雅・韓奕》：「韓侯入覲，以其介圭，入覲於王。」毛傳：「覲，見也。」鄭箋：「諸侯秋見天子曰覲。」[19]《爾雅・釋詁》：「覲，見也。」郝懿行《義疏》云：「凡見皆稱覲，非必朝王，非時皆可見，不必因秋。……又貴賤相見皆稱覲。」[20]「見」與「覲」古書多通用。[21]學者指出，甲骨文中的「見」「或用為覲見」。如：

　　己未卜，㱿貞，缶其來見王。
　　己未卜，㱿貞，缶不其來見王。（《合》1027 正）[22]

西周金文「見」的用法與甲骨文一致：

　　匽（燕）侯旨初■（見─覲）事于宗周，王賞旨貝廿朋。（匽侯旨鼎，《集成》2628）

是燕侯旨繼位後第一次朝覲周天子。其中的「初見」就相當於「初覲」，如賢簋（《集成》4104、4105、4106）銘文：

17　參看裘錫圭：《甲骨文中的見與視》，《裘錫圭學術文集》（甲骨文卷），上海：復旦大學出版社，2015年：第 444-448 頁。

18　十三經注疏整理委員會：《春秋左傳正義》，北京：北京大學出版社，2000 年：第 274 頁。

19　十三經注疏整理委員會：《毛詩正義》，北京：北京大學出版社，2000 年：第 1444 頁。

20　郝懿行：《爾雅義疏》，上海：上海古籍出版社，1982 年：第 201 頁。

21　參看高亨纂著、董治安整理：《古字通假會典》「覲與見」條，山東：齊魯書社，1989 年：第 126 頁。

22　參看黃德寬主編：《古文字譜系疏證》，北京：商務印書館，2007 年：第 2615 頁。

公弔（叔）初 （見—覜）于衛，賢從。公命吏晦（畝）賢百晦（畝）
畾。

西周中期的史墻盤（《集成》10175）中既有立人形的「視」，又有跪坐形的
「見」，辭例為：

敄史剌（烈）且（祖），迺（乃）來 （見—覜）武王。武王則令周公，
舍國（字）于周卑（俾）處。

從文字構形的系統性來說，「見」很可能就是「覜」的本字。覜主要是諸侯拜見
天子，儀節中少不了跪，所以从「卩」。「覜」與「見」古代讀音相近[23]，很可
能與「頁」一樣，是在表意初文上加了個音符而形成的形聲字。

　　總的來說，「頁」和「見」的造字初文都和古代跪拜的禮節有關。「頁」是
「稽首」之「稽」的本字，「見」是「覜見」之「覜」的本字。「頁」與「見」
的發展演變都是在表意字基礎上增加音符，從而產生新的形聲字「頔」與
「覜」。在表意字上加注音符，這是形聲字產生的重要途徑。

　　在甲骨文與西周早期的古文字構形中，字符站著的「人」與跪著的「卩」
很可能是對立的，不是可以任意互換的意符，但不排除有混訛。清華大學學生
正在嘗試用「系統釋字法」窮盡處理，希望能有一個更加全面、可靠的結論。

　　在左右結構的形聲字中，「頁」作為表意偏旁，大都跟頭有關；「見」作為
意符，大都與目相關，而與「聞」、「覜」沒有直接關係，似乎與本文結論矛
盾。這可以從兩個方面解釋：第一，意符表意，只求義類相關，不然就起不到
意符的作用了；第二，文字的表層結構追求勻稱美觀，「頁」與「見」在左右結
構中顯然有構形優勢。

　　附記：感謝博士生侯瑞華補充證據和處理文稿。

　　國家社科基金重大項目：楚文字綜合整理與楚文字學的構建
　　（項目批准號：18ZDA304）

---

[23] 覜，羣母文部；見，匣母元部。

《中國文字》　　總第一期
The Chinese Characters No.1
2019年6月　　　頁123-127

秦漢文字釋讀散劄[*]

陳偉武

中山大學中文系

摘　要

　　本文錄有讀秦漢文字資料劄記四則。睡虎地秦簡《秦律十八種》廏苑律的「將牧」，金布律作「牧將」，將，養也。「將牧」「牧將」猶言「養牧」「牧養」。《嶽麓書院藏秦簡（伍）》20 號簡「讚訊」，整理者讀為「潛訊」，謂「或有深究詳細盤問之意」。其實「讚訊」意為起訴審訊，「讚」指起訴，不必破讀為「潛」。北大藏秦代木牘《泰原有死者》「獻之咸陽」之「獻」，當讀為「讞」，指報告案件。《西漢長沙王陵出土漆器輯錄》中有漆書題記釋文作「驕周秀買夷廿一」，學者或謂「夷」為「弟」之形近誤釋，其實釋「夷」字不誤，「夷」與「弟」形音皆近，故用「夷」為「弟（第）」。

關鍵詞： 秦漢文字、將牧、潛訊、獻、夷

Abstract

This thesis contains 4 notes on reading documents of characters in Qin and Han dynasties. The word "jiangmu（將牧）" in *Jiuyuanlü（廏苑律）* chapter of *Qinlüshibazhong（秦律十八種）* in Shuihudi Qin bamboo slips, is written as "mujiang（牧將）" in the chapter *Jinbulü（金布律）*. Jiang（將）has the same meaning with yang（養）in scholium. Therefore, "jiangmu（將牧）" and "mujiang

---

[*]　本文為國家社科基金重大項目「戰國文字詁林及數據庫建設」（17ZDA300）的階段性成果，曾在澳門漢字學會第五屆學術年會（西安：陝西師範大學，2018 年 10 月 20-22 日）宣讀。

（牧將）" can be said as "yangmu（養牧）" and "muyang（牧養）". Written on the 20th bamboo slip in *the Volume Five of Qin Bamboo Slips collected by Yuelu Academy*（嶽麓書院藏秦簡〔五〕）, the word "zenxun（譖訊）" was read as "qianxun（潛訊）" by editor，who organized so and asserted: "Perhaps it has the meaning of inquire in detail" .Actually, "zenxun（譖訊）" means prosecute and interrogate."Zen（譖）" means prosecute and don't have to read as "qian（潛）".The word "xian（獻）" in the sentence"xian zhi Xianyang（獻之咸陽）" in *Taiyuanyousi zhe（泰原有死者）*, an article inscribed on wooden tablet in the Qin dynasty and collected in Peking University, should be read as "yan（讞）", which means report the case. There is a painted inscription deciphered as "Zou Zhouxiu mai yi nianyi（騶周秀買夷廿一）" in *the Collection of Lacquer Excavated from Changsha Royal Mausoleum（西漢長沙王陵出土漆器輯錄）*, in which the word "yi（夷）" was regarded, by some scholars, as a miswritten of"di（弟）" due to the similar pattern. Actually, the decipher "yi（夷）" is errorless. The character pattern and pronunciation of "yi（夷）" and "di（弟）" are both similar. As a result, "yi（夷）" is used as "di（弟）" in so context.

Key words: characters in Qin and Han dynasties, jiangmu, qianxun, yan, yi

　　近時閱讀秦漢簡牘，有散劄數則，散者，亂也，無條貫可言，移錄於下，求正于眾位師友。

一

　　睡虎地秦簡《秦律十八種・廄苑律》：「將牧公馬牛，馬〔牛〕死者，亟謁死所縣，縣亟診而入之，其入之其弗亟而令敗者，令以其未敗直（值）賞（償）之。」整理小組注：「將牧，率領放牧。從下文可知這種放牧歷經若干縣，有遊牧性質。」[1]魏德勝先生認為：「『將』與『牧』語義類相似，『將』多用於人，『牧』多用於牲畜。所以一般把前一詞解釋為『率領』，把後一詞解釋為『放牧』，《睡簡》中還有『牧將』一詞，與『將牧』詞序不同而語義相同。」[2]魏氏注釋指出「牧將」文例見於《秦律十八種・金布律》84-85 簡，簡文是：「其已分而死，及恒作官府以負責（債），牧將公畜生（牲）而殺、亡之，未賞（償）及居之未備而死，皆出之，毋責妻、同居。」

　　今按，「將牧」與「牧將」語素序異而語義同，魏氏說近是。「將」，養也。《詩・小雅・四牡》：「王事靡盬，不遑將父。」毛傳：「將，養也。」古書有「將養」一詞，如《墨子・非命上》：「內無以食飢衣寒，將養老弱。」秦簡「將牧」猶言「養牧」；「牧將」猶言「牧養」。《漢書・王莽傳中》：「臣等盡力養牧兆民，奉稱明詔。」

二

　　《嶽麓書院藏秦簡（伍）》19-20：「諸治從人者，具書未得者名族、年、長、物色、疵瑕，移讕縣道，縣道官謹以讕窮求，得輒以智巧譖（潛）訊。」整理者注：「譖（潛）訊：《嶽麓書院藏秦簡（三）》0329－1 中解作『探測、探索』義。潛訊，為了探索信息而盤問，探聽某方面的信息。《爾雅・釋言》：『潛，深也。潛、深，測也。』《說文・水部》：『測，深所至也。』可知潛也有深入意思，依此『潛訊』或有深究詳細盤問之意。」[3]

　　今按，「譖訊」意為起訴審訊，「譖」指起訴，不必破讀為〔潛〕，字從言，

1　睡虎地秦墓竹簡整理小組《睡虎地秦墓竹簡》，第 24 頁，文物出版社，1990 年 9 月。
2　魏德勝《〈睡虎地秦墓竹簡〉語法研究》，第 28-29 頁，首都師範大學出版社，2000 年 6 月。
3　陳松長主編《嶽麓書院藏秦簡（伍）》，第 75 頁，上海辭書出版社，2017 年 12 月。

簪聲，當是「譖」之聲符替代字。《說文・言部》：「譖，愬也。从言，朁聲。」又：「訴，告也。从言，斥〈庐〉省聲。《論語》曰：『訴子路於季孫。』諎，訴或从言朔。愬，訴或从朔心。」「訴」有「起訴」義，又有「讒毀」義；湯可敬先生注《說文》「譖，愬也」說：「《三蒼》：『愬，讒也。』《廣雅》：『愬，毀也。』」[4]「譖」亦有「起訴」義，又有「讒毀」義。「訴」與「譖」二字語義屬於平行引申。東漢的許慎尚明瞭「譖」之「起訴」義，故列字時既與「訴」並次，下又接以訓「譖也」的「讒」字。人們熟稔「譖」之「讒毀」義，以致誤解了秦簡「譖（譖）」字的「起訴」義。

三

北京大學藏秦代木牘《泰原有死者》：「泰原有死者，三歲而復產。獻之咸陽，言曰：……」[5]

今按，「獻之咸陽」之「獻」，學者未注，大概以為獻上之「獻」。疑當讀為「讞」。《廣韻・薛韻》：「獻，同讞。」報告案件給「咸陽令」或「咸陽守」之類官員。秦漢簡帛多用「瀮」為「讞」，例繁不舉。

四

《西漢長沙王陵出土漆器輯錄》第 180 頁的「中廏」漆膜上有殘存的三行漆書題記，最後一行的釋文為：「驕周秀買夷廿一。」[6]陳松長先生認為：「所謂『買夷』，語義不通，細看所謂『夷』字的第一橫起首還有一個不顯眼的短豎畫，據此可知此字應該就是『弟』字的誤寫。秦漢簡牘文字中，『弟』常讀為『第』，兩者混用。從字形上分析，『夷、弟』二字形近而易混。因此，此處應該改釋為『弟（第）』，其漆書文字的意思是：驕周秀所買器物第廿一。」[7]

今按，漆器整理者原釋「夷」字不誤。「夷」與「弟」實為形音皆近。故用「夷」為「弟（第）」。簡帛中「夷」或從「夷」得聲之字常可與「弟」或從

[4] 湯可敬《說文解字今釋》，第 358 頁，嶽麓書社，1997 年 7 月。

[5] 胡平生、劉紹剛選編注釋《秦漢簡帛名品〔上〕》，第 17 頁，上海書畫出版社，2015 年 8 月。

[6] 長沙市文物考古研究所編《西漢長沙王陵出土漆器輯錄》，第 180 頁，嶽麓書社，2016 年 12 月。

[7] 陳松長《〈西漢長沙王陵出土漆器輯錄〉中的漆器銘文釋讀訂補》，《古文字研究》第 32 輯，第 593 頁，中華書局，2018 年 8 月。

「弟」得聲之字通用。例如，馬王堆三號漢墓所出帛畫《太一祝圖》中有題記稱「武弟子」，李家浩先生指出當讀為「武夷子」，即《史記·封禪書》的「武夷君」、東漢鎮墓瓶的「武夷王」、九店楚簡中的「武㱇」。[8]馬王堆帛書《六十四卦泰（大）過》九二「楛楊生黄」，「黄」字通行本作「稊」。

8　李家浩《論太一避兵圖》，《國學研究》第一卷，第 277-292 頁，北京大學出版社，1993 年 3 月。

《中國文字》　總第一期
The Chinese Characters No.1
2019年6月　　頁129-134

古文字中的「叠」及其用法

趙平安

清華大學人文學院
出土文獻研究與保護中心

摘　要

　　近出清華簡第八輯《攝命》中的「𦣞」「𦥯」字為一字之異體，其當即《說文解字》炎部的「叠」字，「叠」字下部所從之「囘」乃是「𦣞」「𦥯」所從「自」之訛變。以此為定點，還可上推至金文中「」「」等字形，其都應釋為「叠」。該字在辭例中有兩類用法，一是讀為「訟」，二是與「明」連用構成詞組，讀為「聰」。

關鍵詞：清華簡《攝命》、「叠」、訛變

Abstract

　　"𦣞" and "𦥯" are variant chinese characters in the *She'ming* of Tsinghua's bamboo slips *Sheming*, it is the "叠" in radical "shou" of *Shuo Wen Jie Zi*. THE "囘" of "叠" is the erroneous transformation from "自" of "𦣞" "𦥯". The word can also date back to"" ""and so on in the inscriptions on ancient bronze objects, they should also be interpreted as "叠". This word has two kinds of usages in the example, one is pronounced as "litigation", the other is used with "Ming" to form a phrase, pronounced as "cong".

Key word:　Tsinghua's bamboo slips *She'ming*, 叠, erroneous transformation

一

　　清華簡第八輯《攝命》是一篇珍貴的書類文獻，一共有 32 支簡，主體部分為周天子冊命「攝」的命辭，文句與《周書》、西周中晚期銅器銘文相類。[1]其中有一個疑難字，尚未能得到很好的解釋。為便于討論，我們先把相關文例移錄如下：

1. 越四方小大邦，越御事庶百（伯），有告有 。（簡 4）

2. 敬學 明，勿鯀（謠）之。　　　　　　　　（簡 10）

3. 凡人有獄有 ，女毋受鼺（幣）。　　　　（簡 21-22）

4. 凡人無獄亡 ，乃隹（唯）德享。　　　　（簡 23）

這個疑難字，整理報告隸作沓、畓。[2]我們認為，它實際上就是《說文解字》炎部的畓字。大徐本《說文》炎部：「，侵火也。從炎冎聲。讀若桑葚之葚。」[3]《說文解字系傳》炎部：「畓，侵也。」[4]鈕樹玉《說文解字校錄》曰：「《系傳》無火字，蓋脫。」[5]段注：「近火者有畏意。」[6]張舜徽《約注》：「說解原文，當作火侵也，與上下文說解『火光』、『火行』語例正同。今本為傳寫者誤倒，而義晦矣。侵者漸進也，火之燃燒，由近及遠，以次漸進，斯謂之畓也。」[7]《玉篇》炎部：「畓，火兒。」[8]《廣韻》寢韻：「畓，火舒。」[9]《集韻》寢韻：「火盛也。」[10]《說文》頁部：「，面顱額兒。從頁畓聲。」[11]

---

[1]　清華大學出土文獻研究與保護中心編、李學勤主編：《清華大學藏戰國竹簡（捌）》，原大圖版第 2-5 頁，放大圖版第 25-48 頁，釋文、注釋第 109-120 頁，中西書局，2018 年。

[2]　清華大學出土文獻研究與保護中心編、李學勤主編：《清華大學藏戰國竹簡（捌）》，釋文、注釋第 110-111 頁，中西書局，2018 年。

[3]　許慎：《說文解字》，第 210 頁，中華書局，1998 年。

[4]　徐鍇：《說文解字繫傳》，第 202 頁，1987 年。

[5]　鈕樹玉：《說文解字校錄》，轉引自《說文解字詁林》，第 4517 頁，中華書局，1988 年。

[6]　段玉裁：《說文解字注》，第 487 頁，上海古籍出版社，1981 年

[7]　張舜徽：《說文解字約注》，卷十九，第 72 頁，河南人民出版社，1983 年。

[8]　《宋本玉篇》，第 394 頁，北京市中國書店，1983 年。

[9]　《宋本廣韻》，第 308 頁，北京市中國書店，1982 年。

[10]　《集韻》，第 912 頁，北京市中國書店，1983 年。

[11]　許慎：《說文解字》，第 183 頁，中華書局，1998 年。

《廣韻》寢韻:「顱,顱然作色皃。」[12]《說文》邑部:「,地名。從邑沓聲。讀若淫。」[13] 顱、鄭以沓為聲符。沓和顱、鄭等字傳世古書都罕見行用。

《攝命》中的沓、沓,形體有簡有繁,字上繁體從炎,字下繁體從自。沓字上部從炎,下部是「自」的訛變。

這一演變,可以用戰國文字向字來加以說明。在三晉文字中嗇字所從向或作「日」、「曰」,或作「目」,[14]單用的向字下面部分也可以寫作「日」、「曰」或「目」,[15]而有些寫法與「自」字酷似。如:

    《璽匯》3327:向(廩)剖(劃)

    《陶錄》5·102·1:滎陽向(廩)匋(陶)

簡文字下「自」和「炎」的下面部分結合在一起,被誤認為是向的可能性是很大的。沓之類的篆文,應該是來源于六國文字的。它被作為歷史字彙保留在《說文解字》中。[16]

需要說明的是,《漢印文字徵補遺》5.3 收錄一枚漢印,名為「將眾」,姓氏為之形,羅福頤先生隸作從炎從曰,置于沓和喜字之間。[17]這個字和《攝命》中沓的簡體顯然是同一個字,也應釋為沓。[18]從邑的鄭《說文》解釋為地名。我們知道,地名的邑旁往往是後加的,這個地名原來應該寫作沓。根據古代姓氏起源的一般原理,沓既然可以作地名,自然也可以作姓氏。漢印中的沓作,存在兩種可能性。一是秦漢時期實際行用的篆文沓還寫作,《說文》小篆的寫法是傳抄刊刻過程中訛誤的產物。另一種可能性是秦漢時期實際行用的篆文寫作

[12] 《宋本廣韻》,第 308 頁,北京市中國書店,1982 年。

[13] 許慎:《說文解字》,第 136 頁,中華書局,1998 年。

[14] 湯志彪:《三晉文字編》,第 790-793 頁,作家出版社,2013 年。

[15] 湯志彪:《三晉文字編》,第 788-789 頁,作家出版社,2013 年。

[16] 趙平安:《〈說文〉小篆研究》,第 3-6 頁,廣西教育出版社,1999 年。

[17] 羅福頤:《漢印文字徵補遺》,卷 5 第 3 頁,文物出版社,1982 年。

[18] 我在和李婧、石小力合編的《秦漢印章封泥文字編》中已經改釋爲沓,中西書局,2019 年。

🔳，漢印中的🔳只是以古文入印。[19]目前由于材料所限，尚不能得出確定的意見。但無論是哪一種情況，都不會影響把《攝命》中的畲、㳬釋為嗇。

二

釋出了嗇字，就可以以此為定點討論簡文的用法。嗇是侵部來母字，例1、3、4 可以讀為東部邪母的訟，[20]例 2 可以讀為東部清母的聰。[21]音理可通，文例也很通暢。

由于簡文字形和用法與西周金文的一組字有密切的聯繫，馬楠博士、李學勤先生、陳劍先生、陳斯鵬先生都把簡文此字與西周金文聯繫起來，是很正確的。[22]西周金文這一組字作下列諸形：

A：🔳（逨盤，《銘圖》14543）

B：1.🔳（四十三年逨鼎甲，《銘圖》02503）

　　2.🔳（史墻盤，《集成》10175）

　　3.🔳（逨鐘四，《銘圖》15636）

　　4.🔳（毛公鼎，《集成》2841B）

　　5.🔳（虎簋蓋甲，《銘圖》05399）

C：1.🔳（親簋，《近出二》440）　　2🔳（尹姞鬲，《集成》754）

D：🔳（牧簋，《集成》4343）

---

[19] 參看趙平安：《秦西漢印章研究》，第 90-91 頁，上海古籍出版社，2012 年。

[20] 陳劍把《攝命》中的畲、㳬和傳抄古文「晉（僭）」、「潛」所從相聯繫，也把它讀為訟。參見氏著《試爲西周金文和清華簡〈攝命〉所謂「粦」進一解》，載《出土文獻》第十三輯，第 29-39 頁，中西書局，2018 年。

[21] 武漢大學簡帛網「簡帛論壇」，《清華八〈攝命〉初讀》2018 年 11 月 22 日 29 樓王寧跟帖，從陳劍釋字，已讀爲聰。

[22] 馬楠：《釋「粦明」與「有畬」》，香港浸會大學饒宗頤國學院、澳門大學中國語言文學系、清華大學出土文獻研究與保護中心編：《〈清華簡〉國際會議論文集》，2017 年；收入《古文字研究》第三十二輯，第 515-517 頁，中華書局，2018 年；李學勤：《清華簡〈攝命〉篇「粦」字質疑》，《文物》2018 年第 9 期，第 50-52 頁；陳劍：《試爲西周金文和清華簡〈攝命〉所謂「粦」進一解》，載《出土文獻》第十三輯，第 29-39 頁，中西書局，2018 年；陳斯鵬：《舊釋「粦」字及相關問題檢討》，先秦兩漢訛字學術研討會，北京清華大學，2018 年 7 月 14-15 日。

E：1. （趞簋，《集成》4266） 2 （師訇鼎，《集成》2830）

如果從戰國文字往上推，這個字應該本作，字下加口作，口中加一橫作。之類的寫法是口形繁化的結果。之類的寫法應看作兩口之類寫法的訛變。之類則是從阜聲的字，是的借字。字的上面部分的變化是先在字中加一橫，然後裂變為炎。從金文到戰國，字形演變的脈絡是十分清楚的。

西周金文的用法，也分為兩類，一類讀為訟，如：

5. 勿雝逮庶又（有）**B4**，[23]毋敢龏龏櫜櫜，乃敄鰥寡。（毛公鼎，《集成》2841B）
6. 訊小大又（有）**E1**，取徵五寽（鋝）。（趞簋，《集成》4266）
7. 不用先王作刑，亦多虐庶民；氒訊庶又（有）**D**，不井（型）不中，乃侯之耕（?）宛（怨）。今鞫（?）司匐（服），氒辠召故（辜）。王曰：牧，女毋敢〔弗帥〕先王作明井（刑）用，雩乃訊庶又（有）**D**，毋敢不明不中不井（型），乃申政事，毋敢不尹人不中不井（型）。（牧簋，《集成》4343）
8. 雩乃訊庶又（有）**B1**，毋敢不中不井（型）。（四十三年逑鼎甲，《銘圖》02503）
9. 女乃諫訊又（有）**C1**，取徵十寽（鋝）。（親簋，《近出二》440）

趞簋「訊小大有，取徵五鋝」與𪇴簋「訊訟罰，取徵五鋝」（《集成》4215）、揚簋「訊訟，取徵五鋝」（《集成》4294）文義相近。可見上述各例讀為訟是很合適的。還有一類和「明」字組合，如：

10. 粵朕皇高祖零伯，**A** 明厥心，不彖□服，用辟恭王、懿王。（逑盤，《銘圖》14543）
11. 丕顯朕皇考，克 **B3** 明厥心，帥用厥先祖考政德，享辟先王。（逑鐘四，《銘圖》15636）
12. 惠乙祖逑匹厥辟，遠猷腹心，子𠨘**B2** 明。（史墻盤，《集成》10175）
13. 丕顯朕烈祖考 **B5** 明，克事先王。（虎簋蓋甲，《銘圖》05399）
14. 天君弗忘穆公聖 **C2** 明𢦏事先王。（尹姞鬲，《集成》754）

23 「又」字拓本不可見，董珊據摹本補釋文。「𥖩」字原缺釋文，董珊釋出，本文改釋作「䜭」。參看董珊《略論西周單氏家族窖藏青銅器銘文》，《中國歷史文物》2003 年第 4 期，第 40-50 頁。

15. 用型乃聖祖考，**E2** 明龥辟前王，事余一人。（師訇鼎，《集成》2830）

該字與明構成詞組，讀為聰文從字順。聰明成詞，聰和明都可以與心連用。瘋鐘有「克明厥心」，大克鼎（《集成》2836）有「聰嚣（恪）厥心」，因此有「聰明厥心」的說法是很好理解的。

後記：

2017 年 11 月，在香港、澳門兩地舉行的「清華簡」國際會議上，聽到馬楠博士宣讀《釋「桊明」與「有吝」》，當時產生一些想法，回京後在「新出簡帛研讀」課堂上作了比較系統的闡述。主要觀點是把《攝命》沓、畓釋為醤，讀為訟。2018 年 6 月，在《清華捌》審稿會後，讀到陳劍先生《試為西周金文和清華簡〈攝命〉所謂「桊」進一解》初稿，他把沓、畓和傳抄古文「晉（僭）」、「潛」所從相聯繫，讀為訟。雖然路徑不同，結論和我們完全一致。陳文厚實深入，把主要問題都解決了。當時覺得，我的文章沒有必要再寫下去了，于是擱置起來。同年 7 月在清華大學召開的「先秦兩漢訛字學術研討會」上，陳斯鵬先生提交了《舊釋「桊」字及相關問題檢討》，他透過清華的石小力博士，引用到了我課堂上講述的觀點。可是讀法和我們不同。

現在看，古文字中醤字的問題還遠沒有形成共識，還有不少需要進一步探討的地方。最近適逢《中國文字》編輯部來函索稿，遂草出此文，請大家批評指正。

《中國文字》　　總第一期
The Chinese Characters　No.1
2019年6月　　　頁135-148

嶽麓秦簡《為吏治官及黔首》和北大秦簡《教女》「莫親於身」及相關問題簡論

沈　培

香港中文大學中國語言及文學系

摘　要

嶽麓秦簡《為吏治官及黔首》和北大秦簡《教女》有「莫親於身」的說法，當理解為「沒有什麼比自己的身體更值得珍愛」的意思。弄清此句話的意思，可以幫助我們了解相關簡文的敘述層次。在此基礎上，本文還對《為吏治官及黔首》「吏有六殆」後面的簡文進行了重新考釋。

關鍵詞：秦簡、官箴、無定代詞、考釋、敘述層次

Abstract

Mo Qin Yu Shen（莫親於身）appears in the Qin Dynasty Bamboo Slips Wei Li Zhi Guan Ji Qian Shou（為吏治官及黔首）which kept in YueLu Academy and Jiao Nü（教女）which kept in Peking University.It should be understood as "nothing is more worthy of cherish than himself". After knowing the meaning of this sentence,it can help us understand the narrative relationship of the relevant short text. On this basis, the article also re-examines the short texts behind "Li You Liu Dai（吏有六殆）".

Key Words: Qin Dynasty Bamboo Slips, Official Advice, Indefinite Pronoun, Examining Ancient Texts, Narrative Relationship

一

嶽麓秦簡《為吏治官及黔首》有下面一段文字：[1]

（1）戒之慎之！41-1 人請（情）難智（知），42-1 非親勿親，43-1 多所智（知）。44-1 ☒45-1 莫親於身，46-1 毋勞心，47-1 毋棄親戚。48-1

上引簡文數句，內容有一定的聯繫，且能在文意上自足，因此我們將之作為一個段落而引出，理由可以通過我們下文的討論看出。其中「莫親於身」的「莫」，字有殘損，現存下面大半部分，朱漢民、陳松長（2010：129）釋為「莫」而加問號，表示不肯定；陳松長主編（2018：46、51）作「【莫】（?）」，比先前釋文多加「【】」，意在指明它是殘畫字。其實，此字非「莫」字莫屬，參看下面將要講到的北大秦簡《教女》自明。

「莫親於身」到底是什麼意思，這個問題一直沒有人討論，各人是怎麼理解的，其實並不清楚。直到北大《教女》發表，情況才變得明朗起來。下面根據朱鳳瀚（2014、2015），將《教女》相關簡文引用出來：

（2）有（又）曰：善女子固自正。夫之義，不敢以定。屈身受令，旁言百姓。威公所詔，頃耳以聽。中心自謹，唯端與正。外貌且美，中實沈（沉）清（靜）。<u>莫親於身，莫久於敬</u>。沒（017）身之事，不可曰幸。自古先人，不用往聖。我曰共（恭）敬，尚恐不定。監所不遠，夫在街廷。衣被顏色，不顧子姓。不能自令，毋怨天命。毋詢父母，寧死自屏。□（035）

朱鳳瀚（2015：8～9）對「莫親於身」的注釋是：

《論語‧陽貨》：「親於其身為不善者，君子不入也。」朱熹集注：「親，猶自也。」此「莫親於身」似即言不要親自以其身。「莫親於身」一句亦見嶽麓書院秦簡《為吏治官及黔首》四六正，其下一句是「□毋勞心」（四七正）。

---

[1] 簡文彩色圖版見朱漢民、陳松長主編（2010:32），紅外線圖版見朱漢民、陳松長主編（2010:127～130）。釋文基本根據前引書第 127-129 頁以及陳松長主編（2018：51），但對釋字、標點略微作了改動。陳松長主編（2018）吸收了學者們的編聯、校釋等成果，但大都未注來源，需要注意。

朱文將《教女》跟《為吏治官及黔首》聯繫起來，非常有幫助作用，由此也可以確認後者「莫親於身」的讀法是沒有問題的。《教女》「莫親於身」其後緊接著說「莫久於敬」，朱鳳瀚（2015：9）的注釋是：

> 《說文》：「敬，肅也。」《論語・鄉黨》：「寢不尸，居不容。」何晏集解引孔曰：「為室家之敬難久。」邢昺疏：「其居家之時，則不為容儀，為室家之敬難久，當和舒也。」

朱文把這兩句話譯作「不要總事必恭親，也不要久作嚴肅之態」。[2]高一致（2015）認為朱文的注和譯「或可商」，他提出了自己的看法：

> 事必躬親，在古人觀念並非是劣跡、陋性，而是美德。《後漢書・輿服志上》：「昔者聖人興天下之大利，除天下之大害，躬親其事，身履其勤。」「敬」也是古時夫妻關係所倡導的狀態。《左傳》僖公三十三年：「初，臼季使，過冀，見冀缺耨，其妻饁之，敬，相待如賓。」《後漢書・逸民傳・龐公》：「居峴山之南，未嘗入城府。夫妻相敬如賓。」

又說：

> 所謂「莫親於身」，「親」即愛、惜也，《孟子・滕文公上》：「夫夷子，信以為人之親其兄之子。」趙岐注：「親，愛也。」「莫久於敬」之「久」，等待、期待義。銀雀山漢簡《孫臏兵法・五名五恭》：「軒驕之兵，則恭敬而久之。」兩句當謂女子不要過於愛惜、嬌貴自己，不要總盼著得到尊敬、敬愛。後文「曰：我成（誠）好美，寁（最）吾邑里。澤沐長順，疏（梳）首三秌之。衣數以之□（030）」似乎都是「愛於身」、過於嬌貴自己的自戀表現，可參看。又，班昭《女誡・卑弱第一》「三者苟備，而患名稱之不聞，黜辱之在身，未之見也」之「患名稱之不聞」，可供「莫久於敬」句參看。另外，嶽麓秦簡《為吏治官及黔首》簡 46（1548）壹「莫親於身」，雖然後接簡 47（1549）壹「毋勞心」（按：其後簡 48 壹「毋棄親戚」也是「毋」字起首句），但簡 46（1548）前之簡 45（1516）

壹已殘，暫不能確定文意上「莫親於身」與上一簡、還是下一簡連讀。

高文對朱文的質疑是有道理的。僅從語法上說，「莫親於身」大概就不能解釋為「不要親自以其身」。[3]但把它解釋為「不要過於愛惜、嬌貴自己」也顯然有增字解經的嫌疑。《教女》篇「莫久於敬」緊接在「莫親於身」之後，兩句的語法結構應該一樣。如按朱文解釋為「不要久作嚴肅之態」，或按高文解釋為「不要總盼著得到尊敬、敬愛」，[4]不但跟「莫親於身」句法結構有所不同，而且也都存在增字解經的問題。

其實，如果比較全面地注意一下「莫」字句，就可以知道古漢語「莫」有兩種用法，一種是否定副詞的用法，一種是無定代詞的用法。[5]有人認為上古漢語中的「莫」，絕大多數是無定代詞，真正做否定副詞的，倒是極少數。[6]這大體上合乎事實。朱文、高文把簡文的「莫」理解為「不要」，就是把它當做否定副詞看待的。他們沒有想到，簡文的「莫」其實應該是無定代詞。

為了簡便起見，我們舉一個時代比較晚的例子來加以說明。

> （3）既而思之，意有所重，則愛有所移：<u>莫親於身，莫厚於族，莫大於國</u>，一念昏惑，醉於聲色之美，尚能棄平日之所甚重者猶敝屣，況醉於理義之味者乎！[7]

此例中的「莫親於身」，從上下文能夠很清楚地看出是「沒有什麼東西比『身』更『親』」的意思。[8]實際上就是「身最親」的意思。

---

[3] 確實有人認為《論語》「親於其身為不善」的「於」用法同「以」，參看安德義（2007：570）。但此說並不可靠，尚無確切的證據能說「於」有「以」的用法。

[4] 其實，把「久」解釋為「盼望」就不很準確。古書中「久」可以解釋為「滯留、久留、等待」（見於《漢語大字典》等工具書），但跟「盼望」還是兩回事。

[5] 「無定代詞」或稱「不定代詞」、「無指代詞」，不一而足，這裡不一一列舉。有人認為這種「莫」是動詞，有理，本人準備以後專門討論。這裡只是為了方便，把非否定副詞的「莫」稱為「無定代詞」，在翻譯成現代漢語時也採用了大家常用的翻譯，把這種「莫」翻譯為「沒有誰」、「沒有什麼」，這其實不一定準確，在此不能詳論。

[6] 參看朱聲琦（1985:79）。

[7] 〔宋〕呂祖謙《左氏博義》，載《呂祖謙全集》第六冊，第143頁，杭州：浙江古籍出版社，2008。

[8] 這種說法裡面的「於」表示比較。有意思的是，如果「莫」後面加上否定副詞「不」，「莫親於身」說成「莫不親於身」，後者的「於」則不是表示比較，而是表示對象。例如〔宋〕秦觀《擬郡學試近世社稷之臣論》（載秦觀撰、徐培均箋注《淮海集箋注》，第778頁，上海：上海古籍出版社，1994）：「夫人莫不尊於君，莫不親於身，君與身也，猶有時而忘之，知有社稷之事而已，況其他乎？」這種說法裡面的「莫」仍然是無定代詞，但因為謂語是「不親於身」，「親於身」前面有否定副詞「不」，「親於

　　黃人二（2007=2012：345～348）曾將郭店簡《語叢一》簡 18「夫〈天〉生百勿（物），人為貴」與很多古書的相關說法進行對比，我們略選其中幾則：[9]

（4）法國國家圖書館敦煌唐寫本《孝經》伯希和編號第三三八二號：天地之性，人取（最）為貴。

（5）《荀子・王制》：人有氣、有生、有知，亦且有義，故最為天下貴也。

（6）《孔子家語・六本》：天生萬物，唯人為貴。

（7）《春秋繁露・人副天數》：天地之精所以生物者，莫貴於人。

（8）《鹽鐵論・刑德》：《傳》曰：「凡生之物，莫貴於人，人主之所貴，莫重於人。」故天之生萬物以奉人也，人主愛人以順天也。

（9）《說苑・建本》：天之所生，地之所養，莫貴乎人。

上引例（4）～（9）在表示「天生百物，人為貴」的意思時，使用了多種表達方法，其中就有「莫貴於人」的說法。除了介詞「於」可以換成「乎」而說成「莫貴乎人」之外，還可以有「人最為貴」、「唯人為貴」等說法，無論如何，它們的意思都是差不多的。

　　我們討論的簡文「莫親於身」，跟上引例句「莫貴於人」句法結構一致，因此「莫親於身」如果要換成別的說法的話，就可以說成「身最親」、「唯身為親」等等。[10]上博簡《景公瘧》簡 3 高子、國子二人對景公所說的話裡面有「身為新」一句，董珊（2007）讀為「身為親」，並解釋其意為「沒有比景公的身家性命更重要的」，已經得到不少研究者的認同，這無疑是正確的。

　　瞭解了這個真實意思之後，就可以知道，簡文所反映的思想就是古書常見的「貴身」、「愛身」的思想，而這種思想又往往跟孝道是有密切聯繫的。下面隨意舉出幾例以見一斑：

身」就相當於「親身」，跟「莫親於身」意思就不同了。朱文、高文大概沒有考慮到「莫」字句的兩種情況，只把「莫親於身」的「莫」看成否定副詞，實際上將其等同於「不親於身」，因而在考慮「親於身」的意思時，就沒有想到「親於身」其實是個比較句了。通過這種情況也可以知道，在古漢語語法研究中，有人主張取消「無定代詞」或不承認有「無定代詞」，這或許自有其理。但是如果把這種「莫」看成跟肯定是否定副詞的「莫」沒有區別，大概就不正確了。因為謂語前面的「莫」是看成無定代詞（有人認為是動詞）還是看成否定副詞，對理解它所在句子的含義是有影響的。

[9]　由於時間關係，以下引自傳世古書的例子，皆不詳注版本情況，可視為引自通行本。

[10]　古漢語中「親」的近義詞如「愛」、「重」當然也可以用於這種句式，「莫愛於×」、「莫重於×」的說法在古書中隨檢即得，為避免繁瑣，這裡就不舉例了。

（10）《左傳》昭公二十五年：二十五年春，叔孫婼聘於宋，桐門右師見之。語，卑宋大夫而賤司城氏。昭子告其人曰：「右師其亡乎！<u>君子貴其身</u>，而後能及人，是以有禮。今夫子卑其大夫而賤其宗，是賤其身也，能有禮乎？無禮，必亡。」

（11）《大戴禮記·曾子本孝第五十》：曾子曰：忠者，其孝之本與！孝子不登高，不履危，痺亦弗憑，不苟笑，不苟訾，隱不命，臨不指，故不在尤之中也。孝子惡言死焉，流言止焉，美言興焉，故惡言不出於口，煩言不及於己。故孝子之事親也，居易以俟命，不興險行以徼幸。孝子游之，暴人違之。出門而使，不以或為父母憂也。險塗隘巷，不求先焉，<u>以愛其身</u>，以不敢忘其親也。

（12）《管子·小稱》：<u>人情非不愛其身也</u>，於身之不愛，將何有於公？

（13）《淮南子·精神訓》：由此觀之，至貴不待爵，至富不待財。天下至大矣，而以與佗人（也）；<u>身至親矣</u>，而棄之淵。外此，其餘無足利矣。此之謂無累之人。無累之人，不以天下為貴矣。

大家都知道，道家和儒家都重視自己的身體，道家甚至把「貴身」、「重生」發展到了極致，更是眾所周知的。但這不是本文討論的重點，就不多說了。

至於北大秦簡《教女》「莫久於敬」，也就是「敬最久」、「唯敬為久」的意思。簡文意在說夫婦之道，只有互相尊敬才能維持長久。這種思想也是古今常見的，班昭《女誡》「敬慎第三」就說：

（14）陰陽殊性，男女異行。陽以剛為德，陰以柔為用。男以彊為貴，女以弱為美。故鄙諺有云：「生男如狼，猶恐其尫；生女如鼠，猶恐其虎。」然則修身莫若敬，避強莫若順。故曰敬順之道，婦之大禮也。<u>夫敬，非它，持久之謂也</u>。夫順，非它，寬裕之謂也。持久者，知止足也。寬裕者，尚恭下也。夫婦之好，終身不離。

這跟簡文《教女》的思想是一致的。又如：

（15）《國語·周語》：昔史佚有言曰：「動莫若敬，居莫若儉，德莫若讓，事莫若咨。」韋昭注：「敬，可久也。」

「謹慎」與「敬」義近，故《漢書・蓋諸葛劉鄭孫毋將何傳》說：

（16）唯謹慎為得久，君侯可不戒哉！

這也跟簡文的意思相近。此類的說法還有很多，不必一一列舉。

二

知道了簡文「莫親於身」、「莫久於敬」的真實含義，可以讓我們對簡文前後文的關係或簡文的表達方式有更為清楚的認識。

在《教女》中，「莫親於身，莫久於敬」可以看做是對前面「中心自謹，唯端與正。外貌且美，中實沉靜」的總結，說明「身」與「敬」對於女子的重要。此點比較簡單，不必多談。下面主要談談「莫親於身」的正確理解對於了解簡文前後文義的重要性。

按照我們的理解，例（1）所引簡文，「戒之慎之」總領以下諸句，是說以下情況要「戒之慎之」。下面的話又分幾個句群，每個句群由兩部分組成，如「人情難知，非親勿親，多所知」就是由「人情難知」和「非親勿親，多所知」組成，前者說明原因，後者說明結果。正因為「人情難知」，所以要「非親勿親，多所知」。同理，後面的「莫親於身，毋勞心，毋棄親戚」也是由兩部分組成，因為「莫親於身」，所以才「毋勞心，毋棄親戚」。為了讓大家明白「毋勞心」、「毋棄親戚」分別都與「莫親於身」有關係，下面略作解釋。

先說「毋勞心」與「莫親於身」的關係。這一層關係很容易了解，勞心傷身，這是古今人常有的看法。王輝（2012：56）引《管子・禁藏》「夫眾人者，多營於物而苦其力勞其心，故困而不贍」以及《韓詩外傳》卷五「勞心苦思，從欲極好，靡財傷情，毀名損壽，悲夫傷哉」來說明簡文的「勞心」，可見「勞心」對身體的傷害。由此可知，簡文是在告誡人們要「親身」，不要「勞心」而傷身。

再看「毋棄親戚」與「莫親於身」的關係。其中「戚」字，整理者不能肯定，只作為一說而備用。史傑鵬（2015：99～101）比較詳細論證了此字必是「戚」字。其實，《漢語大詞典》「親戚」條已列出「親戚」一詞的幾種寫法，並引王厚之、盧文弨等人說，指出碑刻中「戚」字的寫法比較特別。如拿來跟嶽麓簡的寫法比較，可以立即明白嶽麓簡所寫正是「戚」字無疑。

　　再從文義看，「親戚」與「身」的關係無疑是很密切的。古人講「貴身」，是站在對親人的負責的角度而講的。因此，古人特重「親」，包括親人、親情，古書中經常可以看到這種觀念。尤其是儒家在講「身」的時候，往往連帶講到「親」，前面例（11）等例已有所表現，下面再舉兩例：

（17）《論語·顏淵》：一朝之忿，<u>忘其身</u>，<u>以及其親</u>，非惑與？

（18）《荀子·榮辱》：鬭者，<u>忘其身者也</u>，<u>忘其親者也</u>，忘其君者也。行其少頃之怒而喪終身之軀，然且為之，是忘其身也；家室立殘，親戚不免乎刑戮，然且為之，是忘其親也；君上之所惡也，刑法之所大禁也，然且為之，是忘其君也。憂忘其身，內忘其親，上忘其君，是刑法之所不舍也，聖王之所不畜也。乳彘不觸虎，乳狗不遠遊，不忘其親也。人也、憂忘其身，內忘其親，上忘其君，則是人也而曾狗彘之不若也。凡鬭者，必自以為是而以人為非也。己誠是也，人誠非也，則是己君子而人小人也，以君子與小人相賊害也。憂以忘其身，內以忘其親，上以忘其君，豈不過甚矣哉！是人也，所謂「以狐父之戈钃牛矢」也。將以為智邪？則愚莫大焉。將以為利邪？則害莫大焉。將以為榮邪？則辱莫大焉。將以為安邪？則危莫大焉。人之有鬭，何哉？我欲屬之狂惑疾病邪，則不可，聖王又誅之。我欲屬之鳥鼠禽獸邪？則不可，其形體又人，而好惡多同，人之有鬭，何哉？我甚醜之！

總之，《為吏治官及黔首》、《教女》兩篇簡文裡面的「莫親於身」都是強調「身」的重要性的話，並非勸誡語。可見這種整體上以勸誡為主的文體，當中其實包含不少說理的話，說理，是為了給相關的勸誡語提供理論上的支持，反映了作者或當時人普遍看重的觀念。上引朱文和高文很可能是受到了文體性質的影響，認為這種官箴或女誡類的文本裡面會經常出現勸誡語，因此才把幾個「莫」字句當成了勸誡語，從而產生了誤解。

三

　　嶽麓秦簡《為吏治官及黔首》裡面不止一處強調要重視「親戚」或「親」。除了上面所討論的簡文外，還有幾處。一處是簡 65-4 的「親戚不附，不欲外

交」。[11] 這是強調「內親」重於「外親」，跟下引《荀子・法行》所引「曾子曰」的意思是一致的：

> （19）無內人之疏而外人之親，無身不善而怨人，無刑已至而呼天。內人之疏而外人之親，不亦（遠）〔反〕乎！身不善而怨人，不（以）〔亦〕（反）〔遠〕乎！刑已至而呼天，不亦晚乎！《詩》曰：「涓涓源水，不離不塞。轂已破碎，乃大其輻。事已敗矣，乃重大息。」其云益乎！

另外幾個「親」字，集中出現在「吏有五則」、「吏有六殆」的一段簡文裡。這一段簡文迄今仍有一些問題沒有解決，需要稍加筆墨討論一下。下面先按我們的理解將釋文寫出來：[12]

> （20）吏有五則：_{47-3} 一曰不祭（察）所親則韋（違）數至，_{48-3} 二曰不智（知）所使則以襭（權）索利，_{49-3} 三曰舉事不當則黔首闇（憍）指，_{50-3} 四曰喜言隋（惰）行則黔首毋所比，_{51-3} 五曰善非其上則身及於死。_{52-3} 吏有六殆：不審所親，_{53-3} 不祭（察）所使，親人不固，_{54-3} 同某（謀）相去，_{55-3} 起居不指，_{56-3} 縈（徵）餃不齊。_{58-3} 屬衦不審，_{57-3} 畏盜亭障。_{24-3} 【士】吏捕盜，_{09-3} 徵迣不數，_{14-3} 要害弗智（知），_{15-3} 盜賊弗得，_{12-3} 亭障不治，_{21-3} 求盜備不具。_{17-3}

要準確理解這一段簡文，首先必須弄清「六殆」所指到底是什麼。從大家所給出的釋文來看，似乎還沒有統一的認識。例如：

于洪濤（2011）讀為：吏有，六殆不審，所親不祭（察），所使親人不固，同某（謀）相去，起居不指，扃（漏）表不審，縈（徵）蝕（識）不齊。

湯志彪（2011）讀為：吏有六殆：不審所親，不祭（察）所使，親人不固，同某（謀）相去，起居不指，扃（漏）衦（壺）不審，徵餃（繳）不齊。

臧　磊（2013：38）讀為：吏有六殆：不審所親；不祭所使，親人不固；同某相去；起居不指；扃表不審；縈蝕不齊。

---

[11] 「附」的讀法從史傑鵬（2015：100～101）、白於藍（2017：1366）。

[12] 簡文編聯及釋文參考了史達（2014）、讀書會（2011）、方勇（2011）等人的意見。

許道勝（2013：71）讀為：吏有六殆：不審所親。不祭（察）所使，親人不

固。同某（謀）相去。起居不指。扁（漏）衭不審。徽餃（繳）不齊。

陳松長主編（2018：53）讀為：吏有六殆：不審所親，不祭（察）所使，親人

不固，同某（謀）相去，起居不指，縶（徽）蝕（識）不齊，扁表不審。

我們已經在前面給出了自己的釋文，因此，下面我們不準備一一去討論以上三

種讀法在釋字、編聯、斷句上面的問題，而把焦點集中在解決「六殆」所指上

面。

　　不難看出，簡文的「六殆」跟「五則」有部分對應關係。很明顯，「六殆」

的前兩個「殆」，即「不審所親，不察所使」對應「五則」的前兩個「則」：一

曰不察所親則違數至，二曰不知所使則以權索利。

　　從「六殆」的前兩個「殆」可以看出，簡文很可能是以四字一句來說一個

個「殆」的。第三個「殆」是「親人不固」。「固」有「安」義。《國語・魯語

上》「帝嚳能序三辰以固民」韋昭注：「固，安也。」此句在「五則」中沒有相

應的一則，但顯然跟我們前面討論過的「親戚不附」的說法是相應的。由此可

見「六殆」與「五則」並不形成一一對應關係，「六殆」所說的「殆」可以跟簡

文其他地方的話相對應。這說明整篇《為吏治官及黔首》會為強調某一觀念而

採用不同的說法重複說明。

　　「六殆」的第四個「殆」，即「同謀相去」，在「五則」中無對應項，簡文

他處也沒有看到明顯有關係的說法。

　　「六殆」當中的第五個「殆」，即「起居不指」。陳松長主編（2018：48）：

「指：通『稽』，考核。」所說可從，但還可以略作補充。《禮記・儒行》「起居

竟信其志」鄭玄注：「起居，猶舉事動作。」如此，這一句話是跟「吏有五則」

的「三曰舉事不當則黔首嚚（憍）指」相對應的，因此「起居不指」應該是

「舉事不當」的意思。「指」讀為「稽」固然無誤，但不是「考核」的意思。王

念孫《廣雅疏證》「稽，當也」下說：[13]

　　稽者，《玉篇》：「稽，計當也。」《周官・小宰》「聽師田以簡稽」，鄭眾注

　　云：「稽，猶計也，合也。」合，即計當之意。褚少孫《續三王世家》

　　云：「維稽古。稽者，當也。當順古之道也。」（王氏自注「當順古之道

　　也」下補：王莽《量銘》云：「同律度量衡，稽當前人。」）

由於這第五個「殆」跟「五則」的第三則相對應，而且它跟前後簡文也難以合成一個「殆」來理解，這更可以證明簡文所說的「六殆」乃分別以四字一句說出來的。

如此，剩下的第六個「殆」就是「鬠（徵）餃不齊」。讀書會（2014）將「鬠（徵）餃」讀為「徵繳」，大致可從。賈誼《新書・壹通》：「於遠方調均發徵，又且必同。」這是說對不同地區的徵收要「同」。簡文說的可能是相反的情況，即「不齊」。又，「繳」作「交納」講，是比較晚的時候。因此，也許將「餃」讀為「徼」更好。「徼」有「求」的意思。徵徼，其義殆同「徵求」。《穀梁傳・桓公十五年》：「古者諸侯時獻於天子，以其國之所有，故有辭讓而無徵求。」

以上所論是確定了「六殆」的起訖點。那麼，例（20）剩下的簡文就應當是「六殆」之外的內容。為了證明這個看法，下面再簡單說說剩下簡文應該如何理解。

簡文「扁衿」的「衿」是方勇（2011）的改釋，從字形上看是正確的。我們認為「扁衿」應當讀為「漏虛」，指「亭障」發生了「漏」和「虛」的事情。白於藍（2017：394）「盂與虛」條：

> 《周馴》：「越之城旦發墓於干（邗），吳既為盂（虛），其執衛〈衛〉閭盧？」

可見從「于」之字可以讀為「虛」。《為吏治官及黔首》篇簡文尚有「藏蓋聯扁（漏）12-1」、「室屋聯扁（漏）24-2」，可見「扁」讀為「漏」是一致的用法，不必考慮讀為他詞。「亭障漏」可能就是亭障壞了，「亭障虛」古人也常說：[14]

（21）〔明〕王維楨《槐野先生存笥稿》所收《答姚惟貞侍御書》：「今關中諸事以公矯矯之風漸就緒，理葸可慮者，獨亭障空虛，或啟戎心……」

（22）〔清〕張四科《寶閑堂集》卷四《出塞曲》：「亭障苦空虛，雜虜安可盡，撫劍心踟躕，奇功倘能立，衛霍良區區。」

---

[14] 下引三例皆從「中國基本古籍庫」數據庫檢索而得，並與原圖像核對過。

（23）〔清〕皮錫瑞《師伏堂詩草》卷三《聞俄國和議成有感》：「萬里長城亭障虛，引弓冠帶各安居。」

正因為「漏虛不審，畏盜亭障」，因此簡文下面緊接著說「士吏捕盜」。[15]但是因為「徼迣不數，[16]要害弗知」，因而「盜賊弗得」，如此，盜賊勢必越來越多，破壞肯定越來越多，因此又進一步造成「亭障不治，求盜備不具[17]」的局面，可謂「惡性循環」。

　　根據以上分析，從「漏虛不審」到「求盜備不具」應該看做一個意義群，內容跟「捕邊盜」有關。如果把它當做「六殆」當中的一「殆」，也只能看做是第六個「殆」。但是如此反推回去，其他五「殆」就很難一一確定而滿足五「殆」的條件。[18]如果將這個意義群排除在「六殆」之外，那麼剩下的簡文正好是四個字一句成為一「殆」，非常整齊，而且有的還可以跟「五則」相對應。由此可見，「漏虛不審」之類的話是不應該包含在「六殆」當中的。至於為什麼這些不屬於「六殆」的話要抄寫在「六殆」之後，很可能因為這些話表達的內容也是屬於危殆之事。明白此點，對於了解《為吏治官及黔首》的抄寫者如何合抄箴言是有幫助作用的。

附註：

　　本文討論的問題是 2018 年年底在審閱蔡樂佳同學一篇課程論文時才加以關注的，謹向樂佳同學表示感謝。

二〇一九年四月三十日寫定

　　蒙王挺斌先生提醒，烏日先生對秦漢文字的「戚」字的寫法有補充舉證，參看：烏日《秦漢文字戚鐵相混補證》，http://www.gwz.fudan.edu.cn/Web/Show/2842（2016 年 6 月 27 日）。謹向王先生表示感謝。

二〇一九年五月二十二日補記

---

[15] 當然，也有可能「漏虛不審，畏盜亭障」這兩句話是總領以下數句的。這對我們下面的分析影響不大。

[16] 「不數」的「數」，各家的理解不完全一致（如馬芳 2013：27、湯志彪 2011、許道勝 2013：101 等），似皆不準確。其實這裡的「數」是「密」義，與「疏」相反，「不數」就是「疏」，指「徼迣」不夠嚴密。

[17] 「求盜備」當指「求盜之備」，說者或有他說，實不必。

[18] 很可能會有人根據押韻的情況，將「不審所親，不察所使」看作一「殆」（真之合韻），再將「親人不固，同謀相去」看作一「殆」（押魚部韻），又將「起居不指，徼餀不齊」看作一「殆」（押脂部韻）。這樣的話，就有了三「殆」。但是，剩下的三「殆」如何劃定，恐怕是不好決定的。而且，剩下的話大概是不押韻的，在體例上跟前面押韻的幾個「殆」也不協調。因此，我們不能根據押韻來確定哪些句子說的話能算作一「殆」。

參考文獻

安德義（2007）　《論語解讀》，北京：中華書局

白於藍（2017）　《簡帛古書通假字大系》，福州：福建人民出版社

陳松長等（2014）　《嶽麓書院藏秦簡的整理與研究》，上海：中西書局

陳松長主編（2018）　《嶽麓書院藏秦簡（壹-三）釋文修訂本》，上海：上海
　　　辭書出版社

董　珊（2007）　《讀〈上博六〉雜記（續一）》，http://www.bsm.org.cn/show_
　　　article.php?id=607，2007 年 7 月 11 日

讀書會（2011）　《讀〈嶽麓書院藏秦簡（壹）〉》，復旦大學出土文獻與古文字
　　　研究中心研究生讀書會，http://www.gwz.fudan.edu.cn/Web/Show/1416，
　　　2011 年 2 月 28 日

方　勇（2011）　《讀嶽麓秦簡札記（二）》，http://www.bsm.org.cn/show_article.
　　　php?id=1448，2011 年 4 月 13 日

高一致（2015）　《初讀北大藏秦簡〈教女〉》，http://www.bsm.org.cn/show_
　　　article.php?id=2285，2015 年 8 月 13 日

高一致（2016）　《北大藏秦簡〈教女〉獻疑六則》，《簡帛》第十二輯

黃人二（2007=2012）　《戰國郭店竹簡〈語叢一〉「夫生百物人為貴」句釋
　　　解──兼論郭簡之年代》，http://www.bsm.org.cn/show_article.php?id=
　　　519，2007 年 2 月 1 日收入作者《戰國楚簡研究》，上海：上海古籍出
　　　版社，2012 年（改題為「《戰國〈語叢一〉「夫生百物人為貴」句釋
　　　解──兼論郭簡之年代》」，且有修改和補充）

馬　芳（2013）　《嶽麓書院藏秦簡（壹、貳）整理與研究》，華東師範大學博
　　　士學位論（指導教師：張再興教授）

史　達（2014）　《〈嶽麓書院藏秦簡・為吏治官及黔首〉的編聯修訂──以簡
　　　背劃線與反印字跡為依據》，〔德〕史達著、黃海譯，載《出土文獻與
　　　法律史研究》第 3 輯，上海：上海人民出版社

史杰鵬（2015）　《嶽麓書院藏秦簡〈為吏治官及黔首〉的幾個訓釋問題》，
　　　《簡帛》第十輯，上海：上海古籍出版社

湯志彪（2011）　《嶽麓秦簡拾遺》，http://www.bsm.org.cn/show_article.php?
　　　id=1493，2011 年 6 月 15 日

王　輝（2012）　《簡帛為臣居官類文獻整理研究》，中山大學博士學位論文

（指導教師：陳偉武教授）

許道勝（2013）　　《嶽麓秦簡〈為吏治官及黔首〉與〈數〉校釋》，武漢大學博
　　　　士學位論文（指導教師：陳偉教授）

于洪濤（2011）　　《嶽麓簡〈為吏治官及黔首〉札記二則》，http://www.bsm.org.
　　　　cn/show_article.php?id=1480，2011 年 5 月 24 日

臧　磊（2013）　　《〈嶽麓書院藏秦簡（壹）〉校注》，西南大學碩士學位論文
　　　　（指導教師：張顯成教授）

朱鳳瀚（2014）　　《北大藏秦簡〈善女子之方〉初識》，「秦簡牘研究國際學術
　　　　研討會」會議論文，北京大學出土文獻研究所、湖南大學嶽麓書院，
　　　　2014 年 12 月 5 日～7 日

朱鳳瀚（2015）　　《北大藏秦簡「教女」初識》，《北京大學學報（哲學社會科
　　　　學版）》第 2 期

朱漢民、陳松長主編（2010）　　《嶽麓書院藏秦簡（壹）》，上海：上海辭書出
　　　　版社

朱聲琦（1985）　　《上古無指代詞「莫」和「無」》，《雲南民族學院學報》第 4
　　　　期

《中國文字》　　總第一期
The Chinese Characters　No.1
2019年6月　　　頁149-152

談清華四《別卦》中的「臨」

徐在國

安徽大學

摘　要

　　清華四《別卦》5 有個讀為「臨」的字，應分析為從「言」，「林」、「亩」均為聲符，「亩」下所從的「土」是贅加的義符。此字可能是「諫」字繁體，在簡文中讀為「臨」。

關鍵詞：清華簡、別卦、諫、臨

Abstract

There is a character in the Fourth Bamboo Slips of the Warring States Period of Tsinghua University,which is pronounced as "Lin（臨）". It should be analyzed as "Yan（言）" is part of the character, "Lin（林）" and "Lin（亩）" are both vocal symbols, "Tu（土）" under "Lin（亩）" is a redundant symbol. This word may be the traditional form of the character "Lin（諫）", which is pronounced as "Lin（臨）" in the text.

Key words: Tsinghua Bamboo Slips, Bie Gua, Lin（諫）, Lin（臨）

清華四《別卦》5 中有如下一字：

（下用 A 代替）

清華簡整理者硬性隸定，考釋如下：[1]

> A，王家臺秦簡《歸藏》和今本《周易》作「臨」，馬王堆帛書、阜陽漢
> 簡《周易》作「林」。A 字中含聲符「林」，可與「臨」相通。古籍中多
> 「林」、「臨」相通之例（參見高亨纂著、董治安整理：《古字通假會典》，
> 第二四一頁，齊魯書社，一九八九年）。

我們認為此字右旁「林」下是「亩」、「土」，「土」是贅加的義符。戰國文字中
「亩」或從「亩」之字或作：
「嗇」

楚：清華二·繫年 57　　　　包山 150　　　　包山 150

「亄」

楚：清華一·皇門 3　　　清華一·皇門 13　　　清華一·皇門 13

「稟（廩）」

楚：清華二·繫年 123

秦：寺工師初壺　　雲夢·雜抄 14　　里耶 8-448　　里耶 8-1580

1　李學勤：《清華大學藏戰國竹簡（肆）》（上海：中西書局，2013 年），頁 132。

三晉：集成 9977 土勻錍　璽彙 0324　璽彙 3327　陶錄 5·51·3

稟 集成 9575　盛季壺

齊：璽彙 0327　陶錄 3·593·3　齊陶 0276　璽彙 0227

「畾」

楚：清華四·別卦 1

「嗇」

秦：雲夢·效律 14

三晉：集成 11324　二十五年戈　璽彙 0112

集成 9707　安邑下官鍾

從上引諸字看，「靣」上部所從多作「爾」形，或作「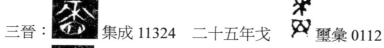」，與 A 所從形近。下部多作「」，或作「」，與 A 所從「」形近。「」釋為「靣」，應無問題。

　　如上所述，A 應分析為從「言」，「林」、「靣」均為聲符，「靣」下所從的「土」是贅加的義符。銅器銘文中，「林鐘」之「林」或作：

集成 00069 兮仲鐘   集成 00108 應侯視工鐘

集成 00146 士父鐘   集成 00207 克鐘

所從「林」、「靣」均為聲符，可以為證。

　　A 可能是「誺」字繁體，《玉篇·言部》：「誺，善言。」「誺」字在簡文中讀為「臨」，這一點清華簡整理者已經指出，此不贅。

《中國文字》　總第一期
The Chinese Characters　No.1
2019年6月　　頁153-156

《詩・陳風・宛丘》「值」字解

馮勝君

吉林大學

摘　要

　　《詩經》是一部非常重要先秦典籍，其中保存了一些後世罕見的用字習慣，也有一些字詞由於年代久遠，一直未有確詁。通過與先秦出土文獻互證，不僅可以解決《詩經》中一些字詞的訓釋問題，還可以為出土文獻用字情況提供寶貴的線索和佐證。例如，《詩經・陳風・宛丘》「值其鷺羽」、「值其鷺翿」句中「值」字的訓釋，頗多爭議。清華簡《金縢》篇「秉璧戴珪」之「戴」，今本相對應之異文作「植」。受到這種用字習慣的啟發，我們認為《宛丘》篇之「值」亦當讀為「戴」。

關鍵詞：宛丘、值、戴

Abstract

　　Shijing（*詩經*）is an important pre-qin classics, which preserves some rare habits of writing in later ages. There are still some words that have not been defined because of their ages. Through mutual verification with unearthed documents of pre-qin period, it can not only solve the problem of the interpretation of some words and phrases in *Shijing*（*詩經*）, but also provide valuable clues and evidence for the use of characters in unearthed documents. For example, there is quit lot dispute about the annotation of "zhi 值" in *shijing.chenfeng.wanqiu*（*詩經・陳風・宛丘*）"zhiqiluyu（值其鷺羽）"、"zhiqiludao（值其鷺翿）". Dai（戴）from "bingbidaigui（秉璧戴珪）" is writing as "zhi（植）" in current documents of Tsinghua bamboo book *jinteng*（*金縢*）. Inspired by this phenomenon, we believe that the "zhi（值）" in *wanqiu（宛丘）* should also be read as "dai（戴）".

Key word:　*wanqiu（宛丘）*, zhi（值）, dai（戴）

《詩・陳風・宛丘》共三章，章四句，全文如下：

> 子之湯兮，宛丘之上兮。洵有情兮，而無望兮！
> 坎其擊鼓，宛丘之下。無冬無夏，值其鷺羽。
> 坎其擊缶，宛丘之道。無冬無夏，值其鷺翿。

詩中描寫一名女子，擊鼓、缶而舞，舞時「值其鷺羽／翿」。《漢書・地理志》：「陳本太昊之虛，周武王封舜後媯滿於陳，是為胡公，妻以元女大姬。婦人尊貴，好祭祀，用史巫，故其俗巫鬼。《陳詩》曰：『坎其擊鼓，宛丘之下。亡冬亡夏，值其鷺羽。』又曰：『東門之枌，宛丘之栩。子仲之子，婆娑其下。』此其風也。」可見班固認為這首詩中所描寫的女子是一名巫女，這一觀點得到了後世學者的認同，如程俊英、蔣見元《詩經注析》謂：

> 這首詩寫一個以巫為職業的舞女。《說文》：「巫，祝也。女能事無形，以舞降神者也。」詩中的「子」就是這樣一個巫女。鄭玄《詩譜》云：「大姬無子，好巫覡禱祈、鬼神歌舞之樂，民俗化而為之。」說明陳國民間風俗愛好跳舞，巫風盛行，所以她不論天冷天熱都在街上為人們祝禱跳舞。巫舞的形式是羽舞，亦稱翳舞、望舞。用鳥羽製成傘形的翳（亦名翿），拿在手裏，舞時蓋在頭上，像鳥一般。[1]

在「值其鷺羽」下注云：

> 值，通植，手持。毛傳：「值，持也。」又可以作「插」或「戴」解。顏師古《漢書注》：「值，立也。」鷺羽，用鷺鷥鳥羽毛製成扇形或傘形的舞具。舞者有時拿在手上，有時插在頭上。[2]

毛傳將「值」訓為「持」，在訓詁學上並無依據。考察「值」的詞義系統，就會發現並不會從中引申出「秉持」義。朱熹《詩集傳》將「值」訓為「植」，《太平御覽》引詩「值」亦作「植」。所以上引程、蔣書一方面將「值」理解為「手持」，又據「植」字立說，將「值」理解為「插」或「戴」。首鼠兩端，莫衷一

---

[1] 程俊英、蔣見元《詩經注析》，第362-364頁，中華書局，1991年。
[2] 同上注。

是。但「值其鷺羽／翿」不可能既表示拿在手中，又表示戴在頭上。如果從出土文獻所反映的用字習慣來看，「值其鷺羽／翿」之「值」應該直接讀為「戴」。清華簡《金縢》篇有「秉璧耆珪」（2 號簡），整理者謂：「秉璧植珪，今本作『植璧秉珪』，故孔傳、鄭注皆訓植為置。《魯世家》『植』作『戴』，段玉裁云《魯世家》、《王莽傳》、《太玄》作『戴』，《易林》作『載』，戴、載通用，陳喬樅釋載璧為加玉璧於幣上。按珪形窄長，故可云植，簡本璧云秉，珪云植，不一定轉訓為『置』。」簡文「耆」，復旦讀書會已經指出當讀為「戴」[3]，陳劍先生認為周公將圭璧等玉器頂戴在頭上，是模擬犧牲之象，同時也是一種轉移巫術，即周公把自己作為犧牲貢獻給先王，同時把武王的病轉移到自己身上[4]。我們認為他們的意見是正確的。從出土文獻「戴」與傳世文獻「植」相對應的的用字習慣來看，《宛丘》中「值／植」亦當讀為「戴」。「值（戴）其鷺羽／翿」，就是帶著用鷺鷥羽毛裝飾的羽冠。在中國古代社會，舞者或巫者（二者的身份往往是重疊的）往往戴有羽冠。如《周禮·春官·樂師》：「有羽舞，有皇舞，有旄舞，有干舞，有人舞。」鄭司農：「皇舞者，以羽冒覆頭上。」[5]「皇舞」之「皇」，鄭玄注謂「書或為『㲺』」。《釋文》：「㲺，音皇。」看來「皇舞」之「皇」有的本子寫作「㲺」。《說文·羽部》：「㲺，樂舞。以羽翿自翳其首，以祀星辰也。」可見「皇／㲺舞」係一種舞者頭上戴著羽冠的舞蹈。

在考古發現中，頭戴羽飾的巫者形象亦屢見不鮮。如良渚玉器中，有張光直先生稱之為「巫蹻」的神人形象（右圖）[6]，整理者描述說：

> 神人的臉面作倒梯形。重圈為眼，兩側有短線象徵眼角。寬鼻，以弧線勾劃鼻翼。闊嘴，內以橫長線再加短直線分割，表示牙齒。頭上所戴，外層是高聳寬大的冠，冠上刻十餘組單線和雙線組合的放射狀羽毛，可稱為羽冠；內層為帽，刻十餘組緊密的卷雲紋。[7]

反山 M12:100

---

[3] 復旦讀書會：《清華簡〈金縢〉研讀札記》，復旦網，2011 年 1 月 5 日。

[4] 陳劍：《清華簡〈金縢〉研讀三題》，《出土文獻與古文字研究》第四輯，上海古籍出版社，2011 年。

[5] 孫詒讓：《周禮正義》第七冊，第 1796 頁，中華書局，1987 年。

[6] 張光直：《濮陽三蹻與中國古代美術上的人獸母題》，《中國青銅時代（二集）》，第 99-100 頁，三聯書店，1990 年。

[7] 浙江省文物考古研究所反山考古隊：《浙江餘杭反山良渚墓地發掘簡報》，《文物》1988 年第 1 期。

神巫所戴的盛大羽冠，令人印象深刻。

　　另外，張光直先生還將金文中「若」字字形與東周銅器紋飾中的舞人形象
進行對比，提出如下觀點：

> 依東周銅器花紋中儀式人像的形象來
> 看，「若」字不如說是象一個人跪或
> 站在地上兩手上搖，頭戴飾物亦劇烈
> 搖蕩，是舉行儀式狀。換言之，若亦
> 是一種巫師所作之祭。[8]

图八　金文中"若"字与东周铜器花纹中的舞人
（金文采自容庚《金文編》；舞人参采自Charles Weber: Chinese Pictorial Bronze
Vessels of the Late Chou Period:1969, Ascona:Artibus Asiae）

由此可見，先秦時期的巫者往往頭戴羽冠，而羽冠所象徵的無疑是溝通天地的
神鳥[9]。而且巫者往往通過藥物或其他方式，進入一種自我催眠的狀態，且歌且
舞，這與《宛丘》篇所描繪的巫者形象無疑是非常貼合的。

---

[8]　張光直：《商代的巫與巫術》，《中國青銅時代（二集）》，第 50 頁。

[9]　同上注。

《中國文字》　　總第一期
The Chinese Characters　No.1
2019年6月　　　頁159-175

婦好墓「盧方」玉戈刻銘的「聯」字與相關問題

陳　　劍

復旦大學出土文獻與古文字研究中心
出土文獻與中國古代文明研究協同創新中心

摘　要

　　著名的殷墟婦好墓所出「盧方」大玉戈，其上刻銘自來皆釋為「盧方□（或「剆」）入戈五」，謂盧方或盧方伯某人所貢獻之玉戈共有五把云云。按所謂「戈」字實係「聑」。「聑」字殷墟甲骨文多見，舊主要有釋「緝（珥）」與釋「聯」兩說，應以釋「聯」為是，可從文字學上加以補證。戈銘當斷讀作：「盧方剆入，聑（聯）五。」或：「盧方剆入。聑（聯）五。」結合有關甲骨卜辭可知，「聯」指「聯繫」、「聯綴」於玉戈、玉圭、玉戚等禮儀性玉質武器上的附屬物或者說「附件」，其物可有可無，其數量可多可少；根據商末銅器銘文「乙卯尊」謂「白圭一」而「聑（聯）琅九」，可知此類附件「聯」應係由若干個玉珠或玉管穿聯起來的串飾，有關數目字蓋就玉珠或玉管之數量而言。此類玉器使用習慣，從未見於古書記載；但在考古發掘出土玉器信息中，尚有若干蛛絲馬跡可尋。

關鍵字：「盧方」玉戈、聑（聯）、緝（珥）、殷周玉器

Abstract

An inscription on the famous so-called "Lufang large jade *ge*-halberd head" from Fu Hao's tomb at Yinxu has long been transcribed as "Lufang ☐ (Gua?) sent in five *ge*-halberd." Scholars believed it was the *ge*-halberd that Lufang gave as a tribute to the Shang. I argue that the graph 戈, rather than its generally accepted transcription as *ge* 戈 "halberd", is equivalent to the graph 聑 seen in Shang oracle bones and bronze inscriptions. Palaeographic evidence supports the identification of the 聑 with the character *lian* 聯. Based on the context in which the *lian* is used in oracle bones and late Shang "Yi Mao *zun*" bronze inscription, I suggest that the *lian* denotes a string of jade beads or jade tubes that attached to ritual jade weapons such as *ge*, *gui*, and *qi*. The custom of attaching *lian* to jade weapons as an ornament is not found in received texts, but there are traces in archaeological findings. Therefore, the "Lufang jade *ge*" inscription should be interpreted as "Lufang Gua sent in (a *ge* with) five *lian*. "

Key words: "Lufang"jade *ge*, *lian*聑（聯）, *er*絔（珥）, Yin and Zhou jade wares

一

　　殷墟婦好墓出土有一件著名的所謂「盧方皆玉戈」（M5：580），發掘者介紹說：[1]

　　……靠援處有安柲痕跡……內後端一面刻有「盧方🐾入戈五」六字，字跡纖細。「盧方」當是方國名，見於甲骨卜辭。在卜辭中，「盧方」亦稱「盧方伯」或「盧伯」。「盧方」之下一字當是人名；「入」有貢納之意；「戈五」二字合文，大意是說，盧方的「🐾」入貢戈五件。……
　　……可知盧方向殷王室入貢的戈應是五件，但是否都隨葬入此墓中，不得而知。我們曾將其他玉戈與有銘刻的戈進行了比較，發現 I 式戈中的 922、581、444、441 四件的形制和玉料與 580 的戈較接近，推測有些或許同是盧方入貢來的。

　　銘中的未釋字，發掘者最初逕釋為「皆」，[2]後改作摹原形。曹定雲先生摹作🐾，釋為「剮」，[3]解釋戈銘亦謂：

　　……「入」，甲骨文中習見，為進貢之意。「某入」即為「某所進貢」。如此，「盧方剮入戈五」即為「盧方首領剮向殷王（或婦好）進貢五件玉戈」。

　　談到此戈的文章書刊極多，從專業的學術研究論著到普及性的講古代玉器鑒定欣賞的通俗讀物，皆沿此類所謂「五件玉戈」的講法。但我們看拓本所謂「戈五」二字合文部分作：

---

[1] 中國社會科學院考古研究所編著：《殷墟婦好墓》，第 134 頁圖七四：1、第 136 頁圖七五：3（銘文拓本），彩版一七：2；下引文見第 131、135、139 頁，北京：文物出版社，1980 年 12 月。更清晰的彩色照片見文物出版社編：《殷墟地下瑰寶──河南安陽婦好墓》第 93 號彩圖，北京：文物出版社，1994 年 12 月。

[2] 中國社會科學院考古研究所安陽發掘隊：《安陽殷墟五號墓的發掘》，《考古學報》1977 年第 2 期，第 77 頁。

[3] 曹定雲：《殷墟婦好墓銘文研究》，第 32 頁圖一，昆明：雲南人民出版社，2007 年 4 月。下引文見第 34 頁。按「剮」字可能出現得相當晚，此形「日」旁又位於全字下方，故更可能係「別」字之繁體。當然，也可能它跟後世的「剮」或者「別」皆無字形沿襲關係。下文隸定作「剮」。

《考古學報》1977 年第 2 期，第 89 頁，圖一九：2

其右下角「五」形尚可辨。所謂「戈」字則有近「土」形部分的筆畫清晰可見，已與一般「戈」字形頗有不合；同時其上方還有筆畫，加起來就跟「戈」字相差更遠了。再看曹定雲先生摹本作：

更可看出全形與「戈」字完全不合，而顯與殷墟甲骨文的 （《合集》29783）係一字。後者釋讀尚有分歧，我贊同釋「聯」之說。下面就先從字形上對此作一些補證。

二

有關字形集中列舉、對比如下：

《合集》32176　　　《花東》480　　　《花東》286　　　《花東》203

 《合集》32721　　《合集》4070 臼（賓組骨臼署辭人名）

《花東》475　《合集》29783 ⊢盧方玉戈銘

西周早期聯作父丁觶（《集成》6446）[4]西周早期考母諸器「匠（瑚）瑈

（璉）」

合文：鬲（《集成》470）、　簋（《集成》3346）、

器（《集成》9801）、　、　壺（《集成》9527.1、9527.2）

　　上舉甲骨金文諸形，應該認同為一字是毫無問題的。其中甲骨文字形中「幺（絲）」形的各種變化，如兩「小圈形」或省而只作一重，「小圈形」或作填實形，或「線條化」變作小短橫等，各方面皆與甲骨文字中從「幺（絲）」之字如「彎」、「緣」等的各種寫法變化完全平行，亦與「午」形變化多相類。[5]有關情況，研究者是很熟悉的。

　　諸形中的甲骨文字，目前各種工具書和論著主要有釋「聯」與釋「緝」兩說。如《類纂》（第 236 頁）、《甲骨文字形表（增訂版）》皆釋「聯」；[6]《古文字類編（增訂本）》釋「緝」；[7]花東卜辭的兩種《類纂》，或釋「聯」，[8]或釋「緝（珥）」；[9]幾種較新的甲骨文字編，亦或釋「聯」，[10]或釋「緝」；[11]或兩說兼採，如《商代文字字形表》釋為「聯」，又加按語謂「或釋『緝』」。[12]個別較

---

[4] 此字釋爲「聯」見劉釗：《古文字構形學（修訂本）》，第 281-282 頁，福州：福建人民出版社，2011 年 5 月。

[5] 以上參看《甲骨文字編》（李宗焜編著，北京：中華書局，2012 年 3 月）第 1280-1281 頁「彎」字，第 1259 頁「緣」字，第 1245-1246 頁「午」字，第 118-124 頁「御」字等。

[6] 沈建華、曹錦炎編著：《甲骨文字形表（增訂版）》，第 47 頁，上海：上海古籍出版社，2017 年 10 月。

[7] 高明、涂白奎編著：《古文字類編（增訂本）》，第 1034 頁，上海：上海古籍出版社，2008 年 8 月。

[8] 洪颺主編：《殷墟花園莊東地甲骨文類纂》，第 97 頁，福州：福建人民出版社，2016 年 11 月。

[9] 齊航福、章秀霞編著：《殷墟花園莊東地甲骨刻辭類纂》，第 79-80 頁，北京：線裝書局，2011 年 8 月。

[10] 劉釗主編：《新甲骨文編（增訂本）》，第 677 頁，福州：福建人民出版社，2014 年 12 月。韓江蘇、石福金：《殷墟甲骨文編》，第 184 頁，北京：中國社會科學出版社，2017 年 4 月。

[11] 《甲骨文字編》，第 218 頁 0742-0745 號。

[12] 夏大兆編著：《商代文字字形表》，第 475 頁，上海：上海古籍出版社，2017 年 10 月。曾專文討論過此

新論著，還有隸定作「聏」者。[13]實則其字當釋「聯」絕無問題，之所以釋「緝（珥）」之說還有市場，大概係因在跟玉器有關的辭例中，釋「緝（珥）」看起來較為直接，釋「聯」則乍視之下難解。詳後文。

目前甲骨學者對有關辭例分歧不大的，是如下同版兩辭。

（1A）甲子卜：不聏（聯）雨。
（1B）其聏（聯）雨。　　　　　　《合集》32176

此兩辭之「聏」舊曾有釋讀為「䫊（瑱）」、「緝」（訓為「盛」）、「緝（止）」、「緝（茸）」、「緝（弭）」等說。[14]現在研究者已有較一致的認識，即應釋為「聯」。此說先後有葉保民、蔡運章、何琳儀與黃錫全、劉桓等多位先生不謀而合地提出過。[15]如被引用較多的蔡運章先生說謂：

> 此字从耳从糸，象用絲繩繫於耳上的樣子，當隸定為聏。從其構形來看，
> 應是聯字的初文或省體。

按《說文‧耳部》：「聯（聯），連也。从耳，从絲（此四字從段玉裁注補）。从耳，耳連於頰。从絲，絲連不絕也。」段注：「周人用『聯』字，漢人用『連』字，古今字也。《周禮》『官聯以會官治』，鄭注：『聯讀為連。古書連作聯。』此以今字釋古字之例。」據此，「聯雨」即「連雨」亦即連縣下雨，文

字的陳冠榮先生，其結論大致為：「『⊘』、『⊘』等字形需依辭例通讀，如：『⊘雨』則讀作『聯雨』；作為禮器、貢品時要將『⊘』讀為『珥』。」亦可謂依違於兩說之間，從語言的角度看是說不過去的。見陳冠榮：《論殷墟花園莊東地甲骨中的「⊘」字——兼談玉器「玦」》，《東華中國文學研究》第十一期，花蓮：東華大學中國語文系，2012 年。又陳冠榮：《李孝定〈甲骨文字集釋〉文字考釋商榷》，《第二十五屆中國文字學學國際學術研討會論文集》，第 234-236 頁，臺北：中國文化大學，2014 年 5 月 16-17 日。

[13] 陳年福：《甲骨文字新編》下編，第 167 頁上，北京：線裝書局，2017 年 6 月。

[14] 參見于省吾主編，姚孝遂按語編纂：《甲骨文字詁林》第一冊，第 652-653 頁，北京：中華書局，1996 年 5 月。釋「緝（弭）」之說見徐中舒主編：《甲骨文字典》，第 1415 頁，四川辭書出版社，1988 年 11 月。

[15] 分別見葉保民：《商周文字考（四篇）》，《復旦大學學報》1980 年增刊。蔡運章：《釋聏——兼談考母諸器銘中的「聯医」》，《河南省考古學會論文選集》，《中原文物》特刊，1981 年。收入同作者《甲骨金文與古史研究》，第 96-102 頁，鄭州：中州古籍出版社，1993 年 12 月。何琳儀、黃錫全：《瑚璉探源》，《史學集刊》1983 年第 1 期。收入劉慶柱、段志洪、馮時主編：《金文文獻集成》第三十七冊，第 535-536 頁，北京：線裝書局，2005 年 6 月。劉桓：《釋聏》，收入同作者《殷契存稿》，第 82-83 頁，哈爾濱：黑龍江教育出版社，1992 年 6 月。後引諸先生說亦皆見此。

從字順。再加上已被論定的前舉考母諸器自名「医聅」即典籍中之「瑚璉」，[16]可以說「聅（聯）」字之釋在辭例上是卡得非常死的。

關於「聅」與「聯」的字形演變關係，前人多以偏旁「單複無別」、「糸」與「絲」的繁簡關係來說解。如葉保民先生謂，「聯字從糸從絲是一樣的」，何琳儀與黃錫全先生以「古文字糸與絲為一字分化，在偏旁中亦往往互作」為說，劉桓先生以「古文字中有一種繁文傾向」、「故從糸其後乃即從絲」云云為說，姚孝遂先生贊同釋「聯」之說，同時又謂「契文即從『耳』，從『糸』。『糸』即『絲』之省。隸可作『緷』」，[17]尚皆嫌把問題簡單化了。

首先，其字嚴格隸定當作「耺」、「聅」（上文即取更合乎一般習慣的「聅」為代表）。隸定作「聅」者，尚嫌不夠準確。諸形中除《合集》29783 一例外，其「幺／糸」形皆與「耳」形「相連」，其間相對位置關係是具有表意作用的，全形並非簡單的由「耳」與「糸」兩個獨立偏旁組成之字。從這個角度來講，亦可見釋為「緷」分析為「耳聲」之說是不合理的。我們知道，偏旁「系」形本即多由原「連於」另一偏旁之「糸」形斷裂開而來，見於「係、孫、縣、𦈌、鯀」等諸字。「系」字本身，就是由「係」字「截取／割取／截除性簡省分化」而來的。其次，如下所論，戰國文字中「聯」本從「茲」作而非從「絲」，後作「絲」者係出於訛變，故逕將所謂從「糸」之「聅」與從「絲」之「聯（聯）」看作前後演變關係，亦與實際情況不合。

裘錫圭先生曾對「聯」字字形有過詳細分析說解。他指出，古文中的「茲」字（即「聯」所從聲符）「象兩『糸』相連，因此它的字義應該跟『聯』、『系』等字相同或相近」；舉古印文「聯」字🀇（《璽彙》2389），指出據此來看「『聯』字正好也是從『茲』的」，又謂：

> 「茲」跟「聯」在語音上的密切關係，是「絲」字所沒有的。「茲」跟「聯」在意義上的聯繫，也比「絲」直接得多。從漢字構造的原則來看，「聯」字從「茲」很合理，從「絲」則有些勉強。**《說文》小篆「聯」字從「絲」，無疑是字形訛變的結果。**這跟「聯」字所從的「茲」在小篆裏訛變為「絲」，是同類的情況。

根據「聯」字本來的字形分析，它的結構應該是：從耳，從茲，茲亦聲。

---

[16]　見前引何琳儀與黃錫全、蔡運章兩文。蔡文釋為「聅医」讀為「璉瑚」，微有不確。

[17]　《甲骨文字詁林》第一冊，第 653 頁。

形聲字的聲旁如果在意義上跟形聲字也有顯著的聯繫，往往就是這個形聲字所從派生出來的詞根，或這個形聲字的初文。……「絲」跟「聯」的關係大概也不出這兩類。它可能是跟「聯」字聲義並近，並且為「聯」所從派生的一個字，也可能就是「聯」的初文。[18]

　　在上述認識基礎上，根據「聯（聯）」字和一些後出字形，我們可以補出字形演進序列的若干中間環節，將「聯」字的源流認識得更加清楚。如下所舉：

西周中期任鼎「聯」字（用作人名）

秦私印「賈聯」之「聯」（《赫連泉館古印存》第 15 頁、《秦代印風》第 83 頁）

、、　　《嶽麓簡（壹）‧為吏治官及黔首》63、12、24

《嶽麓簡（肆）》384　　　《里耶秦簡（貳）》997

　　上舉任鼎「聯」字之形很重要，它是聯繫起「聯」與「聯」的關鍵中間環節。據之可知，「聯」字並非一開始就作「從耳，從絲，絲亦聲」，而是本由「聯」形「變形音化」為從「絲」（任鼎「聯」字中「絲」形與「耳」形橫筆相連構成「絲」形，也可以說「耳」與「絲」旁「共用」一橫筆），再「斷裂」開成為「耳」、「絲」兩個偏旁，即秦印之，或變作上下結構之；前者「絲」旁再訛變為「絲」作，即成《說文》小篆「聯」類字形。[19]

---

[18] 裴錫圭：《戰國璽印文字考釋三篇》之「三、釋『絲』及從『絲』諸字——『䜌』、『欒』、『戀』、『彎』」，收入《裴錫圭學術文集‧金文及其他古文字卷》，第 277-285 頁（引文見第 282-283 頁），上海：復旦大學出版社，2012 年 6 月。

[19] 也許有人會覺得，上舉秦文字類字形，也可能是直接由類字形變來的；形則又為形之變。按一來如此想則類形在演進序列中的位置不自然，二來秦文字中「耳」旁橫筆本常可寫

　　前引裘先生說曾謂，「許慎以『耳連於頰』來解釋『聯』的從『耳』，顯然很牽強」。「聑（聯）」的造字意圖，應即由「絲連於耳」表「聯（連）」義。至於為何選取這個角度造字，應該是與當時人戴耳墜、耳飾的習慣有關。如葉保民先生謂其形「乃是耳上連絲之形」，「說成『絲連於耳』才妥當些」，「或許古人耳飾以絲或以絲來繫飾物」，這是很有道理的。劉一曼和曹定雲先生亦曾謂：

> 商代的耳飾為玉（石）的環、玦等物品。有的學者觀察了一些戴耳飾的商代雕塑人像後，認為當時的人「恐不是直接將耳飾像後世一樣戴在耳垂穿洞中，或卡到耳垂軟肉上」（原注：宋鎮豪：《夏商社會生活史》第 394 頁，中國社會科學出版社，1994 年）。從絑字的字形及商代耳飾的形態來看，**商人可能是用絲線穿於耳垂之穿中，絲線之下連綴著玉耳飾。甲骨文的絑字，省去絲線下所綴之玉珥，只存線形**。我們認為，絑字本義作珥，是可信的。[20]

據此，當初造字時以「絲連於耳」表「聯（連）」義，是很自然的。

　　總之，「聑（聯）」字之釋，從字形源流、文字構造和若干辭例解釋各方面來看，都是完全可以肯定的。

三

　　卜辭中「聑（聯）」字的用法，除前舉人名和「聑（聯）雨」外，更多的是與玉器名同見於一辭，跟盧方玉戈銘用法正同。以前我在討論殷墟甲骨文和族氏金文中「玉戚」的象形字「珷」時，所涉卜辭多有「聑（聯）」字，但其時認識尚不準確，仍從釋「絑（珥）」之說。[21] 有關卜辭略舉如下（釋文用寬式，括號中數字係在六十幹支表中的序數）：

得較長延伸到右半，如「取」字多作 ⊕ 類形，兩方面結合起來看，還是將 ▨ 看作 ▨ 即「聯」形寫法之變、字形演變關係如上述理解爲好。此外，春秋早期眚仲之孫簋（《集成》4120）「聯」字（用作人名）▨ 尚作「聑」形，則應看作較古字形的遺存。

[20] 劉一曼、曹定雲：《殷墟花園莊東地甲骨卜辭考釋數則》，劉慶柱主編：《考古學集刊》第 16 期，第 252 頁，北京：科學出版社，2006 年 10 月。《殷墟花園莊東地甲骨》（中國社會科學院考古研究所編著，雲南人民出版社，2003 年 12 月）第六冊，第 1640 頁，第 203 片下考釋說略同。

[21] 陳劍：《說殷墟甲骨文中的「玉戚」》，《中央研究院歷史語言研究所集刊》第七十八本第二分，第 407-427 頁，2007 年 6 月。

（2）丙寅（03）貞：王其[再]琡，乙亥（12）尞三小宰，卯三大牢。

《合集》34657

（3）丁卯（04）貞：王其再琡緝☐尞三小宰，卯三大牢于☐

《合集》32721

（4）丁卯（04）貞：王其再琡，尞三宰，卯[三大]牢祖乙。

《合集》32420

（5A）庚午（07）貞：王其再琡于祖乙，尞三宰☐乙亥酒。

（5B）王再琡于祖乙，尞三宰，卯三大[牢]。茲用。   《合集》32535

舊文已經指出，上舉幾辭皆屬歷類，顯然當係同時為同事而卜。又舉如下兩辭：

（6）丙寅卜：丁卯子勞丁，再嵜圭一、緝九。在𡧋。來狩自𥄗。
　　　《花東》480（《花東》363卜同事，辭略同）

（7）其𢆶戈一、緝九。　　《合集》29783[無名類]

引用並贊同李學勤先生說。李先生將（6）、（7）兩辭加以聯繫比較，讀「緝」為「珥」，謂：[22]

> 「戈」指玉戈，而當時的玉戈與圭璋是有密切關係的，因此，「戈一，珥九」正相當《花東》卜辭的「嵜圭一、珥九」。

　　現在來看，將「琡、圭、戈」與所謂「緝（珥）」看作並列的兩種玉器，是很不合理的。盧方玉戈銘文，顯然不可能涉及所謂「珥」；同時，「玉戚」與玉戈、玉圭皆屬當時重要的大型玉禮器，要說它們在進獻時總是跟「玉珥」並列，也是很奇怪、有「擬於不倫」之感的。重新細讀上舉卜辭，第（3）辭所謂「緝」〔以下改作「聠（聯）」〕下應僅殘去一字，即如第（6）辭及後舉（10C）那樣「九」、「五」一類的某個數目字；辭末缺文亦應僅有「祖乙」兩字。（3）、（4）兩辭是嚴格的同日卜同事關係，其餘數辭亦皆係在幾天之內就同一事而反復進行的貞卜，其所關心之事不應有實質性的出入。由此可以斷定，（3）之

---

[22] 李學勤：《從兩條〈花東〉卜辭看殷禮》，《吉林師範大學學報（人文社會科學版）》2004年第3期，第2頁。另此文引第（7）辭，釋文末有「又」字，從行款看恐非是。「又」字與上文距離偏大，應屬另一辭。

「琡聯（聯）□」，其所指只能與「琡」係一物；其所「再」即向祖乙進獻之物的主體為「玉戚」，而「聯（聯）若干」則是次要信息，說不說出無所謂。否則，如將「聯（聯）」釋為「緄（珥）」看作與「琡」並列的兩種玉器，與其他諸辭就有矛盾了。由此可見，「聯（聯）若干」一定只能是附屬於「琡」而非與之並列的另一類玉器，上舉與「圭」、「戈」同見之「聯（聯）」，可以類推。

除前舉（6），花東卜辭中還有幾個「聯（聯）」字，據其辭例看與玉器的「附屬」關係此點更為清楚。

（8）丙卜：惠子🐦圭用眾聯（聯）再丁。用。　　　　《花東》203

（9A）丙卜：惠彔吉圭再丁。

（9B）丙卜：惠玄圭再丁，亡聯（聯）。　　　　　《花東》286

（10A）乙巳卜：惠璧。用。

（10B）乙巳卜：惠良（琅）。

（10C）乙巳卜：有圭，惠之畀丁，聯（聯）五。用。　　《花東》475

前舉第（7）辭係商王向鬼神進獻玉器，上舉諸辭則係花東卜辭的主人「子」向商王進獻玉器，其間關係大同。由（8）與（9B）之「眾」與「亡」對舉，可見「子」進獻玉圭可以「附上」「聯（聯）」也可以不附；由（6）與（10C）對比，可見如果附「聯（聯）」，其數目可以有「五」與「九」之不同。[23]尤其是（10C），所貞之事是因「有圭」這個前提條件而生，再卜是否將其進獻給商王，完全無由言及所謂「珥」。而如說為獻圭的同時是否「附屬」上「聯（聯）五」，就完全沒有問題了。

四

據以上所論，盧方玉戈銘只能斷讀作：「盧方𠭯入，聯（聯）五。」或：「盧方𠭯入。聯（聯）五。」「入」即謂貢納該玉戈本身，「聯五」則係對此戈之附屬物的補充說明。所謂「五件玉戈」云云，純屬子虛烏有。

---

[23] 楊州先生從釋「緄（珥）」之說，但同時又已據上引花東卜辭指出「『珥』在使用上往往和『圭』搭配」，「商人還對用『珥』的數目很關心」云云，並懷疑「從這個意義上講，『緄』字也有指某種皮幣的可能性」。其說對所謂「緄」與「圭」之關係的認識，已頗有可取之處。見楊州：《甲骨金文中所見「玉」資料的初步研究》，第 75 頁，首都師範大學博士學位論文（指導教師：黃天樹教授），2007 年 4 月。

記錄「入」器物的銘文，該器物名本身多可不出現。如殷墟出土的玉管刻銘「交入」，[24]西北崗出土的骨笄刻銘有「𠷎入二」。李學勤先生曾謂，「入」「都應讀為貢納的『納』，和殷墟甲骨上面記錄材料來源的刻辭性質相同」，[25]按記錄龜甲來源的刻辭，也多是不出現「龜」一類詞語的。商代「俞玉戈」銘「曰𩰫王大乙，才林田俞䛒」，廣瀨薰雄先生解釋其意謂：「（王）下令為王而向大乙進行𩰫祭，駐在林這個地方的田（官名）之俞進獻這件玉戈。」「進獻」義的「䛒」字之後同樣不再出現賓語「戈」；他又舉出商代玉器刻銘「小臣妥見」（玉琮）、「小臣𢆶𢓊（㔫）」（玉瑗、玉戚）等與俞玉戈銘對照，[26]情況亦同。此外又如殷墟小屯 18 號墓出土的朱書玉戈「……才（在）兆敎守（？）封人才入」，[27]應亦即謂此戈係「封人才」所貢納。[28]以上諸例，皆因其銘本就附著於所入之物上，故該物之名因沒有必要而省略未說出。猶如銅器銘文中作器語亦往往僅言「某某乍（作）」或「某某乍（作）某某（所奉獻、祭祀的對象）」，而不言器名，因銘文本就附著於具體器物上，其所「作」者是不言自明的。

「圭／戈聯五／九」一類說法，與西周金文記錄賞賜物的「干五昜（錫）」〔五年師旋簋、師獸簋（字作「錫」）〕、「旂五日」（輔師嫠簋、師道簋、𢍉鼎）、「䜌（鑾）旂五日」（王臣簋、弭伯師耤簋、虎簋蓋）等等，結構甚為相類。「干五錫」即上有五個「銅泡」的革盾，其間之「附屬」關係尤為相近。如前所述，玉戈銘的自名沒有必要說出；其所貢納的對象，即商王或婦好，在當時作銘人那裏也是不言而喻的，故亦未記。如將此兩項補出，就可以連讀為「盧方入戈聯五」、「盧方㫚入王／婦好戈聯五」，就跟金文所言「（周王賞賜器主）干五錫」、「（周王賞賜器主）（鑾）旂五日」等等，結構完全一致了。反過來講，由於盧方玉戈銘文中不可能涉及所謂「珥」，其銘「盧方㫚入，𦗞（聯）五」的正確釋讀理解，又為前論「𦗞（聯）」與玉戚、圭、戈等的「附屬」關係，提供了積極證據。

---

24 陳夢家：《殷虛卜辭綜述》，圖版拾柒、正文第 45 頁，北京：中華書局，1988 年 1 月。

25 李學勤：《商至周初的玉石器銘文》，收入《李學勤文集》，第 173-177 頁，上海：上海辭書出版社，2005 年 5 月。

26 廣瀨薰雄：《說俞玉戈銘文中的「才林田俞䛒」句》，復旦大學出土文獻與古文字研究中心編：《出土文獻與古文字研究》第六輯，第 443-459 頁，上海：上海古籍出版社，2015 年 2 月。

27 中國社會科學院考古研究所安陽工作隊：《安陽小屯村北的兩座殷代墓》，《考古學報》1981 年第 4 期，第 505 頁。「封人」之釋見劉釗：《殷有「封人」說》，《殷都學刊》1989 年第 4 期，第 17-18 頁。

28 「才」係封人之名。吳雪飛先生讀「入」爲「内」解爲「進獻」義，謂其文「是介紹玉戈的來源」，此可從。但謂「『才入』的『才』或可讀爲『茲』，『才入（内）』即指玉戈爲『』所進獻」，此則不好。見吳雪飛：《安陽小屯 18 號墓出土玉戈朱書考》，《殷都學刊》2016 年第 2 期，第 12-16 頁。

五

　　那麼，諸玉器（皆為禮儀類玉兵器）所附可用數目計之「聯」，到底是指什麼呢？乙卯尊（《集成》6000）為此提供了關鍵材料。

　　乙卯尊或稱「子黃尊」、「子尊」，出土於陝西長安縣灃西大原村。其時代或說為殷代，或說為西周早期，王慎行、李學勤先生定為商末，[29]應可信。其銘云：

> 乙卯，子見，才（在）大室，白□一、聎（聯）琅九，生（牲）百牢。王商（賞）子黃瓚一、貝百朋。（下略）

　　「白」下之字已近完全漫漶不存筆畫，但從文字位置看可以斷定其形筆畫不會太複雜。李學勤先生謂「『白□一』可能即文獻屢見的白圭」，[30]與此情況相合，應可信。「白圭」亦見於花東卜辭193、359。

　　此銘「聎（聯）」字最初發表時釋文作「耴」，[31]到現在仍是佔統治地位的釋法。[32]王慎行先生以「耳垂也」之義說「耴」，解釋謂：「本銘之『耴琅』係指耳垂珠玉，即用珠玉作成的耳環，今俗稱『耳墜子』，屬耳飾之類。」對此王輝先生已經指出，「但祭祀何故要獻耳環，殊不可解」，[33]按此銘並非「祭祀」而係「子」向商王進獻玉器與犧牲，但獻納之物而「白圭」與「耳環」並列，同樣是「殊不可解」，亦正與前述卜辭之例相類。

　　實際上，李學勤先生早已對此字之形的認識發表過接近正確的意見。他曾仔細目驗乙卯尊原器，謂：

> 銘文第三行第一字從「耳」，右側用放大鏡細看，作葫蘆形，是填實的

[29] 王慎行：《論乙卯尊的時代及相關問題——兼與陳賢芳同志商榷》，《文博》1987 年第 2 期，第 46-52 頁。後引王慎行先生說亦見此。

[30] 前引李學勤：《從兩條〈花東〉卜辭看殷禮》，第 2 頁。

[31] 陳賢芳：《父癸尊與子尊》，《文物》1986 年第 1 期，第 45 頁。

[32] 如《古文字譜系疏證》（黃德寬主編，北京：商務印書館，2007 年 5 月）第四冊第 3989 頁、《古文字類編（增訂本）》第 864 頁、《新金文編》（董蓮池編著，北京：作家出版社，2011 年 10 月）第 1587 頁、《商代金文全編》（畢秀潔編著，北京：作家出版社，2012 年 12 月）第二冊第 532 頁、謝明文《商代金文的整理與研究》（復旦大學博士學位論文，指導教師：裘錫圭教授，2012 年 5 月）第 320 頁，皆釋爲「耴」。《商周金文摹釋總集》（張桂光主編，北京：中華書局，2010 年 3 月）第四冊第 992 頁釋作「耴（珥）」。

[33] 王輝：《商周金文》，第 27 頁，北京：文物出版社，2006 年 1 月。但其疑釋「取」，亦非。

「糸」，故為「緝」字。」[34]

試將幾種拓本字形和新發表的照片之形對比如下：

《集成》6000　《文物》1986 年第 1 期第 45 頁圖六（陳

賢芳文所附；《陝西金文集成》第 11 冊第 186 頁所用拓本同）

《文博》1987 年第 2 期第 46 頁（王慎行文所附）

《陝西金文集成》第 11 冊第 186 頁（釋文亦作「耴」）

可知李先生的判斷應是可信的，不過所謂「緝」應按前所論改釋為「聅
（聯）」。所謂「葫蘆形」，亦可聯繫前述卜辭「午、御」等字的變化相印證。
「幺（糸）」形變得像一粗豎線，亦猶族名金文「遂（羌）」字或作██形（《集
成》1464 魚羌鼎）。

　　「聅（聯）琅九」之「琅」即「琅玕」之「琅」，字書韻書及舊注或說為
「珠也」、「似珠者」、「石而似珠」、「石似玉」、「玉名」，等等。上引李學勤先生
文已舉前引第（7）辭，謂「『戈一、緝九』和尊銘的『白□一、緝琅九』顯然
是類似的」，「『珥九』或『珥琅九』，就是九件玉珥」。按我們的看法，「白圭
一、聅（聯）琅九」，是說其玉圭末聯有九個玉珠，「聯琅」應係偏正／定中結
構。前舉卜辭的「圭／戈一、聅（聯）九」，「聯」則係動詞用為名詞，即指
「所聯（於器）之物」。其間關係，猶如古漢語的「佩」（既可作動詞亦可作名
詞即「所佩之物」）與「佩玉」（或「佩劍」、「佩刀」、「佩璽」等）。由乙卯尊辭
例，可知卜辭之「聅（聯）若干」，之所以「聯」可以以數目計，正因其所聯之
物多為穿成串的玉珠一類飾物。

---

[34] 李學勤：《灃西發現的乙卯尊及其意義》，《文物》1986 年第 7 期，第 62-64 頁。

同時還可推測，就玉器而言只說有無「聯」以及「聯若干」者，此類「聯」一般不會是「琅」。因為花東卜辭中還有不少「良（琅）」與「圭」、「璧」或「珮」對舉或連言者，前引第（10）辭即其例（還見於《花東》178，可以看出當時「琅」也應係玉器中較為重要的一類，所以乙卯尊要將所聯之物為「琅」此點特別說出以顯其貴重，由此亦正可見一般所「聯」者並非「琅」。但此類所「聯」之物，總歸應係與玉珠相類者；從考古發掘出土玉器來看，最可能就是多見的所謂「管狀珠」、玉「墜飾」、「玉管」、「管形飾」之類。

玉戈所附之「聯」，應係綁縛在其「內」部分的；當然，從情理推測，要綁得牢固，也不排除係同時繞過戈柲上端而最終下垂於戈內。這可以跟銅戈的「綏纓」聯繫起來認識。我們知道，西周金文常見的賞賜物「戈琱（雕）㦶歆（緱）必（柲）彤沙」，「沙（字亦作『屖』）」即古書之「綏、緌」，垂於戈內尾的纓穗。從大量出土商代晚期及之前的銅戈來看，此類纓飾應該也本來是「綁縛」在內上而非貫穿於其上孔中的。古文字中較忠實地描摹其形者，即作𢦏類形的「戈」字繁體與「彤沙」之「沙」的象形初文「𢦏」（一形多用）。[35] 當時銅戈罕見內部有孔洞者，那些豎闌後方的孔洞即所謂「穿」，應係起插釘以幫助固定戈柲作用。納柲之後，戈內後方要附以綏纓，即只能以綁縛的方式。出土商代及之前的玉圭和玉戚，也有不少內部有孔洞者（應即與銅戈、銅戚之「穿」相對應），因其不納柲，故所聯之物也可能即以絲線或絲帶穿於此中。總之，玉戈、玉圭之「聯」與銅戈之綏纓，兩事應有密切聯繫。作為實用兵器之青銅戈的纓穗，兼具裝飾美觀與實用性（幫助吸收血液而避免流至戈柲滑手）；作為禮儀用器之玉戈和玉圭，其「聯」即以絲線或絲帶串起而聯於器體的小玉管或玉珠等，則主要是作裝飾及增加其價值。由銅戈之「沙／屖」（綏、緌），也可見我們所論之「聯」，並非什麼特別奇怪而不可想像之事。

六

從一般情理推測，盧方玉戈原所附之「聯五」，當時理應一併下葬，或者說在入葬時本就是與玉戈為一體的。接下來的問題自然就是，該玉戈原所附的「聯五」，與出土實物能否對應？商周考古出土玉器中，是否還有相類的材料？

遺憾的是，由於婦好墓墓室被地下水淹沒，有關器物發掘時均處於「潛水

---

[35] 參看王心怡編：《商周圖形文字編》，第 507-510 頁，北京：文物出版社，2007 年 10 月。前引謝明文：《商代金文的整理與研究》，下編九「𢦏一形兩用試析」。

面」以下，盧方玉戈與相關玉器的位置關係皆已不明。不過也還可以作一點推測。該墓出土玉器中與「聯」可能有關者，有所謂玉「墜飾」三十八件、玉「管狀珠」三十件（另有「圓珠」三件）。[36]盧方玉戈的「聯五」，最可能即包括在其中。我們看發掘者對「管狀珠」的形式劃分，「中型的」正好為五件（另為大型的八件，小型的十七件），如下圖：

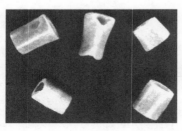

《殷墟婦好墓》第 184 頁圖版一五三：2

它們可能即盧方玉戈的「聯五」。當然，這也可能僅屬巧合，無法斷定坐實。

　　同時，由於我們所謂玉管、玉珠之類「墜飾」與玉戈、圭、戚等玉質「禮儀性兵器」或有「附屬關係」此點，以前尚未被正確揭示出，故在考古發掘及報告編寫中，有關信息可能就被忽略了。略檢殷商西周考古報告，可以明確肯定為本文所論之確證的材料極少，但也還是有一些蛛絲馬跡可尋。

　　江西新干大洋洲商代大墓出土玉器，發掘者所分「飾品」類中，「尚有一些裝飾件和附件，多是作為武器、工具或器物上的裝飾品或附屬品，借以襯托出器物本身的珍貴，同時可以增加威武莊嚴的氣勢，顯示出主人的高貴」，[37]發掘者將其命名為「瓏」。[38]其中有所謂「圓瓏」2 件，發掘者謂「出土時器表黏有朱砂，較細的一段垂直地緊頂著一件虎首戈的下闌。這是玉瓏作為戈柲上裝飾附件的有力例證」。[39]其形如下：

---

[36] 以上見《殷墟婦好墓》，第 181-185 頁。所謂「墜飾」，第 181 頁謂：「從殷墟有關小墓中出土的玉墜位置看，細而高的可能是衣上或腰帶上的墜飾，粗而矮的大概是器物（如刀之類）柄端的墜飾。」

[37] 江西省博物館、江西省文物考古研究所、新干縣博物館：《新干商代大墓》，第 147 頁，北京：文物出版社，1997 年 9 月。

[38] 按此所謂「瓏」蓋由傳統玉器行業稱管狀玉飾品為「玉勒」、「玉勒子」之類而來，並非當時確有此名。「瓏」字字典韻書只謂「玉名」（《玉篇·玉部》）、「美石次玉」（《廣韻·德韻》）等，《說文·玉部》作「瓅」：「瓅，玲瓅也。从玉，勒聲。」

[39]《新干商代大墓》，第 153 頁。

《新干商代大墓》圖版六一：2，XDM：631、632

按我們的理解，這兩件所謂「圓瑂」應即對應的「虎首戈」的「內」部之後原所附之「聯」，嚴格說應係戈頭的附件而非「戈柲上裝飾附件」。當然，如前所述，此類「聯」原本也可能綁縛時是要繞過戈柲頭部的。另外，其所附「虎首戈」應即該墓 XDM：128 銅戈（發掘者謂該戈「曲內的虎頭上沾有朱紅色」云云）而非玉戈，不過這也可以看作因該戈亦係禮儀性用器而非實用的兵器，故亦可附以玉墜飾。仿前舉諸例，此戈即可描述為「戈聠（聯）二」。

上所謂「圓瑂」出土甚多，一般命名為「玉管」，多係佩飾。也有與「玉戈」同出的，如寶雞茹家莊 BRM1（西周穆王時代強伯墓）有兩件玉管與一件大玉戈同出，其形及出土位置關係如下：[40]

其中 234 即大玉戈（通長 30 釐米；盧方玉戈通長 38.6 釐米，二者俱屬大型禮儀玉器），且強伯諸墓中出土大型玉戈僅此一件。243 與 244 即兩玉管，與 234 大玉戈位置正緊相鄰。將其形制與出土位置關係兩方面結合起來看，這兩件玉管也最可能本即「聯」於大玉戈的墜飾。如此說可靠，則可說明禮儀性玉兵聯以墜飾的做法或者說使用習慣，尚至少一直延續到西周中期。但在傳世古書中，則已經完全不見有關記載了。

二〇一九年二月二十四日

[40] 北京大學震旦古文明研究中心等編著：《強國玉器》，第 166-167 頁，北京：文物出版社，2010 年 2 月。盧連成、胡智生：《寶雞強國墓地》上冊，第 278 頁，北京：文物出版社，1988 年 10 月。

《中國文字》　　總第一期
The Chinese Characters　No.1
2019年6月　　　頁177-202

唐代《九經字樣》俗字觀探微
——以逕稱「俗（字）」者為例

袁國華

香港恒生大學副教授

摘　要

　　唐代文獻多以手抄方式傳承，由於抄寫者書寫習慣不同，或抄寫者對字形構造理解有別，致使書寫字形不符規範，異體字因而大量產生。異體字充斥，使人無所適從，字樣學應運興起。

　　《九經字樣》乃唐代字樣學代表文獻之一，著者唐玄度。該書撰著目的在於辨析經學典籍文字，訂其訛誤，辨析訛俗字，並為經學典籍文字建立規範，以供時人後學參考、遵循。

　　本文旨在揭示《九經字樣》著者唐玄度辨析俗字之依據及方法，進而利用出土古文字資料，斷其得失，定其是非，論其優劣。惟倉卒成篇，疏漏難免，尚望大雅君子，不吝賜教。

關鍵詞：唐玄度、九經字樣、俗字、字樣

Abstract

　　Most of the literature in the Tang Dynasty were copied by handwriting. Because of writing habits or understandings of the glyph structure were differerent , the characters of the hand copied literature always varied from person to person, so the variant characters could be found easily.

Too many variant characters made it difficult to identify, so "Zì Yàng Xué"（字樣學）emerged.

"Jiǔ Jīng Zì Yàng"（九經字樣）is one of the representative "Zì Yàng Xué" literature of the Tang Dynasty. The purpose of the book is to analyze the texts of literature, to correct their mistakes, to discriminate between the popular characters, and to establish norms for the texts of literature, for reference and follow-up.

The purpose of this paper is to reveal the basis and method of distinguishing the popular characters by the author "Tang Xuan Duo", and then use the unearthed ancient texts to judge its right and wrong, and to discuss its merits and demerits.

Key words: Tang Xuan Duo, Jiǔ Jīng Zì Yàng, Popular characters, Zì Yàng Xué

一　前言

　　字樣書乃唐代正字運動之產物，正字運動亦即文字規範化運動。唐玄度《九經字樣》係唐代字樣學代表文獻之一。字樣學重要著作包括顏師古《顏氏字樣》、顏元孫《干祿字書》，後至唐玄宗頒布《開元文字音義》與《開成石經》、張參《五經文字》、唐玄度《九經字樣》等。

　　《五經文字》、《九經字樣》之撰寫，與《開成石經》關係密切。石經始刻於〔唐〕開成二年，至乾符三年完成，前後歷時三十九年；因始刻年為名，故稱《開成石經》。《開成石經》內容，包括：《易》、《書》、《詩》、《周禮》、《儀禮》、《禮記》、《春秋左氏傳》、《春秋公羊傳》、《春秋穀梁傳》、《孝經》、《論語》以及《爾雅》等十二部儒學經典，共刻石百十四方，雙面鐫刻，共計二百廿八面。

　　石經刊刻以前曾歷經壁本、木版本二個階段。未立石經以前，為便學子校正訛誤，國子監曾將經文書於〔唐〕長安城務本坊國子監講論堂兩廊屋壁之上，即「五經壁本」（亦稱「壁經」）。其後改為木版墨書，最終改成石刻。刻石以前曾重新校勘木版「五經壁本」，主持人由翰林待詔朝議郎唐玄度擔任。《五經文字》、《九經字樣》皆為校勘之成果。[1]

　　《九經字樣》撰寫之目的，除為刊刻石經作準備外，還在於借助古今文字形音義異同之辨析，規範經籍文字形體，於正字運動史貢獻良多。《九經字樣》乃參考多種字樣書撰著而成，亦為增補張參《五經文字》所未備者。二書皆附刻於石經之末。

二　《九經字樣》作者

　　《九經字樣》作者唐玄度，字彥升，唐文宗時人，善於文字、書法，里籍及生卒年不詳。據文獻記載唐氏書法自成一格，歐陽修在《集古錄》云：

　　玄度以書自名于一時，其筆法柔弱，非複前人之體，而流俗妄稱借之爾。[2]

---

[1]　戴震序云：「〔唐〕國子司業張參《五經文字》初書於屋壁，日久剝壞，乃更土塗以木版，關其背使負墉相比，而書其表語詳。劉禹錫國學新修五經壁記，及開成二年國子監九經石壁成。翰林勒字官唐玄度複拾補參所略，為《九經字樣》，二書即列石經之後。」又參吳麗君，〈《唐開成石經》刊刻之社會背景綜述〉，《承德民族師專學報》，2005 年 3 期，頁 38-40。

[2]　參〔宋〕歐陽修，《集古錄》（十卷），臺北：藝文印書館，1966 年，頁 125。

黃伯思《東觀餘論》云：

> 玄度十體中作飛白書與散隸相近，但增縹緲縈舉之勢，又全用楷法。[3]

除書法了得，唐氏亦精於小學。《宣和書譜》云：

> 唐元（玄）度不知何許人也，精于小學，動不離規矩，至於推原字畫，使有指歸，橫斜曲直，偏傍上下，必就楷則，考其用意精深，非特記姓名而已，真可列於六藝，施之後學，得以模倣，故作《九經字樣》，辯證謬誤，又為「十體」：曰古文、曰大篆、曰小篆、曰八分、曰飛白、曰薤葉、曰垂針、曰垂露、曰鳥書、曰連珠，網羅古今繩墨蓋亦無遺。[4]

唐玄度所撰《十體書》，對《史籀篇》流傳來龍去脈亦有清楚述說：

> 大篆，周宣王太史史籀所造。始變古文，著《大篆》十五篇。秦焚《詩》、《書》，惟《易》與此篇得全。逮王莽之亂，此篇亡失。建武中曾獲九篇，章帝時王育為作解說，所不可通者十有二三。晉時此篇廢，今略傳字體而已。[5]

就以上記載推斷，唐玄度後來得以參與刊刻開成石經，應與其具備文字學專長關係密切。《九經字樣序》、《舊唐書》以及《新唐書》分別記載唐玄度曾經參與刊刻開成石經，並撰著《九經字樣》。

《九經字樣序》云：

> 右國子監奏得覆定石經，字體官翰林待詔、朝議郎、權知沔王友、上柱國賜緋魚袋唐玄度…。[6]

---

[3] 　參中國碑帖經典委員會，《集王羲之書金剛經・簡介》，上海：上海書畫出版社，2001 年，頁 1。

[4] 　參《宣和書譜・卷一》，載《宣和書畫譜》，北京：中國書店，2014 年，頁 248-249。

[5] 　參《全唐文・卷七百五十九》唐玄度〈論十體書〉，載《全唐文》，太原：山西教育出版社，2002 年，頁 4649。

[6] 　參〔唐〕唐玄度，《九經字樣》（文淵閣四庫全書本），臺北：商務印書館，1983 年，頁 297。

而《舊唐書》云：

> 依〔後漢〕蔡伯喈刊碑列于太學，創立石壁九經，諸儒校正訛謬。上又令翰林勒字官唐玄度復校字體。[7]

由此可知唐氏於開成年間，曾任覆定石經字體官翰林待詔、朝議郎，權知沔王友等職，並參與復校石經文字之工作。《新唐書》亦有唐玄度《九經字樣序》之記載云：

> 唐玄度九經字樣一卷，文宗時待詔。[8]

唐氏既精書法，深明隸變現象，了解字形構造，又熟悉字形發展歷史，種種條件對於唐氏得以參與復校九經字體應有莫大幫助。

三　唐代俗字之產生與《九經字樣》

漢字自商代甲骨文後發展從未間斷，至魏晉南北朝漢字字體篆、隸、楷、行、草同時並行，因無嚴格規範，雜亂無章，錯別字、俗字、異體字於文籍之中，觸目皆是，及至唐初，情況尤為嚴重。

秦代以降之情況，〔宋〕毛居正《六經正誤·序》云：

> 自秦政滅學，經籍道熄，迨隸書之作。又舉先正文字，而並棄之，承訛襲舛，愈傳愈失。蔡伯喈書《石經》有意正救之，旋亦焚蕩。張參所見《石經》又不知果為蔡本以否，所引經文多失字體。魏晉以來則又厭樸拙，耆姿媚，隨意遷改，義訓混淆，漫不可考。重以避就名諱，如「操」之為「摻」、「昭」之為「佋」，此類不可勝舉。況唐人統承西魏，尤為謬亂。陸德明、孔穎達同與登瀛之選，而《釋文》、《正義》自多背馳。至開元所書《五經》，往往以俗字易舊文，如以「頗」為「陂」、以「平」為「便」

---

[7]　《舊唐書》云：「依〔後漢〕蔡伯喈刊碑列于太學，創立石壁九經，諸儒校正訛謬。上又令翰林勒字官唐玄度復校字體，又乖師法，故石經立後數十年，名儒皆不窺之，以為蕪累甚矣。」參《二十四史全譯·舊唐書》，本紀第十七下，文宗下，開成二年，上海：漢語大辭典出版社，2004 年，頁 481。

[8]　參《二十四史全譯·新唐書》，志第四十七，藝文一，小學類，上海：漢語大辭典出版社，頁 1160。

之類，又不可勝舉。而古書益邈，五季而後，鏤版翻印，經籍之傳雖廣，而點畫義訓謬誤。[9]

秦始皇焚書坑儒，學術式微，經籍散佚，道術不傳，而歷代雖有有識之士訂正文字，可惜相關成果皆未受重視而失傳，如蔡邕寫定石經，圖救其弊，不久亦遭火劫蕩然無存。魏晉之際，於文字筆勢競相求新，隨意增減改變筆畫，字義混淆，難以考究。至唐代情況更為混亂，甚至連刊刻開元《五經》，還以俗字取代正字。

魏晉南北朝之習尚影響唐代最為深遠，〔北齊〕顏之推《顏氏家訓·雜藝》對當時情況作以下描述：

> 晉、宋以來，多能書者。故其時俗，遞相染尚，所有部帙，楷正可觀，不無俗字，非為大損。至梁天監之間，斯風未變。大同之末，訛替滋生。蕭子雲改易字體，邵陵王頗行偽字，朝野翕然，以為楷式，畫虎不成，多所傷敗。至為一字，唯見數點，或妄斟酌，逐便轉移。爾後墳籍，略不可看。北朝喪亂之餘，書跡鄙陋，加以專輒造字，狠拙甚於江南。乃以「百念」為「憂」，「言反」為「變」，「不用」為「罷」，「追來」為「歸」，「更生」為「蘇」，「先人」為「老」，如此非一，遍滿經傳。[10]

魏晉南北朝時代書法能手眾多，楷書書法有鑑賞價值，雖俗字夾雜其中，猶不損其藝術價值。大同年間蕭子雲，邵陵王蕭子貞改變字體，時人效法用寫楷書，不良影響逮及北朝遺害尤甚。自此俗字大量產生，難以規範，及至唐代更有一發不可收拾之勢。

文字混亂情況，直接影響當時經典用字，使經典文字失去共同規範。唐代政權消弭魏晉以來亂局，統一天下，足以運用強大政治力量推行正字運動，一則獎勵教育，一則鞏固科舉考試，進用人才，人才為政府效力，從而使國家安定。[11]《開成石經》乃唐代正字運動里程碑。唐文宗開成年間，唐玄度《九經字樣》與張參《五經文字》一併附刻於開成石經之末。

---

9 〔宋〕毛居正，《六經正誤》（六卷），臺北：商務印書館，1983 年，頁 457。

10 〔北朝〕顏之推撰，李振興、黃沛榮、賴明德譯註，《顏氏家訓》，臺北：三民書局，1993 年，頁 384。

11 參曾新，〈唐代正字運動研究〉，《遼寧教育行政學院學報》，第 29 卷第 4 期，2012 年 7 月，頁 62-64。

　　《九經字樣》序云「《五經文字》本部之中，採其疑誤舊未載者，撰成《新加九經字樣》一卷。凡七十六部，四百廿一文。」[12]書序言共收 421 字，實為 422[13]字，以 76 部首統攝。起首 75 部始於「木」部，終於「韋」部，各部所收字數不一，「彳」、「口」兩部單字連重文各收 15 字為最多。部首之下字數最少者祇收一個單字，包括「鬲」、「彡」、「戈」、「大」、「夊」、「爪」以及「匚」等七部，共收 347 字。第 76 部共收 75 字，每部之下收字皆在 2 字之內。《九經字樣》正字字形，以《說文》字形為首選，然後依次為經典相承、隸省或隸變之字，全書合計收錄單字連重文 422 字，保存了大量隸變以後、或由隸變楷之漢字構形和俗字字體筆勢演變發展之寶貴研究材料。

　　「九經」一詞見於唐代。屬於「九經」之典籍，有兩種說法，一說是「五經」（《易》、《書》、《詩》、《禮》、《春秋》），加上《周禮》、《儀禮》、《論語》、《孝經》；另一說是《易》、《書》、《詩》、三禮（《周禮》、《儀禮》、《禮記》）以及春秋三傳（《春秋左氏傳》、《春秋公羊傳》、《春秋穀梁傳》）。惟據文字用例所出典籍查核，《九經字樣》注明稱引之經書，包括：《易》、《書》、《詩》、三禮（《周禮》、《儀禮》、《禮記》）、《春秋左氏傳》、《春秋公羊傳》、《論語》以及《爾雅》等十種，收字實際已超出「九經」範圍；此外「口」部「亯」字形稱引《說文》，而《說文》「亯」字條下云：「獻也。從高省曰象進孰物形。孝經曰：『祭則鬼亯之』。」[14]查《孝經》原文句云：「夫然，故生則親安之，祭則鬼享之。」《九經字樣》原與《五經文字》一同附刻於《開成石經》之末。《開成

---

[12] 參〔唐〕唐玄度，《九經字樣》（文淵閣四庫全書本），臺北：商務印書館，1983 年，頁 296。

[13] 錯誤出於「牛」部字數紀錄有誤，部下共收六字，目前所見至少有三種版本誤記為「凡五字」，經逐一核對各種版本，拙見認為應以 422 字為是。李蘇和則認為全書共收錄 423 字，李氏又多計一字之主要論據如下：「《九經字樣序》中對字數的記載與實際上有差之原因在『宀部』。《九經字樣》宀部下注云：『凡一十一字，五字重文』，但參考石經拓本《九經字樣》，該部所屬的字有七字：『宣／宜』、『宮／宮』、『賓』、『㝲／寒』、『癊／夢』、『寋』、『竂／窣』，兩個單一正字，五個重文，共有十二字。值得注意的是，除了據石經刊刻的『皕忍堂刊本』《九經字樣》以外（因清代唐石經的部分有了缺損，而該版本中『宀部』之末無文），其他版本『宀部』的內容《九經字樣》『宀部』皆與石經拓本《九經字樣》不同。『寋』下補充寫『塞』，故該字變成重文，並且刪除『竂／窣』，可見以此剛好作成『宀部』下注的字數『十一字』。清人孔繼涵在《九經字樣疑》中亦提到言：『按馬氏本與凡幾字重文皆合音展。展字下半榻本尚存補缺，刪去下隸二字，且出竂／窣二字則不符多矣。今從馬氏，本漆七字。』（原注：〔清〕孔繼涵：《九經字樣疑》，收錄於《四庫未收書輯刊》，北京出版社，1997 年，貳輯 14，頁 101。）目前無法知道如此的錯誤從何時開始，不過顯然可見後代學者皆不察石經《九經字樣》的原貌，直接從有誤的版本刊刻，因此造成現在我們可見的《九經字樣》中，無一版本載有『竂／窣』的。」參李蘇和〈唐玄度《九經字樣》研究〉，頁 46-67，政治大學中國文學系九十七學年度碩士學位論文，2008 年 12 月。拙見認為應以 422 字為是，皆因唐石經外，各本「宀部」下所注字數皆為「十一字」，無一例外，若計「宀部」為 12 字，則收錄字形與所注字數二者同時皆誤方有可能，此問題暫時難以解決。

[14] 參段玉裁，《說文解字注》，臺北：藝文印書館，2005 年，頁 231。

石經》亦稱《唐石經》，乃匯集中國傳統儒家經典《易》、《書》、《詩》、《周禮》、《儀禮》、《禮記》、《春秋左氏傳》、《春秋公羊傳》、《春秋穀梁傳》、《孝經》、《論語》、《爾雅》等十二種儒家文獻而成。顯然《九經字樣》收字範圍已兼及「十二經」中，除《春秋公羊傳》外，其餘十一種儒家文獻，皆因該書收字範圍係以《開成石經》為依歸之故。

　　《九經字樣》乃唐代字樣學代表文獻之一。該書撰著目的在於辨析經學典籍文字，訂其訛誤，辨析訛俗字，並為經學典籍文字建立規範，以供時人後學參考、遵循。

四　《九經字樣》逕稱「俗（字）」字例分析

　　《九經字樣》確實列入俗字之字，共有十例，試就其字形結構以及字形演變逐一分析如後。從而了解唐氏定立俗字之標準。

（一）「亻」（人）部──躬／躳

　　《九經字樣》「躬／躳：身也。《說文》云下俗躬。今經典通用之。」[15]
　　「躬／躳」字字形演變：

古璽	包山 2.226	說文 小篆	縱橫家書 165	華嶽廟 殘碑陰
		（躳） （躬）		

【釋形】：「躳」字出於戰國以後，本從身、呂聲，呂為「宮」之初文。[16]《說文》以為「呂」即「呂」，因而誤解字形。東漢以後改以「弓」為聲符。縱橫家書之右旁訛作「𨚫」與「邑」類近。[17]

---

[15] 參〔唐〕唐玄度，《九經字樣》（文淵閣四庫全書本），臺北：商務印書館，1983 年，頁 298。

[16] 參季旭昇，《說文新證》上，臺北：藝文印書館，2002 年，頁 606。

[17] 《戰國縱橫家書》一六五：「皆識秦『之欲無』躬（窮）也。」銀雀山漢簡「窮」均从𦉪、𦉪作「竆」（49、124、268、285、373、374、569、570、582、730），參駢宇騫，《銀雀山漢簡文字編》卷六邑部，北京：文物出版社，2001 年，頁 233-234。

【華案】：由文字演變資料考察之結果，「躬」乃晚出字形。《說文》「躳（躬）：身也。從呂從身。躬，俗從弓身」[18]，《九經字樣》從《說文》所載將從弓之「躬」視為小篆「躳」之俗體。由此可知，唐氏判定「躬」為俗字，全據《說文》。然而將從「身」之「躳／躬」字歸入「亻」部，則與《說文》有別。唐氏所以將從「身」之「躳／躬」字歸入「亻」部，其依據見於《說文》「身」字條下之解釋。《九經字樣》「身／身：躬也。象人之身。上《說文》。下隸省」，《說文》「身（身）：躳也。象人之身，從人厂聲。凡身之屬皆從身。」[19]《說文》認為「身」乃從「人厂聲」之形聲字，唐氏似據此將從「身」之「躳／躬」字，歸入「亻」部，唐氏將「嚴式隸定」之「身」與「身」隸定字形並列，是為了證明歸部合理。「身」字字形演變：

合	西周	班簋	嶽麓	博五	說文	銀雀山	西睡
822 正	H11:64	1512		君 2	小篆	555	48.4

然而《說文》將「躳／躬」字歸入「呂」部，並非「身」部，唐氏則隻字未提，從構形考察，「身」當為一獨體象形字，歷代字書亦多單獨自成一部首，《九經字樣》將之歸入「亻」部，考之於字形之構造，理據顯然不足。

（二）「艹」部——蓋

《九經字樣》：「蓋，案《字統》公艾翻，苫也、覆也；《說文》公害翻，從艹從盍，取盍蓋之義。張參《五經文字》『又公害翻』，並見艹部，艹音草。玄宗皇帝御注《孝經石臺》亦作蓋。今或相承盖者，乃從行書艹。與荅、若、著等字並皆訛俗，不可施於經典。今依《孝經》作蓋。」[20]

[18] 參段玉裁，《說文解字注》，臺北：藝文印書館，2005 年，頁 347。
[19] 參段玉裁，《說文解字注》，臺北：藝文印書館，2005 年，頁 392。
[20] 參〔唐〕唐玄度，《九經字樣》（文淵閣四庫全書本），臺北：商務印書館，1983 年，頁 299。

「蓋」字字形演變：

| 秦公簋 | 郭店 窮達 3 | 嶽麓 1214 正 | 說文 小篆 | 漢印徵 | 銀雀山 閤廬 192 | 武威簡 |

【釋形】：「蓋」字乃從「艸、盇聲」之形聲字，小篆及其以前之古文字字形結構大致相同。至漢代才出現一種新書體——「盖」，乃將四畫之「艹」改寫成三畫之「丷」，又將「去」簡省成「王」；「蓋」之簡化字「盖」字字形即從此出。

【華案】：《說文》「蓋 （蓋／蓋）：苫也。從艸、盇聲。」[22]盖、荅、若、著四字《說文》皆歸「艸」部。特別指出「盖」為「蓋」之「訛俗」字體，皆因唐氏與《五經文字》處理蓋、荅、若、著四字字形，做法不同。《五經文字》云：「荅／荅：上說文。下石經。此荅本小豆之一名。對荅之荅。本作畣。經典及人間行此荅已久，故不可改變。」[23]又《五經文字》「著：竹去反。明也。又紵略反。又陟略反。又竹呂反。見《論語》注又音除。見《詩》。」[24]

　　張參《五經文字》因石經「荅」寫成「荅」，故將「艹」頭寫作「丷」之「荅」定為正字，惟該書定「蓋」、「著」為正字，而「若」、「著」則否，唐氏似對這種不一致之處理方式並不認同。三畫之「丷」乃四畫之「艹」異寫字體，早見於漢代。漢代武威竹簡除上見「蓋」字之例，「若」字亦不乏其例：

21　銀雀山漢簡簡 192《孫子兵法．見吳王》閤廬作「蓋廬」，「蓋」作 蓋（蓋），見駢宇騫，《銀雀山漢簡文字編》卷一，頁 22，北京：文物出版社，2001 年。

22　參段玉裁，《說文解字注》，臺北：藝文印書館，2005 年，頁 43。

23　「畣」（答）字亦見上博簡、清華簡。《上海博物館藏戰國楚竹書》（二）「魯邦大旱」簡 3：「賜，爾問巷路之言，毋乃謂丘之 畣（答）非歟？」；又（三）《仲弓》簡 6：「仲弓畣（答）曰：『雍也弗問也。』」。清華簡《皇門》簡 9：「畣」「乃隹（維）乍（詐）以畣（答），卑（俾）王之亡（無）依亡（無）勴（助）。」；又《周公之琴舞》簡 9：「畣」「曰亯（享）畣（答）舍（余）一人。」《說文》無「答」字，楚之「畣」「畣」及其變形當是「答」之專字。簡文之「畣」，典籍多作「對」。參李守奎、曲冰、孫偉龍編，《上海博物館藏戰國楚竹書（1-5）文字編》，頁 276，北京：作家出版社，2007 年。

24　參〔唐〕張參，《五經文字》（三卷），臺北：商務印書館，1983 年，頁 265。

「若」字字形演變：

甲 205　　　毛公鼎　　　信陽　　　睡虎地　　　小篆　　　武威簡　　　華山廟碑

後世碑帖則多見，如：岦（顏家廟碑－修復）；若（魏碑）、若（張猛龍碑）、若（〔唐〕虞世南）、若（〔唐〕褚遂良）；著（魏碑）、著（〔唐〕歐陽詢）。除隸、楷書外，行、草書體尤為常見，甚至石經亦不例外，但唐氏指出這類「艹」字異寫，包括「盖」等字「皆訛俗，不可施於經典」。由此可見，唐氏認定「葢／蓋」之正字或據《說文》，或據《石經》。

（三）「竹」部──筽／互

　　《九經字樣》「筽／互：音護。可以收繩者。中象人手所推握也。俗作𠄔者訛。上《說文》，下隸省。」[25]
　　「互」字字形演變：

《說文》　　裴務齊正字本《刊謬　　蔣斧舊藏　　　　　《敦煌俗字譜》
小篆　　　補缺切韻》去聲 13　《唐韻》去聲 11　　第 0025 號

新撰《字鏡》　〔唐〕孫過庭書譜
第 135

【釋形】：互字最早見於《說文》小篆，行、楷體字形「与」與「与」、「𠄔」與「牙」二字極似。

【華案】：《說文》「𠄔（筽）：可以收繩也。從竹，象形。中象人手所推握也。互，筽或省。」[26]筽乃古代一種收繩工具，王筠《說文釋例》指出「互字象

[25] 參〔唐〕唐玄度，《九經字樣》（文淵閣四庫全書本），臺北：商務印書館，1983 年，頁 300。
[26] 參段玉裁，《說文解字注》，臺北：藝文印書館，2005 年，頁 197。

形，當是古文」[27]，並認為《說文》「笶或省」說法本末倒置。正確說法是：互為初文，加竹之笶是其後出形聲字。王筠所言合乎漢字發展規律，值得參考。

　　對於「互」字字形結構之分析，另有一說。張自烈《正字通》云：「俗互字或謂牙，與牙本同一字」[28]，又《增廣字學舉隅》「牙／牙：上音芽。齒也。本作牙、作牙。下即互字詳後俗語字，音內。」[29]「牙」字如：牙（〔隋〕姚辯墓志）、牙（〔唐〕高宗・李勣碑）等，與「牙」書法與字形皆近。章太炎《小學答問》指出「互」本「牙」之借字。[30] 季旭昇在〈釋互〉一文中，首先對《說文》「笶（互）」之解釋存疑，繼而考察文獻所見「互」字之意義，發現並沒有「收繩器」之用例，從而推斷今本《說文》把「互」字列為「笶」字之或體，可能非《說文》原貌，最後根據牙字字形演變之脈絡，兩字古音，以及古籍「牙」、「互」二字混用之例子，證明「互」、「牙」二字為同源分化字。[31]

　　由《九經字樣》所言互「俗作牙者訛」[32]，亦可得知唐氏不承認與牙字同形俗寫之牙，與互同字。然而漢字異字同形之情況，比比皆是，可惜唐氏忽略其文字學意義，未能作深入探討。

---

[27] 參王筠，《說文釋例》（八卷，存七卷），北京：國家圖書館出版社，2011 年。

[28] 參〔明〕張自烈，《正字通》上海：上海古籍出版社，1995 年，頁 77。

[29] 參〔清〕鐵珊，《增廣字學舉隅》，臺北：天一出版社，1975 年，頁 38。

[30] 章太炎，《小學答問》：「互、牙古音近，互借為牙，《說文》：『牙，象上下相錯之形。』……亦云犬牙交錯，是交錯者，正當言牙。隸書牙、互相似，其為交牙義者，多書作牙，世人乃謂是互之誤，躓矣。」見《章太炎全集（《新方言》、《嶺外三州語》、《文始》、《小學答問》、《說文部首均語》、《新出三體石經考》）》，頁 478，上海：上海人民出版社，2014 年。

[31] 參季旭昇，〈說互〉，《第四屆中國文字學全國學術研討會》，中央大學文學院中國文學系所、中華民國文字學會主辦，1993 年，頁 27-42。又參季旭昇，《說文新證》上，臺北：藝文印書館，2002 年，頁 368。又參李蘇和，〈唐玄度《九經字樣》研究〉，頁 205，政治大學中國文學系九十七學年度碩士學位論文，2008 年 12 月。

案：《嶽麓書院藏秦簡（貳）》書中，有三個字形與「巨」相同的字見於下列簡文：

【一】（嶽麓二　71/J24）：「合分述（術）曰：母乘母為法，子巨（互）乘□為實＝，（實）如法得一，不盈法，以法命分。」

【二】（嶽麓二　202/0413）：「贏不足。三人共以五錢市，今欲賞（償）之，問人之出幾可（何）錢？得曰：人出一錢三分錢二。其述（術）曰：以贏、不足巨（互）乘母」

【三】（嶽麓二　204/0790）：「贏、不足其下，以為子＝，（子）巨（互）乘母，並以為實（實），而並贏、不足以為法，如法一斗半。」

以上所見三個「巨」字，雖然其字形與「巨」完全一樣，但實際上應該釋為「互」。張家山漢簡《算數書》簡 29、30「互乘母」句之「互」，字形作巨、巨，亦與「巨」無別。「互」與「巨」二字之關係，尚待考究。

[32] 收錄「牙」字之字書如尚有以下數種：一、《龍龕手鑑》「牙：俗。」二、《彙音寶鑑》「牙：牙之誤字。」三、《字彙》「牙：與互同，見釋藏。」參李蘇和，〈唐玄度《九經字樣》研究〉，頁 204-205，政治大學中國文學系九十七學年度碩士學位論文，2008 年 12 月。

（四）「广」部——廱／雍

　　《九經字樣》「廱／雍：上正。下俗。今經典相承辟廱用上字。雍州名用下字。《爾雅》作『雝』。」[33]
　　「雍」字字形演變：

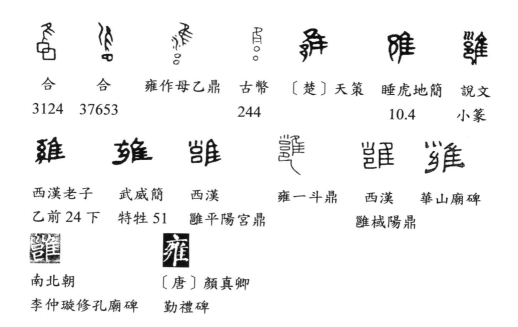

合	合	雍作母乙鼎	古幣	〔楚〕天策	睡虎地簡	說文
3124	37653		244		10.4	小篆

西漢老子	武威簡	西漢	雍一斗鼎	西漢	華山廟碑
乙前 24 下	特牲 51	雝平陽宮鼎		雝棫陽鼎	

南北朝	〔唐〕顏真卿
李仲璇修孔廟碑	勤禮碑

【釋形】：「廱」「從广、雝聲」屬六書中之形聲字，出土古文字材料未見小篆以前字形；「雝」、「雍」乃同字異形。疑「廱」為「雝」增繁意符——「广」之後出形聲字。由文字實際使用情況考察，二者應屬古今字關係。「雝」，甲骨文和金文「從佳、呂聲」，呂為「宮」之初文，或從水。[34]戰國文字仍存從佳從呂之形，惟楚、秦竹簡「呂」旁已訛變成「邑」（𓏸、𓏸）形，不從水。小篆反而從「水」，但「水」旁却訛作「川」（𓏸）形。西漢以後產生之「雍」字字形，乃隸變之結果。「𓏸」、「𓏸」、「𓏸」皆為「𓏸」之訛體。《說文》小篆「雝」，隸、楷體「雝」是其嚴式隸定體，「雍」為其隸變異寫體[35]。

[33] 參〔唐〕唐玄度，《九經字樣》（文淵閣四庫全書本），臺北：商務印書館，1983 年，頁 301。

[34] 參季旭昇，《說文新證》上，臺北：藝文印書館，2002 年，頁 277。

[35] 參段注云：「雝，經典多用為雝和、辟雝。隸作雍。」段玉裁，《說文解字注》，臺北：藝文印書館，2005 年，頁 144。

【華案】:《九經字樣》「廱／雍:上正。下俗。今經典相承。辟廱用上字。雍州名用下字。《爾雅》作廱。」《說文》「廱（廱）:天子饗飲辟廱。從广雝聲」[36],《詩·大雅·靈臺》:「於論鼓鐘,於樂辟廱」[37],「辟廱」乃周天子宴飲之處;又《禮記·王制》「大學在郊,天子曰辟雍,諸侯曰泮宮」[38],「辟雍」亦指周天子所設之大學。文獻「辟廱」亦作「辟雍」。

廱有「和樂貌」一義。《楚辭·九辯》「雁廱廱而遊兮」;《爾雅·釋訓》「廱廱優優,和也」[39]。

此外,《說文》雝（雝）:「躧也。從隹邕聲」,段玉裁注:「雝,經典多用為雝和、辟雝。隸作雍。」[40]《說文》小篆「雝」,隸、楷體「雝」是其嚴式隸定體,「雍」為其隸變異寫體。雝、雍二字,漢及其以前文獻每多通用。如《左傳·僖公二十八年》:「至於衡雍」[41],《國語·周語上》衡雍作衡雝。又《史記·項羽本紀》:「至雝丘」,《正義》雝丘作雍丘,《漢書·項籍傳》亦作雍丘。又《爾雅·釋地》:「河西曰雝州」[42],《尚書·禹貢》「黑水、西河惟雍州」[43]、《周禮·夏官·職方氏》亦作「雍州」。又《詩·邶風·匏有苦葉》:「雝雝鳴雁,旭日始旦」[44],唐代《開成石經》雝作雍。[45]

唐氏云:「廱／雍:辟廱用上字。雍州名用下字。」由文字實際使用情況考察,以《十三經注疏》為例,「辟廱」、「辟雍」仍常通用;而用作雍州名,則罕有互通之例。

（五）「虫」——虵／蛇

《九經字樣》「虵／蛇:社平。蝮也。上《說文》,下隸省。今俗作虵。」[46]

---

[36] 參段玉裁,《說文解字注》,臺北:藝文印書館,2005 年,頁 447。

[37] 參李學勤主編,《十三經注疏·毛詩正義》,北京:北京大學出版社,1999 年,頁 1044-1045。

[38] 參李學勤主編,《十三經注疏·禮記正義》,北京:北京大學出版社,1999 年,頁 370-371。

[39] 參李學勤主編,《十三經注疏·爾雅注疏》,北京:北京大學出版社,1999 年,頁 95。

[40] 參段玉裁,《說文解字注》,臺北:藝文印書館,2005 年,頁 144。

[41] 參李學勤主編,《十三經注疏·春秋左傳正義》,北京:北京大學出版社,1999 年,頁 438-458。

[42] 參李學勤主編,《十三經注疏·爾雅注疏》,北京:北京大學出版社,1999 年,頁 188。

[43] 參李學勤主編,《十三經注疏·尚書正義》,北京:北京大學出版社,1999 年,頁 154-155。

[44] 參李學勤主編,《十三經注疏·毛詩正義》,北京:北京大學出版社,1999 年,頁 143-144。

[45] 以上內容參李蘇和,〈唐玄度《九經字樣》研究〉,頁 195-196,政治大學中國文學系九十七學年度碩士學位論文,2008 年 12 月。

[46] 參〔唐〕唐玄度,《九經字樣》（文淵閣四庫全書本）,臺北:商務印書館,1983 年,頁 301。

「蚺／蛇」字字形演變：

| 說文 | 睡虎地 | 五十二病方 |

或體

「它」字字形演變：

| 合 | 師遽方彝 | 古陶 | 包山 | 龍崗 | 說文 | 居延 |
| 10060 | | 72 | 162 | 178 | 小篆 | |

「也」字字形演變：

| 沈子簋 | 子仲匜 | 信陽 | 郭店 | 睡虎地 | 說文 | 北大簡 | 銀雀山 | 定縣 |
| | | 1.39 | 成 17 | 日甲 72B | 小篆 | 9-026 | 孫臏 163 | |

【釋形】：蛇、它、也三字同源，字象蛇形。[47]它字，甲、金文身體皆為雙鉤複筆，乃蛇字初文。戰國以後用作語詞之「也」字，乃本無其字之假借字，本字為「它」。字義分化以後，字形越趨不同。「它」字始終保持蛇頭、身、尾之形。從「虫」之「蛇」，為「它」之後出形聲字。「也」字則將最上像「蛇頭」筆畫拉平，訛似「口」形，後「口」又訛作「廿」，「廿」再訛作「〿」，又將雙鉤複筆「蛇身」改為單筆，最終由隸「乜」而楷書作「也」。

【華案】：《說文》云：「它（〿）：虫也。從虫而長，象宛曲垂尾形。上古草居患它，故相問：『無它乎？』」[48]《九經字樣》所收蛇字形體三種，「蛇」乃楷體

---

[47] 參季旭昇，《說文新證》下，臺北：藝文印書館，2004 年，頁 194。

[48] 參段玉裁，《說文解字注》，臺北：藝文印書館，2005 年，頁 684-685。

常用書體，「蛇」乃嚴式隸定，從「也」之「虵」則為異構字。「虵」字除《九經字樣》外，其他字書如《龍龕手鑑》、《玉篇》、《廣韻》、《集韻》以及《類篇》等皆有收錄。

（六）「頁」部──頓

《九經字樣》「頓：敦去。從屯，屯音窀。從中貫一屈曲之也。俗作乇者訛。」[49]

「頓」字字形演變：

| 說文 | 故宮博物院 | 華山廟碑 | 史晨碑 | 熹・春秋・ | 〔隋〕智永 |
| 小篆 | 南頓令印 | | | 昭五年 | 真草千字文 |

〔唐〕薛稷
信行潭師碑

【釋形】：「頓」字乃「從頁、屯聲」之形聲字，小篆以前之古文字資料目前未有發現。

【華案】：《說文》云：「頓（頓）：下首也。從頁、屯聲。」[50]「頓」字，字之左旁從「屯」，〔東漢〕華山廟碑以及史晨碑已開始將中間二畫之「凵」改寫成一橫畫，使「屯」簡省成「屯」與「屯」等形。《九經字樣》云：「俗作乇者訛」之「乇」，與漢代曹全碑[51]「屯」字寫作「乇」，二字書體筆法一脈相承，更是顯而易見。曹全碑乃漢朝隸書碑刻，明萬曆年間始出土。唐氏應無緣目覩。可能因字形來源無所據，故唐氏視從「乇」之「頓」為訛字。

---

[49] 參〔唐〕唐玄度，《九經字樣》（文淵閣四庫全書本），臺北：商務印書館，1983 年，頁 302。

[50] 參段玉裁，《說文解字注》，臺北：藝文印書館，2005 年，頁 423。

[51] 碑文載郃陽令曹全鎮壓黃巾之事件。書法秀麗而有骨力，學習隸書者，多用為範本。曹全字景完，故亦稱「曹景完碑」。

（七）「口」部——舌／舌

《九經字樣》「舌／舌：在口所以言。從干從口。上《說文》。下俗字。」[52]
「舌」字字形演變：

合	合	合	獣鐘	睡虎地	嶽麓	郭店簡	陶彙
1912	13635	15154		日甲 74	936 上	3.1	8.11

馬王堆	居延簡	說文
易 035	乙 286.	小篆
	19B	

【釋形】：甲骨文從口，象吐舌之形。「ㅂ」即口，「㄀」象舌形，「ㅆ」舌旁小點乃指涎沫。春秋金文口之上筆畫訛變似倒矢之形。戰國竹簡增繁形符「肉」：戰國以後口字之上筆畫則訛成「干」，小篆承之。

【華案】：《說文》舌（舌）：「在口所以言也、別味也。從干、從口，干亦聲。」[53]唐氏特別指出從干之「舌」為正字，書作「舌」者為俗字，所據者不外《說文》。《九經字樣》話／話條下云：「善言也。上說文從昏。昏音滑。非從舌，下隸省」[54]，唐氏已注意到隸、楷從「舌」之字，有與「舌」字無關者，如「說話」之「話」。「話」字篆形作「話」，《說文》話（話）：「合會善言也。從言昏聲。《傳》曰：『告之話言』。譮籀文話，從會」[55]，又《說文》昏（昏）：「塞口也。從口，氒省聲。昏古文從甘。」[56]隸變之後除「話（話）」字形訛作話，其他如「括（括）」、「刮（刮）」、「活（活）」等亦是原從「昏」旁之字。秦漢簡牘文字「昏」已有與「舌」訛同之現象，如「栝」字漢印作「栝」，馬王堆

[52] 參〔唐〕唐玄度，《九經字樣》（文淵閣四庫全書本），臺北：商務印書館，1983 年，頁 303。

[53] 參段玉裁，《說文解字注》，臺北：藝文印書館，2005 年，頁 87。

[54] 參〔唐〕唐玄度，《九經字樣》（文淵閣四庫全書本），臺北：商務印書館，1983 年，頁 300。

[55] 參段玉裁，《說文解字注》，臺北：藝文印書館，2005 年，頁 94。

[56] 參段玉裁，《說文解字注》，臺北：藝文印書館，2005 年，頁 61。

帛書《老子》作「」，即是其例；[57]此後，小篆「幖（括）」〔晉〕孫夫人碑作「括」；「活（活）」魏上尊號奏作「活」；又小篆「刮」楷書作「刮」亦屬此類。[58]「昏」與「舌」義雖不同，為求簡便，將筆畫較多之「昏」偏旁，改成形狀相近、筆畫較少之「舌」，乃文字隸變常見現象之一。[59]

（八）「曰」部──汩（汩）

《九經字樣》「汩：音骨，從曰；又從日者，音覓；冃音冒。俗二字皆從日並非。」[60]

「汩」字字形演變：

「曰」字字形演變：

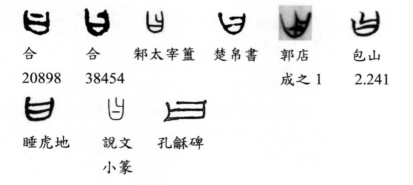

| 楚帛書 | 說文小篆 | 九經字樣 |

| 合 20898 | 合 38454 | 邾太宰簠 | 楚帛書 | 郭店 成之 1 | 包山 2.241 |

| 睡虎地 | 說文 小篆 | 孔龢碑 |

【釋形】：「汩」字，「從水、曰聲」，「曰」字，「從口、乙聲」，二字皆屬形聲字。甲骨文「從口、從一」，口之上有一短橫，為「曰」字之初文，作「⼬」者為其變體。《說文》小篆作「曰」即為變體，此非秦系文字所獨有，屬楚系文字之包山竹簡有作「曰」者，可以為證。

---

[57] 參季旭昇，《說文新證》上，臺北：藝文印書館，2002 年，頁 133。

[58] 李蘇和，〈唐玄度《九經字樣》研究〉，頁 158-159，政治大學中國文學系九十七學年度碩士學位論文，2008 年 12 月。

[59] 參裘錫圭：《文字學概要》，北京：商務印書館，2006 年，頁 84。

[60] 參〔唐〕唐玄度，《九經字樣》（文淵閣四庫全書本），臺北：商務印書館，1983 年，頁 304。

【華案】：《九經字樣》「汩：音骨，從曰；又從日者，音覓；曰音冒。俗二字皆從日並非。」唐氏指出，從曰之「汩」與從「日」之「汨」非同一字，而俗寫每將曰、曰寫作日，不正確。《說文》汩（汩）：「治水也。從水曰聲」[61]；曰（㫔）：「詞也。從口乙聲。亦象口氣出也。」[62]汨（汨）：「長沙汨羅淵也，屈平所沈水。從水，冥省聲」[63]，冥（冥）「幽也。從日、從六、冖聲。」[64]；日（日）：「實也。太陽之精不虧。從口一。象形。」[65]「日」字字形演變：

合	合	合	索謀爵	樂書缶	說文	老子甲	孫子	熹·易
903 正	27990	36025			小篆	138	20	乾·文言

日字初文像太陽之形。由商代至今，字形結構變化不大，而書寫方式商代時日形外框或圓或方，至西周金文以後為便書寫，筆畫多以方折取代圓轉，自此以後外框漸固定為方形至今。從古文字及小篆之形音義分析「曰」、「汩」與「日」、「汨」二組字，顯然並無關係。

　　唐氏還指出「曰」和「冃」二字俗字形體混淆。《說文》冃（冃）：「小兒及蠻夷頭衣也。從冂、二其飾也。」[66]古文字「曰」與「冃」二字形音義三者全無關聯，「冃」字字形演變：

鐵	拾	前	甲	說文
4.4	4.15	1.4.6	2277	小篆

甲骨文「冃」，象帽形，以羊角為裝[67]；西周金文仍未發現獨體之「冃」。「冃」與「日」古文字及小篆字形完全不同。「冃」隸變以後才與「曰」、「日」等字楷

[61] 參段玉裁，《說文解字注》，臺北：藝文印書館，2005 年，頁 572。
[62] 參段玉裁，《說文解字注》，臺北：藝文印書館，2005 年，頁 204。
[63] 參段玉裁，《說文解字注》，臺北：藝文印書館，2005 年，頁 534。
[64] 參段玉裁，《說文解字注》，臺北：藝文印書館，2005 年，頁 315。
[65] 參段玉裁，《說文解字注》，臺北：藝文印書館，2005 年，頁 305。
[66] 參段玉裁，《說文解字注》，臺北：藝文印書館，2005 年，頁 357。
[67] 參于省吾，〈釋冃〉，《雙劍誃殷契駢枝續編》，臺北：藝文印書館，1975 年，頁 40-43。

體趨近。唐氏舉「汩」字為例，同時特別指出「曰」、「日」、「目」三者字形各
有來歷，書寫時不宜混用。最後還有一點值得注意，《九經字樣》所錄「汩」
字，右旁所從之「曰」作「日」，最上一筆並未與左邊直畫相連，其實唐氏別具
慧眼，兼且用心良苦。這種字形特點自商代甲骨文「ㄅ」、西周金文「ㄅ」、戰
國帛書「ㄅ」直到漢碑「彐」始終一脈相承，後世隸定「曰」字字形時却未
加重視，因而造成多種字形混淆，唐氏用心遭忽略，未免可惜。

（九）「雜辨部」部——乾

　　《九經字樣》「乾：音虔。又音干。上從倝。倝音幹。下從乙。乙音軋。乙
謂草木萌甲抽乙而生。倝謂日出光倝倝也。故曰乾為陽。陽能燥物。又音干。
干、虔二音為字一體。今俗分別作乹，音虔；作乾，音干。誤也。」[68]

| 說文 籀文 | 說文 小篆 | 睡虎地簡 50.92 | 五十二 病方 247 | 馬王堆 一號墓 竹簡 214 | 曹全碑 | 張遷碑[69] |

| 南北朝 魏靈藏 造像記 | 〔唐〕褚遂良 同洲 聖教序 | 〔唐〕褚遂良 雁塔 聖教序 |

【釋形】：字從「乙、倝聲」，屬形聲字，一說「乙形似為分化符號」。甲骨文、
金文未見，出土文字以睡虎地秦簡時代為最早。隸、楷以後字形變化較大。

【華案】：《說文》乾（乾）：「上出也。從乙，乙，物之達也，倝聲。乾籀文
乾。」[70]字原從「倝」、「乙」。隸變時，左半之「岽」，左上、下皆變從「十」，
形近於「卜」、「宀」，故常混用。右半之「乞」字形由篆而隸變化極少，惟漢代
竹簡將「乾」之「乞」改寫成「乞」，增繁一橫畫於部件之間。逮及六朝「乾」

68　參〔唐〕唐玄度，《九經字樣》（文淵閣四庫全書本），臺北：商務印書館，1983 年，頁 305。
69　馬王堆《合陰陽》簡 108「五曰嗌乾咽唾」，「乾」作乾，與《張遷碑》今楷無別。
70　參段玉裁，《說文解字注》，臺北：藝文印書館，2005 年，頁 747。

之右旁先訛變簡省為「」、「」，其後「乾」之左旁「卓」再訛寫成「卓」，故「乾」可寫成「乹」；「乹」乃乾之異體字。《集韻》「乾：俗作乹」，《正字通》「乹：俗字乾」，可見宋以後「乹」多被視同俗字。[71]

　　唐氏據《說文》解釋乙之初形云：「乙音軋。乙謂草木萌甲抽乙而生」[72]，此種解說不足以採信。然而唐氏注意到時人因「乹」、「乾」字形有別，又習慣分別將前者讀作「干」，後者讀作「虔」，遂誤以為「乾」與「乹」非一字之情況，加以辨析，並直斥其非。[73]

（十）「雜辨部」部——「鼎」

　　《九經字樣》「鼎：音頂。《說文》云：『和五味之寶器也。』上從貞省聲。下象析木以炊。又《易》鼎卦巽下離上，巽為木離為火。篆文𣇅。如此析之兩向，左為屮，屮音牆；右為片，今俗作『鼎』，云象耳、足形，誤也。」[74]

　　「鼎」字字形演變：

鼎方彝　　合補 6917　　昌鼎　　邾造遣鼎　　作冊大鼎　　謀鼎　　函皇父簋

楚盦王肯鼎　　坪夜君鼎

說文　　馬王堆　　河東鼎　　武威簡　　熹平石經　　曹全碑
小篆　　老子甲後 428　　　　　有司 15

---

[71] 參李蘇和，〈唐玄度《九經字樣》研究〉，頁 197-198，政治大學中國文學系九十七學年度碩士學位論文，2008 年 12 月。

[72] 參段玉裁，《說文解字注》，臺北：藝文印書館，2005 年，頁 747。

[73] 參李蘇和，〈唐玄度《九經字樣》研究〉，頁 197-198，政治大學中國文學系九十七學年度碩士學位論文，2008 年 12 月。

[74] 參〔唐〕唐玄度，《九經字樣》（文淵閣四庫全書本），臺北：商務印書館，1983 年，頁 305。

鐪	鐪	錫
汝陰侯鼎	濕成鼎	置鼎

鼎	鼎	鼎	鼎	鼎
南北朝	南北朝	p2524	s4642	s4642
皇甫麟墓誌	元積墓誌	《語對》	《發願文範本等》	《發願文範本等》

【釋形】：甲骨、金文皆象鼎形，上象兩耳，中象鼎腹，下象鼎足（作二或三足）。由於鼎之形制因不同時期、不同地域以及不同場合而有所區別，以致鼎之種類既繁多且複雜，字形變化多端，無法避免。西周及戰國金文或假借「貞」（鼑、鼑）或從「貞」（鼑字從皿貞聲）得聲之字以替代。漢代金文增繁「金」旁作「鐪」，從金、鼎聲，由獨體象形變為形聲字，惟後世並未通行。小篆只保存鼎腹及足之形，鼎耳已不復存在。

【華案】：《說文》鼎（鼎）：「三足兩耳，和五味之寶器也。昔禹收九牧之金，鑄鼎荊山之下，入山林川澤，螭魅蝄蛃莫能逢之，以協承天休。《易》卦巽木於下者爲鼎，象析木以炊也。籀文以鼎爲貞字。」[75]唐氏云：「今俗作『鼎』，云象耳、足形，誤也。」上述一段文字，似乎係因不同意張參之說法而來，《五經文字》鼎部云：「象足、耳形。」唐氏據《說文》「《易》卦巽木於下者爲鼎，象析木以炊也」二句，解釋鼎字字形，並補充說明，云：「如此析之兩向左為爿。爿音牆。又為片。」段玉裁《說文解字注》曾就此加以分析，云：「鼎，三足兩耳謂器形，非謂字形也。九家《易》曰：『鼎三足，以象三台也』；《易》曰：『鼎黃耳』。」又云「片者、判木也，反片為爿，一析為二之形。炊鼎必用薪，故像之。〔唐〕張氏參誤會三足兩耳為字形，乃高析木之兩旁為耳。唐人皆作鼎，非也。唐氏玄度既辨之矣。」段氏贊同唐氏之說，並批評張氏誤以為《說文》鼎字條下云：「三足兩耳」乃解釋字形者。唐、段二氏因執著於小篆字形以及《說文》之說法，解釋字形反而無法符合漢字發展之實際情況。事實上，唐、段二氏皆認為「鼎」之部件「爿爿」乃為剖木之形，才是誤解，對照甲骨文鼎（合補6917）、金文鼎（昌鼎）、鼎（函皇父簋）等字形，不難發現「爿爿」乃係鼎足之

---

[75] 參段玉裁，《說文解字注》，臺北：藝文印書館，2005年，頁322。

形，毋庸贅說。然而「鼎」字篆、隸字形只保存鼎腹及足之形，鼎耳已不復存在，又千真萬確。[76]

不論唐氏說法對或錯，《九經字樣》將「片」訛寫成「斤」，將訛寫成「鼎」之字視為「鼎」之俗字，仍然有相當道理。此類俗字亦見於敦煌文獻，如：鼎、斯、鼎等。[77]

五　《九經字樣》俗字觀

從《九經字樣》所示俗字十例分析，唐玄度之俗字觀可得其梗概，歸入俗字者，原因如下：

一、從《說文》所言，列為俗字：如「躬」，《九經字樣》「躬／躬：身也。《說文》云下俗躬。今經典通用之。」

二、字形不宜用於經典者：如「盖」，《九經字樣》：「玄宗皇帝御注《孝經石臺》亦作蓋。今或相承作盖者，乃從行書艹。與荅、若、者等字並皆訛俗，不可施於經典。今依《孝經》作蓋。」

三、隸變訛字：如「互」，《九經字樣》「𥯤／互…俗作乎者訛。上《說文》，下隸省。」

四、篆形隸變：如「雍」，《九經字樣》「雝／雍：上正。下俗。今經典相承辟雝用上字。」

五、異體字：如「蛇」，《九經字樣》「虵／蛇：社平。蝮也。上《說文》，下隸省。今俗作虵。」

唐氏並未介定俗字，而顏元孫《干祿字書》中所提「俗體」、「通體」、「正體」三類文字之概念則可資參考：

　　　所謂俗者，例皆淺近，唯籍帳、文案、券契、藥方，非涉雅言，用亦無爽。儻能改革，善不可加。所謂通者，相承久遠，可以施表奏、牋啟、尺牘、判狀，固免詆訶。若須作文言及選曹銓試，兼擇正體用之尤佳。所謂正者，並有憑據，可以施著述、文章、對策、碑碣，將為允當。進士考

---

[76] 馬衡認為：「鼎本象形字……象三足兩耳碩腹之形」。參馬衡，《凡將齋金石叢稿》，北京：中華書局，1977年，頁7。

[77] 以上內容參李蘇和，〈唐玄度《九經字樣》研究〉，頁193-194，政治大學中國文學系九十七學年度碩士學位論文，2008年12月。

試，理宜必遵正體，明經對策貴合經注本文，碑書多作八分，任別詢舊則。[78]

「俗」字可用於「非涉雅言」之文件、藥方。「通」字乃採用多時，無歧見之字體，可用於奏章、各式信函和法律文書。「正」字字體須有依據，可用於寫文章、回應策問和碑刻。

張湧泉指出：「正字是得到國家承認的字體，往往有較古的歷史淵源。用唐代顏元孫的話說『有憑據』的，可以施之于高文大典的官方用字。」[79]張氏之說，用以詮釋《干祿字書》之見解，甚為恰當。俗字乃與正字相對之觀念，一般指通行於世，不合規範之文字。以上《九經字樣》所舉字例，經分析各字歸為俗字之原因，與顏元孫所言大致脗合，可見顏說對於正、俗字研究影響之深遠。

六　結語

《九經字樣》可以從兩個層面去評價，第一層面是這項正字工作秉持的觀念，第二層面是為實踐這一觀念而採用的方法。這裡憑藉上列有限的例子，分別討論。

正字觀念：糾正誤說、重現字源

乍一看來，《九經字樣》似乎全守《說文》，「兢兢不敢出入」，如「蓋盖」、「頓頋」、「舌古」、「鼎鼏」等條，均以《說文》字形為則，從而劃定前後正俗之別，其「舌古」、「鼎鼏」兩條更是盲從《說文》錯誤解釋字形，「歪打正著」。察其他諸字之處理，亦胥以《說文》為參照，或襲之而是（「虵蛇虵」、「汨汨」、「乾乹」），或蹈之而誤（「躬躬」、「笸互」、「靃雍」）而已。然而，請注意唐氏將「躬躬」條歸在《亻部》（不同於《說文》歸入《身部》），這個細節意味深長。唐氏依據《說文》「身，……從人乁聲」，索性比許氏更進一步，將「部首的部首」發掘出來，並以為部首。該做法未為合理，蓋意符終究是一種

---

[78] 〔北齊〕顏之推《顏氏家訓‧書證》云：「若文章著述，猶擇微相影響者行之，官曹文書、世間尺牘，幸不違俗也」，顏元孫之正俗字觀可能源出於此，故頗有相合之處。〔北朝〕顏之推撰，李振興、黃沛榮、賴明德譯註，《顏氏家訓》，臺北：三民書局，1993 年，頁 345。

[79] 參張湧泉，〈試論漢語俗字研究的意義〉，《中國社會科學》，1996 年 2 期，頁 163。

抽象符號，取得意符地位之前固然有其理據（比如象形、形聲等），一但凝固而進入使用後，便無需理會──打個比方，「杞人憂天」字面上是個主謂結構，但一旦凝固為詞，便可作謂語使用，「我們杞人憂天」這個句子是合理的，不能說它犯了雙主語的毛病──，「身」這個意符本身，不宜再作剖析，是「躳躬」應歸在《身部》而已。由此一例，可推想唐玄度的正字觀念乃是「無所不用其極」地追溯字形理據，只不過其時所見古文材料大約僅《說文》，說解字形之權威著作亦僅《說文》，唐氏強為無米之炊，單憑這一部書，力求「重現」字形的理據，結果自然是大多照搬，從而給人「墨守《說文》」的印象。當然，以上不過是憑「躳躬」一條推測，倘能專門整理出《九經字樣》於《說文》之差異，或者特為考察唐氏對《說文》中「部首的部首」之處理方式，當更易確定其用心。

　　以上便提出兩點，一是唐氏的正字觀念是純粹的「學院派」，其所謂「正字」，無非期望字形能全盤體現造字理據（其用心良苦之「汩」字形猶能說明），前引顏元孫「所謂正者，並有憑據」，是也。該理想與語言文字之發展規律悖逆，這裡且不評價它。二是唐氏手頭的材料匱乏，導致其往往誤從《說文》，如果唐氏得見今日之甲、金文材料，或許憑他「無所不用其極」的態度，便不會誤釋「舌」、「鼎」字形，反而能訂正許說，也未可知──然而這是一定的嗎？怕也未必。

執行方法：礙於材料、盲從《說文》

　　唐氏參考《說文》，或參其古文字字形，或參其分析解釋。如為前者，則唐氏憑材料說話，其誤從純因材料匱乏，無可厚非；唯許氏之分析解釋，可商榷、修正者往往有之，唐氏卻視而不見，這便可見他對《說文》多少帶有盲從成份。如描寫經籍的實際用字情況，「躳躬」條謂「《說文》云下俗躳，今經典通用之」，「廱雍」條謂「今經典相承辟廱用上字」，其後一說不合實情（詳正文分析），唐氏照搬《說文》，看來並未親自作這番描寫工作（這是他所能做的），由此再看對「躳躬」用字的分析，便可懷疑他不過是據《說文》「正俗字」的說法而寫下「通用之」的結論，然則這個結論是否可信，尚且待考。又如「𥳑互」條謂「收繩」云云，已由季旭昇考證懷疑不合實情，而唐氏似將《說文》內容照單全收，更不暇檢測矣。

　　有趣的是，對其時俗字的使用，唐氏卻作了描述工作，如「𥳑互」條謂「俗作乎者訛」，「虵蛇虵」條謂「今俗作虵」，「頓頶」條謂「俗作乇者訛」，

「汩汩」條謂「俗二字皆從日並非」,「乾乹」條謂「今俗分別作乹,音虔,作乾,音干,誤也」,「鼎鼎」條謂「今俗作鼏」等等,蓋唐氏本意在糾正經典用俗字,上述俗字既異乎《說文》之說,則唐氏將其揭示再糾謬,正合於他的目的。

由此看來,唐氏做描寫工作似戴著「有色眼鏡」,俗字之有悖《說文》者紛紛指出,經典用字卻需以許說為依據,倘若違反許說,又無據可依,便直承《說文》,省卻(或簡化)描寫檢測的工作。又如解釋文字發展,「笈互」條謂「下隸省」,全據許氏,事實上王筠「互字象形,當是古文」明顯更合乎文字發展規律,一時雖無證據以支持或推翻,這種質問卻值得提出,唯唐氏一言不發。

然則很可懷疑,唐氏的正字觀念固為前述之「重現字源」,但他對《說文》的盲從,出現在方法上,即他研究字源時,將許書目為至高的權威參考書;前引顏元孫「所謂通者,相承久遠」,亦不過是「通字」,夠不上「正字」,然則甲、金、碑等材料倘有合乎《說文》者,唐氏或將欣然援引(如「蓋盖」條謂「《孝經石臺》亦作蓋」),其牴牾許說者,卻仍有可能斥為「俗」、「訛」、「非也」——「不可施於經典」。當然,應認識到其時語言文字工作者對《說文》的普遍盲從,歸根結底是因古文材料的缺乏,是時代使然,因之《九經字樣》雖或有所失誤,責備唐氏亦不宜過當。

《中國文字》　總第一期
The Chinese Characters　No.1
2019年6月　　頁203-216

遠臣觀其所主，近臣觀其主
── 談《上博五‧季庚子問於孔子》簡 14 的「主人」

李旭昇

聊城大學特聘教授

摘　要

　　《上海博物館藏戰國楚竹書（五）‧季庚子問於孔子》一篇，內容與儒家孔子密切相關，非常重要。但是因為簡殘，所以有文意還未能得到確解。本文想討論簡 14 的「主人」，透過先秦典籍「主人」的用法，配合簡本前後文義，本文主張主人就是先秦常見賓客赴某地，招待並提供他住宿的人就叫「主人」，這個動作也稱「主」。

關鍵詞：主、主人、季庚子問於孔子、葛烈今

Abstract

The Chu Bamboo Slips of the Warring States Collected by the Shanghai Museum (Vol.5) includes an article titled "Ji Geng Zi consults Confucius". The content is closely related to the Confucian Confucius, therefore is very important. However, because the slips were broken, some meaning of the text has not been explained exactly. This article would like to discuss the definition of "lord" in slip 14. Through the use of the "lord" in the pre-Qin classics, in conjunction with the meaning of preceding and following text of the slips, this article advocates that the "lord" is the common figure in the pre-Qin, who receives guests and provides accommodation when the guests go to his place. This action is also called "lord".

Key words: lord, Lord, Ji Geng Zi consults Confucius, Ge Lie Jin

　　《上海博物館藏戰國楚竹書（五）》[1]公佈已經十五年了，其中有〈季庚子問於孔子〉一篇，內容與儒家孔子密切相關，因此引起很多學者的關注，研究論文多篇，大部分的疑難問題都解決了。但是，仍有一些較為棘手的字詞、編聯，還沒有得到一致的認同，影響了對全篇的解讀。本文想討論簡 14 的「主人」。

　　為了呈現「主人」所在本節的完整文義，我們先把整節依照我們同意的簡序引錄於下，〈季庚子問於孔子〉簡 8+21+22A+13+14-15：

　　庚子曰：「異乎肥之所聞[2]也。葛甌（烈）含（今）語肥也以尻（處）邦豢（家）之述（術）曰：『軣﹦（君子）不可已（以）不﹦彊﹦（不強，不強）則不立【八】□□□□□□□□□﹦愚﹦（□□，□□）則民廞（廞）之。毋信玄（姦）曾（讒），因邦㫳﹦（之所）臤（賢）而豎（興）之。大辠（罪）殺【二一】之，臧（常）辠（罪）型（刑）之，少（小）辠（罪）罰之。句（苟）能固獸（守）【二二 A】□□□□□□□□□□〔而〕行之，民必備（服）矣。』古（故）子已（以）此言﹄，為奚女（如）？」

　　孔﹦（孔子）曰：「繇（由）丘﹄簧（觀）之，則斁（美）【一三】言也已。虘（且）夫甌（烈）含（今）之失﹦（先人），莅（世）三代之連（傳）叀（史）﹄，幾（豈）敢不已（以）亓（其）失﹦（先人）之連（傳）等（志）告﹄？」

　　庚（康）子曰：「肰（然），亓（其）宔（主）人亦曰：『古之為【一四】邦者必已（以）此。』」

　　本節的大意是相當清楚的。〈季庚子問於孔子〉篇一開始，季庚子問孔子「君子之大務為何」，孔子回答說要「身之以德」[3]，孔子接著又解釋所謂「身之以德」，就是「君子玉其言而展其行，敬誠其德以臨民，民望其道而服焉」。季庚子聽了這樣的話，非常不能同意，於是引了葛烈今說施政要「強、威、嚴、猛」的話來反駁孔子。葛烈今，陳劍先生在〈談談《上博（五）》的竹簡分

1　馬承源主編《上海博物館藏戰國楚竹書（五）》（上海：上海古籍出版社，2005 年 12 月）。

2　「庚子曰：異乎肥之所聞也」，這是我們的補字。季庚子聽完孔子「身之以德」的話後，立即引葛烈今的話反駁孔子，因此我們認為此處缺的字應該是「異乎肥之所聞」這樣的字。

3　用白於藍說，見唐洪志《上博簡（五）孔子文獻校理》（廣州：華南師範大學歷史文化學院中國古代史專業碩士學位論文，2007 年 6 月 7 日），頁 9 引師說。

篇、拼合與編聯問題〉一文中隸為「縈烈今」，並以為「縈」是氏、「烈今」是名。[4]牛新房先生以為「縈」不是氏，應該屬上讀，「烈今」是名。陳劍先生後來在〈上博竹書「葛」字小考〉一文中改釋為「葛烈今」，以為「葛」是氏，「烈今」是名，其人似於史無可考。[5]周鳳五先生〈試說〈季康子問於孔子〉的榮駕鵝〉隸為「縈遂含」，讀為「榮駕鵝」，以為是魯國大夫。[6]案：陳劍先生考釋「葛」字字形詳盡可從，「葛」當為氏，「烈今」為字。[7]

孔子聽完季庚子引葛烈今施政要「強、威、嚴、猛」後，先對葛烈今的話略為贊美一下，說是「美言」，接著又從葛烈今的家世「三代傳史」來說葛烈今當然應該要以「先人之傳志」告訴季庚子。以上季庚子、孔子對葛烈今的態度非常重要，從簡文的敘述來看，我們可感受到葛烈今是一位「有一定份量」的人，所以能得到季庚子、孔子相當程度的尊重。

接著季庚子說：「然，其宝（主）人亦曰：『古之為邦者必以此。』」這句話很耐人玩味。「其主人」，當然就是「葛烈今的主人」，他是誰呢？學者大約有以下七種說法：

一、原考釋讀「宝」為「主」，沒有進一步詳細說明。

> 「宝」通「主」。《說文・宀部》：「宝，宗廟宝石也。从宀，主聲。」《說文繫傳考異》：「宗廟主石，今《說文》『宗廟宝祏』。」[8]

二、李銳先生讀「主」為「囑」，意思是「囑咐」：

> 按：「然其主人亦曰」疑當讀為「然。其囑人亦曰」。「主」與「囑」古通。[9]

---

[4] 陳劍：〈談談《上博（五）》的竹簡分篇、拼合與編聯問題〉，武漢大學簡帛網，（2006 年 2 月 19 日），網址：http://www.bsm.org.cn/show_article.php?id=204。

[5] 陳劍：〈上博竹書「葛」字小考〉，武漢大學簡帛網，（2006 年 3 月 10 日），網址：http://www.bsm.org.cn/show_article.php?id=279。

[6] 周鳳五：〈試說〈季康子問於孔子〉的榮駕鵝〉，（屈萬里先生百歲誕辰國際學術研討會，台北：國家圖書館，2006 年 9 月 15 日、16 日），頁 53-63。

[7] 葛烈今三代傳史，季庚子又引他的話，他的話孔子也說是「美言」，似乎「烈今」當作「字」較好。古人稱平輩以上較少直接稱名，大多稱字。

[8] 馬承源主編：《上海博物館藏戰國楚竹書（五）》，頁 222。

[9] 李銳：〈讀《季康子問於孔子》札記〉，孔子 2000，（2006 年 2 月 26 日），網址：http://www.confucius2000.com/admin/list.asp?id=2272；又簡帛研究，（2006 年 3 月 6 日），網址：http://www.jianbo.org/admin3/list.asp?id=1474。

三、冀小軍先生以為「主人」指「葛廔今」：

> 整理者以「然」字連下讀，似是把它看作轉折連詞，因與文義不諧，故不
> 可取。李氏句讀可從，不過讀「主」為「囑」卻頗為可疑。「囑（本作
> 屬）」謂囑咐、叮囑，多用於告誡語，因而「囑」字下文一般都會說到應
> 該怎樣或不應該怎樣。如《戰國策·西周》：「[函冶氏]將死，而屬其子
> 曰：『必無獨知。』」吳師道注：「言凡有售，必使眾知其良，不可獨知
> 也。」《漢書·循吏傳·黃霸》：「嘗欲有所司察，擇長年廉吏遣行，屬令
> 周密。」《孔子家語·正論》：「定公即位，乃命之。辭曰：『先臣有遺命
> 焉，曰：夫禮，人之幹也，非禮則無以立。囑家老使命二臣，必事孔子而
> 學禮，以定其位。』公許之。二子學於孔子。」均為其例。而本簡下文
> 「古之為邦者必以此」云云，則顯然沒有告誡的意思，故此說不可信。我
> 認為，「主」字當如字讀，「主人」亦用其習見之義。《公羊傳·定公元
> 年》：「元年，春，王。定何以無正月？正月者，正即位也。定無正月者，
> 即位後也。即位何以後？昭公在外，得入不得入，未可知也。曷為未可
> 知？在季氏也。定哀多微辭，主人習其讀而問其傳，則未知己之有罪焉
> 爾。」這裏的「主人」，是指「事」的主人，即「微辭」所涉及的人。而
> 簡文中的「主人」，則是指「言」的主人，即說「此言」的葛廔今。這段
> 文字的大意如下：
> 季康子問：「那麼，您認為他的話怎麼樣？」孔子說：「依我看，話倒是不
> 錯。況且廔今的先人是三代遞傳的史官，他怎麼會不把先人所傳的治國方
> 法告訴您呢。」季康子說：「是這樣的。葛廔今也說：『古代治理國家的人
> 都用這個方法。』」」[10]

四、白海燕先生以為「其主人」是和「廔今」有某種關係的人，但具體含義則
　　待考：

> 濮茅左 2005 將「然」字屬下讀，視為轉折連詞，誠如冀小軍 2006 所說與
> 文義不諧，不可取。李銳 2006a 的觀點，一方面，如冀小軍 2006 所言，下

10　冀小軍：〈《季康子問於孔子》補說〉，武漢大學簡帛網，（2006 年 6 月 26 日），網址：http://www.bsm.org.
　　cn/show_article.php?id=372。

文未體現告誠意；另一方面，在上古漢語裡，「其」字不能用作主語[11]，故「主」讀為「囑」也是有問題的。而冀小軍 2006 將「其主人」解作「話的主人」，總覺突兀。「其主人」，首先會讓人想到是指戲今的「主人」，而非「話」的主人。若硬作此解釋，至少「其主人」這句話本身是有歧義的（指代不明），孔子也並非能一下想到「其主人」就是指「話的主人（戲今）」，而且從古至今罕見「話的主人」這樣的說法。另外，此篇簡文是記錄孔子與時人的對話，語錄體性質的。口語的特點就是簡潔，季康子不直接說「戲今也說」，卻反說「話的主人（戲今）也說」，頗感累贅。所以冀小軍 2006 的觀點亦很牽強。我們以為李銳 2006 的句讀可從。「其」在這裡應該指代「戲今」，「其宔（主）人」是和戲今有某種關係的人，但具體含義則待考。[12]

五、李丹丹先生以為「其主人」是指「戲今」的國君：

「⬛」隸定為「宔」讀「主」可信。《說文‧宀部》：「宔，宗廟宔祏，从宀，主聲。」按照《說文》的原義，在簡文中是解釋不通的，但是，「宔」讀為「主」是合理的。王筠《說文句讀》：「主者，古文假借字也，宔則後期之分別字也。」段玉裁注「經典作主，小篆作宔，主者古文也。」《儀禮‧聘禮》「主人使人與客讀諸門外」鄭玄注「主人，國君也。」那麼，「其主人」就是指戲今的國君。[13]

六、高榮鴻先生以為簡文的「主人」可能為「絞戲含」的長官：

冀小軍對於「囑」字用法的觀察，相當精闢，已能指出讀「囑」說的缺失。其次，許懿慧《季康子研究》頁 76 曾評論冀小軍「主人」說，認為若從此讀，則簡文的「其」的詞義就無著落，評論可從。筆者懷疑此處的「其」為代詞，指稱「絞戲含」，而「宔」應讀為「主」，「主人」可理解為「財物或權力的支配者」，如《易經‧明夷》：「君子於行，三日不食，

[11]　參王力：《古代漢語》（第一冊），中華書局 1999 年 6 月出版，第 353 頁。

[12]　白海燕：《季庚子問於孔子》集釋》（長春：吉林大學古籍研究所碩士學位論文，2009 年 4 月），頁 55-56。

[13]　李丹丹：《季庚子問於孔子》集釋及相關問題研究》，哈爾濱師範大學碩士學位論文，2010 年 5 月，頁 60-61。

有攸往，主人有言」。那麼，簡文的「主人」可能為「緻戲含」的長官。[14]

七、林清源先生以為「宔」是「宗」的誤字：

本篇竹書「宔」字的構形，與楚簡習見的「宗」字頗為相似，此二字分別寫作下揭形體：

宔	宗
上博五‧季康子‧14	上博二‧容成氏‧46

「宔」、「宗」二字構形相似，在傳抄過程中容易訛混。例如，《左傳》〈莊公十四年〉原繁對鄭厲公曰：「先君桓公命我先人典司宗祏。社稷有主，而外其心，其何貳如之？」引文中的「宗祏」，疑即「宔祏」之誤；又如，《禮記》〈祭法〉曰：「有虞氏禘黃帝而郊嚳，祖顓頊而宗堯；夏后氏亦禘黃帝而郊鯀，祖顓頊而宗禹；殷人禘嚳而郊冥，祖契而宗湯；周人禘嚳而郊稷，祖文王而宗武王。」類似的文字還見於《國語》〈魯語上〉：「故有虞氏禘黃帝而祖顓頊，郊堯而宗舜；夏后氏禘黃帝而祖顓頊，郊鯀而宗禹；商人禘舜而祖契，郊冥而宗湯；周人禘嚳而郊稷，祖文王而宗武王。」這兩段引文的「宗」字，皆疑為「宔」之誤字。[15]有鑒於此，筆者懷疑本篇竹書「宔人」原本應作「宗人」，只因「宗」、「宔」二字形近，書手一時失察，遂將「宗」字誤書為「宔」。又由「主」與「示」二字同源分化的關係來看，本篇竹書「宔」字也有可能是早期抄本「宗」字的孑遺。「宗人」一詞，見於歷代典籍，指同宗族之人。例如，《史記》〈田敬仲完世家〉：「襄子使其兄弟宗人盡為齊都邑大夫，與三晉通使，且以有齊國。」〔南朝〕劉義慶《世說新語》〈任誕〉：「諸阮皆能飲酒，仲容至宗人間共集，不復用常杯斟酌。」《白虎通》〈宗族〉：「宗者，何謂也？宗尊也，為先祖主也，宗人之所尊也。《禮》曰：『宗人將有事，族人皆侍。』」

---

[14] 高榮鴻：《上博楚簡論語類文獻疏證》，國立中興大學中國文學研究所博士論文，2013 年 7 月，頁 239。

[15] 原注：張世超，〈佔畢脞說（七）〉，「復旦」網，2012 年 3 月 7 日，http://www.gwz.fudan.edu.cn/SrcShow.asp?Src_ID=1795。

本篇竹書「寬政安民」章的前半章，先記載季康子向孔子轉述（糸艾）戜含所主張的「尻（居）邦豪（家）之述（術）」，孔子回應說：「戲（且）夫戜含之先＝（先人），莧（世）三代之連（傳）叓（史），幾（豈）敢不㠯（以）亓（其）先＝（先人）之連（傳）等（志）告。」季康子接著表示：「肰（然）。亓（其）宝人亦曰：『古之為邦者必㠯（以）此。』」在季康子與孔子這段對話中，「宝人」與「先人」前後搭配，二者之詞義必有相當程度的內在聯繫。簡文「宝人」一詞，若為「宗人」之誤書或孑遺，則「宗人」與「先人」正好可以前後呼應。[16]

　　以上諸說，一至三說的問題，二至四說中都提到了。第五說以為「主人」指「國君」，用在簡文中不是很合適。〈聘禮〉中的「主人」只是「典禮中的主持者或主要人物」（見下文分析）的意思，至於他的實際身分，要看是什麼典禮而定，聘禮中的主要人物是國君，所以鄭注「主人，國君也」，並不能直接把「主人」釋為「國君」。先秦典籍中，《荀子》常常用「主」來代指「國君」，如〈仲尼〉篇「持寵處位，終身不厭之術：主尊貴之，則恭敬而僔；主信愛之，則謹慎而嗛；主專任之，則拘守而詳：主安近之，則慎比而不邪；主疏遠之，則全一而不倍；主損絀之，則恐懼而不怨」，「主」都是指「國君」。但是，先秦典籍還沒有看到直接用「主人」指國君的。

　　第六說以為「主人」可能是「長官」，其書證是《易經·明夷》：「君子於行，三日不食，有攸往，主人有言」。季案：把《易經·明夷》的「主人」釋成「財物或權力的支配者」，這似乎是採用《漢語大詞典》的解釋。不過，我手邊看到的《周易》本子，沒有一家是這麼解的。《周易·明夷·初九》：「明夷于飛，垂其翼。君子于行，三日不食，有攸往，主人有言。」屈萬里先生《讀易三種》的解釋是：「飛則垂翼，行則不食，往則主人有言，皆不吉。」[17]這種解釋比較接近《漢語大詞典》義項 1、2。《漢語大詞典》「主人」一條的前三個義項是：

1. 接待賓客的人。與「客人」相對。《儀禮·士相見禮》：「主人請見，賓反見，退，主人送於門外，再拜。」《荀子·樂論》：「賓出，主人拜送。」《二十年目睹之怪現狀》第十二回：「這一根（酒籌）掣得好，又

16 林清源：〈上博五〈季庚子問於孔子〉通釋〉，《漢學研究》第 34 卷第 1 期（2016 年 3 月 1 日），頁 279。
17 屈萬里：《讀易三種》（臺北：聯經出版事業公司，1983 年 6 月），頁 736

合了主人待客的意思。」巴金《人民友誼的事業》:「到了十一點鐘,似
乎應當告辭了,主人說照法國的習慣,照他們家的習慣還可以繼續到午
夜。」

2. 特指留宿客人的房東。《史記‧刺客列傳》:「使使往之主人,荊卿則已
駕而去榆次矣。」〔唐〕豆盧復《落第歸鄉留別長安主人》詩:「年年落
第東歸去;羞見長安舊主人。」

3. 財物或權力的支配者。《易‧明夷》:「君子於行,三日不食,有攸往,
主人有言。」〔晉〕陶潛《乞食》詩:「主人解余意,遺贈豈虛來。」章
炳麟《駁康有為論革命書》:「此皆以己族為主人,而使彼受吾統治,故
一切可無異視。」

　　如果「主人」是葛烈今的長官,依《周禮》,他應該是「春官‧宗伯」的屬
官,是大史的助手。如果他是魯國的史官,季庚子是魯國的執政者,自己屬下
的史官應該是認得的。細看簡文,季庚子說「然,其主人……」,並不像是說自
己屬下的官吏。如果是自己國家的官吏,是葛烈今的長官,也沒有理由不提這
位長官的名字,這是不合古代禮儀的。

　　第七說以為「宝」為「宗」之誤,頗見巧思,葛烈今是史官,他的宗人當
然也可能是史官。不過,甲骨時代「示」、「主」同字;到了戰國楚簡中,「示」
與「主」已經明確地分化了。目前還沒有看到戰國楚簡「示」與「主」相混的
例子。此外,先秦典籍中的「宗人」都是一種官職,掌管宗廟、牒譜、祭祀等
事(見《漢語大詞典》),還沒有見到「宗人」指「同宗族的人」這種用法,這
種用法目前能看到的材料都不早於漢代。

　　先秦兩漢文獻中,「主人」的用義有以下幾項:

　　一、典禮中的主持者或主要人物,如《儀禮‧士冠禮》「主人玄冠朝服,緇
帶素韠,即位于門東,西面」句中的「主人」是指要加冠者的親父或親兄[18],
是主持加冠禮的人;〈士昏禮〉中主人的涵義會隨著儀節改變,在「問名」一
節,「主人」是指女方未來的新娘子的父親——婚禮問名的主持人,到「親迎」
一節,「主人」是指新郎——婚禮親迎的主要人物。

　　二、戰爭中被攻擊一方的守城人,《左傳‧襄公十年》「主人縣布」[19]、《墨
子‧備城門》「寇至,度必攻,主人先削城編」等都是這個意思。

---

[18] 見《儀禮注疏》,頁 3 鄭玄注。

[19] 楊伯峻:《左傳注(修訂本)》:「主人謂偪陽守城將。」(北京:中華書局,1990 年 5 月),頁 975。

三、招待朋友、賓客的屋主，如《莊子·山木》：

> 莊子行於山中，見大木，枝葉盛茂，伐木者止其旁而不取也。問其故。曰：「無所可用。」莊子曰：「此木以不材得終其天年。」夫子出於山，舍於故人之家。故人喜，命豎子殺鴈而烹之。豎子請曰：「其一能鳴，其一不能鳴，請奚殺？」主人曰：「殺不能鳴者。」明日，弟子問於莊子曰：「昨日山中之木，以不材得終其天年；今主人之鴈，以不材死。先生將何處？」莊子笑曰：「周將處夫材與不材之間……。」[20]

篇中出現兩個「主人」，第一個「主人」可能是對「豎子」之稱，也可能是對「客」之稱；但是第二個「主人」是莊子的弟子說的，只能是相對於「客人」的用語，也就是指莊子帶著弟子「舍於故人之家」的「故人」，因為他招待莊子一行，因此稱為「主人」。

四、「主人」指長官部屬、老闆僕傭等關係中的長官、老闆，如《史記·范睢蔡澤列傳》「睢曰：願為君借大車駟馬於主人翁」，句中的「主人」指雇范睢為傭的張祿。相傳為〔東晉〕葛洪作的《西京雜記·卷上》：「邑人大姓<u>文不識</u>，家富多書，衡乃與其傭作，而不求償。主人怪，問衡，衡曰：『願得主人書遍讀之。』」句中的「主人」是指匡衡同邑的大戶人家<u>文不識</u>，匡衡願意無償為他當僕傭，只求能讀他們家的藏書。

五、物品的擁有者，《左傳·成公十五年》：「初，伯宗每朝，其妻必戒之曰，盜憎主人，民惡其上，子好直言，必及於難。」句中的「主人」，一般解為被竊盜所偷物品的所有人。[21]

通觀〈季庚子問於孔子〉全文，葛烈今不是參加某個禮儀活動的人，也不會是在戰爭中擔任防守任務，更不會是被雇傭的勞動者、被竊盜物品的擁有者。篇中的葛烈今應該是一位三代傳史之家的史職人員，因為某些原因，離開自己國家，從外地來到魯國，他有學問、有見識，所以他的談話會被季庚子引用，也被孔子贊美為「美言」。他來到魯國，應該會寄住在一個身分學識相當的人家，因此「其主人」應該是指招待葛烈今留住在家中的屋主。

在先秦文獻中，外來的賓客投宿某個主人，這種動作往往只用一個「主」

---

[20] 郭慶藩：《莊子集釋》（北京：中華書局，1961 年 7 月），頁 667-668。

[21] 參楊伯峻：《春秋左傳詞典》（北京：中華書局，1985 年 11 月），頁 167。

字。有身分地位的人，投宿的主人，其身分地位也要相當，如果不適當，是會被人譏笑的，《孟子·萬章上》：

> 萬章問曰：「或謂孔子於衛主癰疽，於齊主侍人瘠環，有諸乎？」孟子曰：
> 「否，不然也。好事者為之也。於衛主顏讎由。彌子之妻與子路之妻，兄
> 弟也。彌子謂子路曰：『孔子主我，衛卿可得也。』子路以告。孔子曰：
> 『有命。』孔子進以禮，退以義，得之不得曰『有命』。而主癰疽與侍人
> 瘠環，是無義無命也。孔子不悅於魯衛，遭宋桓司馬將要而殺之，微服而
> 過宋。是時孔子當阨，主司城貞子，為陳侯周臣。吾聞觀近臣，以其所為
> 主；觀遠臣，以其所主。若孔子主癰疽與侍人瘠環，何以為孔子？」[22]

　　大意是：萬章問孟子：「有人說孔子在衛國住在衛君寵愛的宦官癰疽家中，在齊國住在宦官瘠環家中。有這回事嗎？」孟子說：「不，不是的。這是好事者捏造的。孔子在衛國，是住在衛國的賢大夫顏讎由家中。衛君的男寵彌子瑕的妻子和子路的妻子是姐妹，彌子瑕告訴子路說：「讓你的老師孔子住在我家吧！這樣（透過我的幫忙）他就可以得到卿相的位子。」子路把這話告訴孔子，孔子說：「能否得到卿相的位子，這是由『命』決定的。」孔子依禮而進，據義而退，能否得到官位，全歸於「命」。如果住在癰疽和瘠環家中，是既不合義，也不會有命。孔子在魯國和衛國不得志，又遇到宋國的向魋要殺他，他只能改變常穿的衣服而離開宋國。這時孔子正處於困阨，到了陳國，住在陳國大夫司城貞子家，司城貞子是陳侯周的臣子。我聽說君上觀察他身邊的臣子，要看這個臣子當主人時接待哪些賓客；觀察遠方來的臣子，要看他投宿在什麼人的家中。如果孔子居然投宿在癰疽和瘠環的家中，那他還有什麼資格叫孔子！」

　　《孟子》說的這段故事，在漢代仍繼被討論，見劉向《說苑·至公》。《孟子》說「觀近臣，以其所為主；觀遠臣，以其所主」，這兩句話說得非常切要，這說明投宿在什麼人家？或接納誰來住宿，必須大體相當，不能失格。古人對階級身分看得非常重，如《禮記·郊特牲》：

> 大夫而饗君，非禮也。大夫強而君殺之，義也；由三桓始也。天子無客
> 禮，莫敢為主焉。君適其臣，升自阼階，不敢有其室也。觀禮，天子不下

---

[22]　《孟子注疏》（臺北：藝文印書館，1955 年），頁 171-172。

堂而見諸侯。下堂而見諸侯，天子之失禮也，由夷王以下。[23]

　　君臣相見，由於階級不同，禮的規定可以細微到這個程度。身為一位貴族，投宿在什麼人家中，當然要非常講究。葛烈今的主人，身分見識應該和葛烈今相當。

　　本篇季庚子說：「然，其主人亦曰：『古之為邦者必以此。』」意思是：葛烈今所投宿的主人也說：「古代治理邦國的君王也一定這麼做。」賓主相當，所以葛烈今所投宿的主人一定也是與史官關係密切，與葛烈今氣味相投的人。

　　我們以為，葛烈今應該是從魯國以外的國家投奔到魯國來的史官，這可以從簡文文義、「葛」字的寫法，以及葛姓的源流來說明。

　　「葛」在簡文中寫作 ，原考釋隸作「綦」，以為从 艸、縈省聲，讀為「縈」。陳劍先生〈上博竹書「葛」字小考〉舉出三體石經《春秋》僖公人名「介葛盧」之「葛」字作 、《上海博物館藏戰國楚竹書（三）・周易》簡 43 與今本「葛藟」之「葛」相當之字作 ，以為此二形是从艸从索會意；又指出《古璽彙編》2263、2264 兩枚晉璽的 、 ；《上博四・采風曲目》簡 1 的 ，也都是「葛」字。[24] 林清源先生〈釋「葛」及其相關諸字〉也對這個字進行了分析，主張：（1）石經「 」字疑應隸定作「菩」；（2）楚簡「 」字可隸定作「藁」，特指某種野生植物；（3）楚簡「 」字與晉璽「 」、「 」二字，皆應隸定作「絞」，讀為「艾」，用作姓氏字；（4）楚簡「 」字應隸定作「萆」，指似葛有刺的藤蔓類植物。[25]

　　郭永秉先生、鄔可晶先生以為上列諸字應該是从刀从索的「剢（割）」字之省，「割」與「葛」聲韻俱近，因此可以假借為「葛」。郭、鄔在〈說「索」「剢」〉一文中指出：《新蔡》簡甲 263 有「 （紊）」字，宋華強先生在 2007 年提交給北京大學的博士學位論文《新蔡楚簡的初步研究》的「新蔡簡釋文分類新編」一節中，同意整理者的釋字，並聯繫三體石經古文「葛」字和戰國文字

23 《禮記注疏》（臺北：藝文印書館，1955 年），頁 486。
24 陳劍：〈上博竹書「葛」字小考〉，武漢大學簡帛網，（2006 年 3 月 10 日），網址：http://www.bsm.org.cn/show_article.php?id=279。
25 林清源：〈釋「葛」及其相關諸字〉，復旦網（http://www.gwz.fudan.edu.cn/Web/Show/563），2008 年 12 月 8 日首發；《中國文字》新 34 期，頁 27-49，2009 年 2 月。

中釋讀為「葛」之字，懷疑「薊」字或許應該釋為从「刀」从「葛」之字，讀為「葛」（見該節第 61 頁注 308）。郭、鄔指出葛陵簡整理者所釋的「薊」字，正是从「艸」「剌（割）」聲的「葛」字。這個字形證明戰國文字和傳抄古文从「艸」从「索」的「葛」字是从「剌（割）」省聲的。戰國文字目前尚未見到獨立的「剌」字。六國文字的「葛」字，因為絕大多數都已是省聲字，造字理據已不甚明晰。葛陵簡的這個「葛」字聲旁作不省「刀」之形，彌足珍貴，當可以看作早期古文字的一個「孑遺」了。[26]

郭、鄔一文把從甲骨、金文到戰國文字中的「索」字做了詳盡的分析，從而推測从索、从刀的「剌」當讀為「割」，戰國文字从艸从「剌」的「薊」字也就是「割」字，再省「刀」旁，就是戰國文字的「萦」，仍然是「割」字，讀為「葛」。

熟悉戰國楚簡的人都知道，戰國楚簡另有「葛」字作：

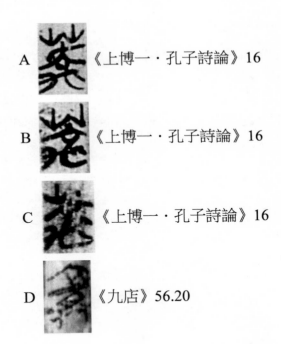

A　《上博一・孔子詩論》16

B　《上博一・孔子詩論》16

C　《上博一・孔子詩論》16

D　《九店》56.20

以上四形，一般都隸為「蓍」，从艸、「萬（害）」聲，因此可以寬式隸定作「菁」，「害」聲與「葛」聲音近，因此可以讀為「葛」。

同樣相當於後世的「葛」字，楚簡或用「萦」、或用「蓍」，一字多形，這

---

[26] 郭永秉、鄔可晶：〈說「索」「剌」〉，北京：清華大學《出土文獻》第三輯，第 99-118 頁，2012 年 12 月。

在戰國楚簡是很常見的現象。我們知道，「葛烈今」的「葛」作「蒪」，恰巧晉璽也有兩方印章出現此字，《璽彙》2263「蒪復」、2264「蒪瞳」，「蒪」都是氏稱，這是否透露了葛烈今是來自三晉的史官呢？

　　先秦「氏」很大的一個來源就是國家或地名，「葛」氏的由來，學者說法不同。陳槃先生《春秋大事表列國爵姓及存滅表譔異》指出：商湯之前有葛國，然已為商湯所滅，故春秋時之葛國，當別是一葛。王夫之以為葛近於魯，其都城在今山東嶧縣；《路史‧國名紀》云葛在河內脩武，羅苹注云「湯始征者」，則非春秋之葛。俞正燮以為葛在山西。當以王說近是。[27] 鍾柏生先生《殷商卜辭地理論叢》以為葛伯之國在河南寧陵縣的葛鄉；[28] 李學勤先生根據 1973 年山東兗州李宮村出土的「剌」氏銅器，定卜辭「剌」地為山東兗州附近。[29] 郭永秉先生、鄔可晶先生以為位於河南寧陵的「葛」跟山東兗州相距不遠，山東兗州出土的「剌」氏銅器似乎也有可能是河南「剌（葛）」族遷徙帶過去的。[30]」河南寧陵縣戰國屬魏，結合兩方「蒪（葛）」氏的晉璽，葛烈今是葛國之後，甚至於來自三晉地區的可能性都不能輕易排除。

　　綜合以上的討論，葛烈今可能是葛國的後裔，以國為氏，從他國（有可能是三晉的魏國）來到魯國，以季庚子引用他的話來反駁孔子，可見葛烈今與季庚子有一定程度的交往，甚至於得到季庚子一定程度的信賴。季庚子還引用葛烈今投宿主人的話，可見得季庚子與「葛烈今主人」也有一定程度的熟識。從「遠臣觀其所主，近臣觀其主」可以知道，葛烈今投宿的主人與葛烈今地位、學識、見解至少相當，季庚子引葛烈今主人的話，也才顯得合情合理。

補記：

　　《清華柒‧子犯子餘》簡 2-6「子犯答曰：『誠宔（主）君之言。吾宔（主）好正而敬信，不秉禍利，身不忍人，故走去之，以節中於天。宔（主）如曰：「疾利焉不足？」誠我宔（主）故弗秉。』……子餘答曰：『誠如宔（主）之言。吾宔（主）之二三臣，不扞良規，不蔽有善，必紲有[惡]，□□於難，瞿輶於志。幸得有利不愬獨，欲皆𢀜之。使有過焉，不愬以人，必身厜

---

[27] 陳槃、王夫之、羅苹、俞正燮等說俱見陳槃：《春秋大事表列國爵姓及存滅表譔異》（上海：上海古籍出版社，2009 年 11 月），頁 459-463。

[28] 鍾柏生：《殷商地理論叢》（臺北：藝文印書館，1989 年），頁 116-118。

[29] 李學勤：〈海外訪古續記（九）〉第 39 頁。

[30] 郭永秉、鄔可晶：〈說「索」「剌」〉，頁 115。

之。吾宔（主）弱恃而強志，不□□□，顧監於禍，而走去之。宔（主）如此謂無良左右，誠繄獨其志。』」[31]

　　這一大段話是寫公子重耳流亡在秦，子犯、子餘回答秦穆公問時所說的話。子犯話語中的第一個「主君」是指「秦穆公」，秦穆公並不是子犯的上司，所以這裡的「主君」只能是「接待我們一行人的國君」（其後簡稱「主」）。子犯話語中的第二個「主」是指重耳，重耳是子犯的上司，所以這個「主」字是指「主人」，與前面「主君」的「主」不同義。子餘話語中的「主」字也有這兩種涵義，觀上下文自然可以理解。這些「宔（主）」字簡文都寫作「」，和〈季庚子問於孔子〉的「宔（主）」字寫法完全相同，也可以做為本文的佐證。

---

[31] 用金宇祥整理的釋文，見金宇禮博士論文《戰國竹簡晉國史料研究》，2018 年初稿。釋文採寬式隸定。

《中國文字》　　總第一期
The Chinese Characters　No.1
2019年6月　　　頁217-218

稿約

◎ 關於本刊

　　《中國文字》創刊於一九六〇年十月出版第一期，是由董作賓、金祥恆、嚴一萍三位先生共同發起，哈佛燕京學社出資，臺灣大學文學院古文字學研究室負責編輯，藝文印書館負責印刷。每季一期，每年四期，至一九七四年六月，共出版五十二期。一九八〇年改由藝文印書館嚴一萍先生負責，同年三月出版《中國文字》新一期，每年一期。一九八七年嚴一萍先生去世，一九九四年嚴夫人陳鳳嬌女士接掌藝文印書館業務，《中國文字》仍然持續出版，並由中研院史語所鍾柏生先生任主編；鍾先生退休後，由臺灣師大國文系季旭昇先生與鍾柏先生共同主編，並增聘大陸知名古文字學者為編輯委員，每年持續出版一至二期。二〇一八年，嚴夫人以年事已高，決定《中國文字》編至新四十五期為止，此後不再出刊。

　　中國文字編輯委員同仁為發揚董作賓、金祥恆、嚴一萍三位先生畢生奉獻於中國古文字的志業，促進兩岸古文字的發展，決定自二〇一九年起，由萬卷樓圖書公司與福建師範大學閩台區域研究中心、文學院合作，出版《中國文字》期刊，每年定期出版二期，刊名改為《中國文字》加年份與期號（如《中國文字》2019年夏季號　總第一期），編輯委員在原來委員的基礎上再酌加若干。本刊希望精益求精，經過嚴謹的審查程序，使《中國文字》能延續董、金、嚴三位先生的奉獻，繼續成為能代表臺灣地區中國古文字研究成果的高水準期刊，並列入核心期刊。

　　《中國文字》歡迎您的賜稿。

◎ 文稿受理

一　來稿請用中文書寫，凡與中國文字有關之學術論文均可投稿。

二　來稿以未曾發表於平面、電子媒體者為限，且同一文稿請勿同時分投至其他刊物。

三　本刊採紙本及數位等多元方式發行，對於來稿文字有刪改權，凡經賜稿，不論刊登與否，恕不退件。

四　來稿請用真實姓名，並註明戶籍地址、通訊地址、服務單位及職稱、電話、傳真或電子郵件等聯絡資料。

◎ 投稿方式

一　紙本投稿：請寄臺北市大安區羅斯福路二段四十一號六樓之三「萬卷樓圖書公司《中國文字》編輯委員會」收

二　電子郵件投稿：tcc@wanjuan.com.tw，請作者來稿直接寄 Word 及 PDF 檔，文稿如有個人造字，請附造字檔。

三　撰稿格式及其他事項請參萬卷樓「中國文字」網站各項說明，網址：www.wanjuan.com.tw

◎ 稿費與著作權

一　《中國文字》歡迎海內外學者投稿，來稿若經審查通過並刊登後，每篇文章即贈送該期《中國文字》二冊，作為稿酬，不另致現金稿費。

二　上述報酬已包括以各種型式發行之報酬，作者不得再要求其他報酬或費用。

三　本刊著作者享有著作人格權，本刊則享有著作財產權；日後除著作者本人將其個人著作結集出版外，凡任何人任何目的之翻印、轉載、轉印、翻譯等，皆須事先徵得本刊書面同意後，始得為之。

四　來稿應遵守著作權等相關法令規定以及學術規範，稿件一經寄發用稿通知，即表示所有列名作者即同意本刊共同享有著作財產權，得以各種形式（包含但不限於紙本、電子、期刊、圖書等方式）出版或再出版。並得再授權經本刊授權之資料庫，或以數位方式為必要之重製、公開傳輸、授權用戶下載及列印等行為。同時為符合編輯之需要，得進行格式之變更。

五　來稿需擔保無侵害第三人權利之情事，如有抄襲、重製或侵害權利等情形，概由著作者負法律責任，概與本刊無涉。

六　本刊收到來稿，即表示來稿著作者同意上述相關約定及授權。如不同意者，請勿來稿。

《中國文字》　　　總第一期
The Chinese Characters　No.1
2019年6月　　　　　頁219-223

撰稿體例

　　本刊為求學術專業、體例統一，投稿論文請依文科格式（請參考中研院史語所、文哲所《集刊》撰稿格式）。

一　請用橫式（由左至右）書寫。

二　文稿請按題目、作者、中英文提要（英文題要請附英文標題）、中英文關鍵詞、正文、圖片、引用書目之次序撰寫。中英文提要請勿超過五百字。

三　各章節使用符號，依一、（一）、1.、（1）……等順序表示；文中舉例的數字標號統一用（1）、（2）、（3）……。

四　所有引文均須核對無誤。各章節若有徵引外文時，請翻譯成流暢達意之中文，於註腳中附上所引篇章之外文原名，並得視需要將所徵引之原文置於註腳中。

五　請用新式標號，惟書名號改用《 》，篇名號改用〈 〉。在行文中，書名和篇名連用時，省略篇名號，如《莊子‧天下篇》。若為英文，書名請用斜體，篇名請用" "。日文翻譯成中文，行文時亦請一併改用中文新式標號。

六　獨立引文，每行低三格；若需特別引用之外文，也依中文方式處理。

七　注釋號碼請用阿拉伯數字隨文標示。

八　注釋之體例，請依下列格式：

（一）引用專書：

1. 王夢鷗：《禮記校證》（臺北：藝文印書館，1976 年），頁 102。

2. 孫康宜著，李奭學譯：《陳子龍柳如是詩詞情緣》，增訂本（西安：陝西師範大學出版社，1998 年），頁 21-30。

3. Mark Edward Lewis, Writing and Authority in Early China (Albany: State University of New York Press, 1999), pp. 5-10.

4. René Wellek and Austin Warren, Theory of Literature, 3rd ed. (New York: Harcourt, 1962), p. 289.

5. 西村天囚：〈宋學傳來者〉,《日本宋學史》（東京：梁江堂書店，1909 年），
　上編（三），頁 22。

6. 荒木見悟：〈明清思想史の諸相〉,《中國思想史の諸相》（福岡：中國書店，
　１989 年），第二篇，頁 205。

（二）引用論文：

1. 期刊論文：

（1）王叔岷：〈論校詩之難〉,《臺大中文學報》第 3 期（1979 年 12 月），頁
　　1-5。

（2）　林慶彰：〈民國初年的反詩序運動〉,《貴州文史叢刊》1997 年第 5 期，
　　頁 1-12。

（3）　Joshua A. Fogel, " 'Shanghai-Japan': The Japanese Residents' Association
　　of Shanghai," Journal of Asian Studies 59.4 (Nov. 2000): 927-950.

（4）　子安宣邦：〈朱子「神鬼論」の言說的構成——儒家的言說の比較研究
　　序論〉,《思想》792 號（東京：岩波書店，1990 年），頁 133。

2. 論文集論文：

（1）余英時：〈清代思想史的一個新解釋〉,《歷史與思想》（臺北：聯經出版
　　事業公司，1976 年），頁 121-156。

（2）John C. Y. Wang, "Early Chinese Narrative: The Tso-chuan as Example," in
　　Chinese Narrative: Critical and Theoretical Essays, ed. Andrew H. Plaks
　　(Princeton: Princeton University Press, 1977), pp. 3-20.

（3）伊藤漱平：〈日本における『紅樓夢』の流行——幕末から現代までの
　　書誌的素描〉,收入古田敬一編：《中國文學の比較文學的研究》（東京：
　　汲古書院，1986 年），頁 474-475。

3. 學位論文：

（1）吳宏一：《清代詩學研究》（臺北：臺灣大學中文研究所博士論文，1973
　　年），頁 20。

（2）Hwang Ming-chorng, "Ming-tang: Cosmology, Political Order and
　　Monuments in Early China" (Ph.D. diss., Harvard University, 1996), p. 20.

（3）藤井省三：《魯迅文學の形成と日中露三國の近代化》（東京：東京大學
　　中國文學研究所博士論文，1991 年），頁 62。

（三）引用古籍：

1. 原書只有卷數，無篇章名，注明全書之版本項，例如：

（1）〔宋〕司馬光：《資治通鑑》（〔南宋〕鄂州覆〔北宋〕刊龍爪本，約西元 12 世紀），卷 2，頁 2 上。

（2）〔明〕郝敬：《尚書辨解》（臺北：藝文印書館，1969 年《百部叢書集成》影印《湖北叢書》本），卷 3，頁 2 上。

（3）〔清〕曹雪芹：《紅樓夢》第一回，見俞平伯校訂，王惜時參校：《紅樓夢八十回校本》（北京：人民文學出版社，1958 年），頁 1-5。

（4）那波魯堂：《學問源流》（大阪：崇高堂，寬政十一年〔1733〕刊本），頁 22 上。

2. 原書有篇章名者，應注明篇章名及全書之版本項，例如：

（1）〔宋〕蘇軾：〈祭張子野文〉，《蘇軾文集》（北京：中華書局，1986 年），卷 63，頁 1943。

（2）〔梁〕劉勰：〈神思〉，見周振甫著：《文心雕龍今譯》（北京：中華書局，1998 年），頁 248。

（3）王業浩：〈鴛鴦塚序〉，見孟稱舜撰，陳洪綬評點：《節義鴛鴦塚嬌紅記》，收入林侑蒔主編：《全明傳奇》（臺北：天一出版社影印，出版年不詳），王序頁 3a。

3. 原書有後人作注者，例如：

（1）〔魏〕王弼著，樓宇烈校釋：《老子周易王弼注校釋》（臺北：華正書局，1983 年），上編，頁 45。

（2）〔唐〕李白著，瞿蛻園、朱金城校注：〈贈孟浩然〉，《李白集校注》（上）（上海：上海古籍出版社，1998 年），卷 9，頁 593。

4. 西方古籍請依西方慣例。

（四）引用報紙：

1. 余國藩著，李奭學譯：〈先知・君父・纏足──狄百瑞著《儒家的問題》商權〉，《中國時報》第 39 版（人間副刊），1993 年 5 月 20-21 日。

2. Michael A. Lev, "Nativity Signals Deep Roots for Christianity in China, Chicago Tribune [Chicago] 18 March 2001, Sec. 1, p. 4.

3. 藤井省三：〈ノーベル文學賞中國系の高行健氏：言語盜んで逃亡する極北の作家〉，《朝日新聞》第 3 版，2000 年 10 月 13 日。

（五）再次徵引：

1. 再次徵引時可隨文注或用下列簡便方式處理，如：

　　註 1　王叔岷：〈論校詩之難〉，《臺大中文學報》第 3 期（1979 年 12 月），頁 1。

註 2　　同前註。

註 3　　同前註，頁 3。

2. 如果再次徵引的註不接續，可用下列方式表示：

註 9　　王叔岷：〈論校詩之難〉，頁 5。

3. 若為外文，如：

註 1　　Patrick Hanan, "The Nature of Ling Meng-ch'u's Fiction," in Chinese Narrative: Critical and Theoretical Essays, ed. Andrew H. Plaks (Princeton: Princeton University Press, 1977), p. 89.

註 2　　Hanan, pp. 90-110.

註 3　　Patrick Hanan, "The Missionary Novels of NineteenthCentury China," Harvard Journal of Asiatic Studies 60.2 (Dec. 2000): 413-443.

註 4　　Hanan, "The Nature of Ling Meng-ch'u's Fiction," pp. 91-92.

註 5　　那波魯堂：《學問源流》（大阪：崇高堂，寬政十一年〔1733〕刊本），頁 22 上。

註 6　　同前註，頁 28 上。

（六）注釋中有引文時，請注明所引注文之出版項。

（七）注解名詞，則標注於該名詞之後；注解整句，則標注於句末標點符號之前；惟獨立引文時放在標點後。

九　徵引書目：文末所附徵引書目依作者姓氏排序，中文在前，外文在後；中文依筆畫多寡，日文依漢字筆畫，若無漢字則依日文字母順序排列，西文依字母順序排列。若作者不詳，則以書名或篇名之首字代替。若一作者，其作品在兩種以上，則據出版時間為序。如：

王叔岷：〈論校詩之難〉，《臺大中文學報》第 3 期，1979 年 12 月，頁 1-5。

王汎森：〈明末清初的一種道德嚴格主義〉，收入郝延平、魏秀梅編：《近世中國之傳統與蛻變——劉廣京院士七十五歲祝 壽論文集》，臺北：中央研究院近代史研究所，1998 年。

尤　侗：《西堂雜俎三集》，《尤太史西堂全集》，收入《四部禁燬 書叢刊‧集部》第 129 冊，北京：北京出版社，2000 年。

余英時：《歷史與思想》，臺北：聯經出版事業公司，1976 年。

＿＿＿＿：《宋明理學與政治文化》，臺北：允晨文化實業公司，2004 年。

《清平山堂話本》，收入《古本小說集成》，上海：上海古籍出版社，1993 年。

西村天囚：《日本宋學史》，東京：梁江堂書店，1909 年。

伊藤漱平：〈日本における『紅樓夢』の流行──幕末から現代ま での書誌的素描〉，收入古田敬一編：《中國文學の比較 文學的研究》，東京：汲古書院，1986 年。

Sommer, Matthew. *Sex, Law, and Society in Late Imperial China*. Stanford, CA: Stanford University Press, 2000.

Zeitlin, Judith. "Shared Dreams: The Story of the Three Wives' Commentary on The Peony Pavilion." *Harvard Journal of Asiatic Studies* 54.1 (1994): 127-179.

十　其他體例：

（一）年代標示：文章中若有年代，儘量使用國字，其後以括號附注西元年代，西元年則用阿拉伯數字。

　　1. 司馬遷（145-86 B.C.）

　　2. 馬援（14B.C.-49A.D.）

　　3. 道光辛丑年（1841）

　　4. 黃宗羲（梨洲，1610-1695）

　　5. 徐渭（明武宗正德十六年〔1521〕──明神宗萬曆十一年〔1593〕）

（二）關鍵詞以不超過六個為原則。

（三）若文章中多次徵引同一本書之材料，為清耳目，可不必作注，而於引文下改用括號注明卷數、篇章名或章節等。

十一　徵引資料來自網頁者，需加注網址。

十二　英文稿件請依 *Harvard Journal of Asiatic Studies* 之最新格式處理。

十三　有關論文註記性質之文字，請置於第一條註腳之前。

The Chinese Characters

編輯委員會
Editorial Board

| 主　　編 | 鍾柏生 | Jung Bor-sheng |
| | 季旭昇 | Ji Xu-sheng |

編輯委員	張光裕	Cheung Kwong-yue
	黃天樹	Huang Tian-shu
	宋鎮豪	Song Zhen-hao
	許學仁	Hsu Hsueh-jen
	曹錦炎	Tsao Chin-yan
	陳昭容	Chen Chao-jung
	陳　偉	Chen Wei
	廖名春	LiaoMing-chun
	吳振武	WuChen-wu
	劉　釗	Liu Zhao
	陳偉武	ChenWei-wu
	林志強	Lin Chih-chiang
	袁國華	Yuen Kwok-wa

| 執行秘書 | 林啟新 | Lin Chi-hsin |

二〇一九年夏季號　總第一期（2019年6月初版）

主　　編　鍾柏生、季旭昇
執行秘書　林啟新
責任編輯　林以邠

發 行 人　陳滿銘
總 經 理　梁錦興
編　　輯　萬卷樓圖書股份有限公司《中國文字》編輯部
印　　刷　森藍印刷事業有限公司
發　　行　萬卷樓圖書股份有限公司
　　　　　臺北市大安區羅斯福路二段 41 號 6 樓之 3
　　　　　電話 (02)23216565　傳真 (02)23218698
　　　　　電郵 servicr@wanjuan.com.tw
ISBN　978-986-478-304-5
定　　價　新臺幣 420 元

THE CHINESE CAHRACTERS
Summer 2019 N0. 1（Published in June 2019）

Editor-in-Chief　Jung Bor -sheng , Ji Xu-sheng
Executive Secretary　Lin Chi-hsin
Administrative Editor　Lin Yi-pin

Publisher　Chen Man-ming
General Manager　Liang Jin-shing
Edited by　Editorial Office of *The Chinese Characters*,
　　　　　Wanjuan Lou Books Co., Ltd.
Printed by　Sen Lan Printing Co., Ltd.
Distributed by　WANJUAN LOU BOOKS CO., Ltd.
　　　　　6F.-3, No. 41, Sec. 2, Roosevelt Rd.,
　　　　　Da'an Dist.,Taipei City 106, Taiwan
　　　　　Tel (02)23216565　FAX (02)23218698
　　　　　Email servicr@wanjuan.com.tw
ISBN 978-986-478-304-5
Price　NT $420

國家圖書館出版品預行編目資料

中國文字. 二○一九年夏季號　總第一期
/ 《中國文字》編輯委員會主編. -- 初版.
-- 臺北市：萬卷樓, 2019.06
　面；　公分
ISBN 978-986-478-304-5(平裝)
1.中國文字 2.文集

802.207　　　　　　　　　108012158